Jeanette Winterson erzählt von jener innigen Erfahrung, die unter verschiedenen Namen – als Gott, Einheit, Liebe – alle Religionen und Mystiken, alle Literatur und auch die moderne Physik beschäftigt. Zwischen den lebensgroßen, extrem gegensätzlichen Charakteren von Stella und Jove, Jove und Alice, Alice und Stella trägt sich eine aufregende Geschichte des Verlangens zu. »Dieser Versuch über die Mysterien des Lebens ist originell, hinreißend, manchmal schockierend, oft komisch, zutiefst weise und sehr anspruchsvoll« (ORB).

Jeanette Winterson, geboren 1959 in Lancashire, lebt als freie Schriftstellerin in London. 1985 erhielt sie für ihr Erstlingswerk, »Orangen sind nicht die einzige Frucht«, den Whitbread Award, es folgten viele weitere Auszeichnungen. Ihr Essay »Kunst und Lügen« liegt bereits als rororo (Nr. 22399) vor.

JEANETTE WINTERSON

DAS SCHWESTERUNIVERSUM

Aus dem Englischen
von Brigitte Walitzek

Rowohlt Taschenbuch Verlag

Veröffentlicht im Rowohlt Taschenbuch Verlag
GmbH, Reinbek bei Hamburg, Oktober 1999
Die Originalausgabe erschien 1997
unter dem Titel *Gut Symmetries*
bei Granta Books, London

Umschlaggestaltung C. Günther/W. Hellmann
(Foto: Russian State Museum,
St. Petersburg, Russia/SuperStock)
Gesetzt aus der Goudy Old Style
Druck & Bindung Clausen & Bosse, Leck
Printed in Germany
ISBN 3 499 22398 8

FÜR PEGGY REYNOLDS, IN LIEBE

Mein besonderer Dank gilt Frances Coady
und ihrem Team bei Granta Books.
Dank auch an Suzanne Gluck bei ICM,
Elisabeth Ruge im Berlin Verlag,
Angela Leighton, Mrs. Adrienne Reynolds,
Henri Llewelyn Davies und an meine jüdischen Freunde,
die mich ihre Liebe und Mystik lehrten,
insbesondere Mona Howard.
Ich danke wie immer Don und Ruth Rendell,
die mich auf so vielfältige Weise unterstützen.

INHALT

VORBEMERKUNG DER AUTORIN 11

PROLOG 13

DER NARR 21

DER TURM 45

BUBE DER SCHWERTER 69

DER STERN 99

ZEHN DER SCHWERTER 123

BUBE DER KELCHE 139

DER TOD 177

DER MOND 205

RÄUBER DER MÜNZEN 231

DIE LIEBENDEN 241

DAS GERICHT 261

VORBEMERKUNG DER AUTORIN

Bis zur Entdeckung des Planeten Pluto im Jahr 1930 wurde das Zeichen des Skorpion von Mars beherrscht. Da Paracelsus Mars als seinen Regenten ansah, habe ich, wo es um ihn ging, sein System verwendet.

PROLOG

10. November 1493. Einsiedeln, Schweiz, Sonne im Skorpion.
Zuerst ist da der Wald, und im Wald die Lichtung, und in der Lichtung die Hütte, und in der Hütte die Mutter, und in der Mutter das Kind, und im Kind der Berg.
Paracelsus, Physiker, Magier, Alchimist, Metallurg, Demiurg, *deus et omnia*, wurde im Zeichen des Okkulten geboren, beherrscht von Mars und getrieben von einem Berg in seiner Seele.
Was wissen wir über ihn? Daß er klein und häßlich war. Daß er ein übergroßes Schwert trug. Daß er ein Held sein wollte und wie ein Opfer aussah. Daß er ein kriegerischer, krakeelender, kruder Kerl von einem Mann mit dem Becken einer alten Vettel war. So sonderbar war die Anatomie dieses mißgestalteten *bel esprit*, daß manche mutmaßten, sein Geschlecht sei weiblich.
Ob Mann oder Männlein, sein Genie brachte ihm einen beträchtlichen Ruf ein. Falls er einen Pakt mit Mephistopheles geschlossen hatte, lohnte der große Gleisner es ihm nicht auf die übliche Weise. Paracelsus machte sich schneller Feinde als Freunde und besaß ein besonderes Geschick, sich wieder an den Bettelstab zu bringen, wann immer er etwas Geld verdient hatte – vielleicht mußte das so sein bei einem Alchimisten, dem es nicht darum ging, unedles Metall in Gold zu verwandeln. Wie sein Zeitgenosse Luther wollte Paracelsus die ganze Welt verändern.

Das Zeichen des Skorpion hat als Symbole den Skorpion und den Adler. Wenn seine höhere Natur so luftig ist wie sein Bergrevier, so sind seine unteren Regionen zerklüftet und abweisend. Der Giftmischer und der Wissenschaftler sind eins.
Er war beides. Von der Stadt Basel angeheuert, ihre Syphilis-Epidemie zu bekämpfen, brachte Paracelsus ebenso viele zu Tode, wie er wieder ins Leben rief. Das Mittelalter leitete vieles aus den Eingeweiden ab, und Paracelsus hielt seine Vorlesungen oft über einer aufgeschnittenen Leiche. Dies entsprach nicht der diagnostischen Pathologie des neunzehnten Jahrhunderts. Wenn überhaupt, so war es eine diagnostische Kosmologie. Paracelsus studierte die Korrespondenzen: »Wie oben, so unten.« Das Tierkreiszeichen am Himmel ist dem Körper eingeschrieben. »Die Milchstraße verläuft durch den Bauch.«

*

Woraus bestehst du?
Aus den Toten. Der Zeit. Lichtmustern von Jahrtausenden. Dem expandierenden Universum, das sich in deinen Eingeweiden öffnet. Sind deine acht Meter Darm mit Sternen gefüllt?
Das Wunder des Einen, das die Alchimisten suchten, ist gar nicht so weit von der noch in den Kinderschuhen steckenden Theorie des Hyperspace entfernt, wo alle scheinbaren Verwerfungen und Trennungen der atomaren und subatomaren Welten zu einem Ganzen vereint sind. Dies ist nicht möglich in drei, vielleicht nicht einmal in vier räumlichen Dimensionen. Zehn, mindestens, locken uns aus dem heraus, was wir wissen.
Wenn wir Sternenstaub sind, wird der Tod seinen Stachel verlieren? Theoretisch wird es keinen Tod geben, nur eine Verwandlung von Energie in etwas, was wahrscheinlich eine andere Dimension ist.

*

Die Vermählung von Himmel und Hölle?
Die alten Skeptiker sagten: Wenn die Hölle existiert, wo ist sie dann? Welchen Teil des Universums nimmt sie ein? Wie lauten ihre Koordinaten? Es mußte eine Hölle sein, die nach Breiten- und Längengrad bestimmt werden konnte. Eine Hölle, die Zollstock und Winkelmaß unterworfen war. Die Frage: »Wo ist sie?« konnte nicht befriedigend beantwortet werden.
Viele versuchten es. Traditionell haust das Leben nach dem Tod im Mittelpunkt der Erde: Odysseus betrat diese Unterwelt durch den Eingang einer Höhle in Persephones Hain, während Vergil und Dante in Italien nur unter den Fußbodenbrettern suchen mußten. 1714 veröffentlichte ein Engländer, Tobias Swinden, seine *Untersuchung über die Natur und den Ort der Hölle* und kam zu dem Schluß, daß die Hölle sich auf der Sonne befinde. 1740 bewies Whiston, Newtons Nachfolger als Professor der Mathematik in Cambridge, daß die Hölle irgendwo in der Region des Saturn liege.
Vielleicht steckte ein gewisses Maß fundierter Wissenschaftlichkeit hinter der gewöhnlichen Frömmigkeit und der ungewöhnlichen Morbidität einer derart entschlossenen Höllensuche. Die Hölle, so denken wir, ist heiß. Die überschüssige Hitze, die durch das endlose Nachlegen sündiger Seelen erzeugt wird, muß ungeheuer sein. Hitze ist ein Indiz. Heutzutage suchen Physiker jenseits unseres Sonnensystems nach Anzeichen von Wärmestrahlung. Der Energieverbrauch einer hochentwickelten Zivilisation wäre beträchtlich, und wir müßten in der Lage sein, ihre Emissionen aufzuspüren. Bislang ohne Erfolg. Keine Außerirdischen, kein Himmel, keine Hölle. Aber vielleicht haben sie sich auf der Planck-Skala zusammengerollt, in einem sechsdimensionalen Schwesteruniversum, kleiner als klein, größer als groß.

Hier ist die Theorie:
Am Anfang war ein vollkommenes, zehndimensionales Universum, das sich zweiteilte. Während unser Universum mit seinen drei räumlichen Dimensionen und dem eigentümlichen Phänomen der Zeit sich ausdehnte, um unserer grobschlächtigen Masse zu entsprechen, wickelte sich das andere mit seinen sechs Dimensionen in winziger Einsamkeit ein.
Dieses Schwesteruniversum, kontemplativ, verborgen, wartet in unserer Zukunft, da es unsere Vergangenheit verworfen hat. Vielleicht ist es das Symbol hinter all unseren Symbolen. Vielleicht ist es das Mandala des Ostens und der Gral des Westens. Der beschlagene Spiegel der verlorenen Schönheit, in den der Mensch hineinstarrt, seit er gelernt hat, sich seines eigenen Gesichts bewußt zu sein.
Verfolgt uns nicht unbestreitbar ein Fluch? Was duckt sich unter den Mythen, die wir geschaffen haben? Es ist die körperliche Präsenz von etwas Abgespaltenem.

DAS PARADIES: Das Eden, aus dem wir gewaltsam vertrieben wurden.
DIE ZWILLINGE: Das fehlende Ich, die andere Hälfte, die wiedergewonnene Ganzheit.
MÄNNLICH UND WEIBLICH: Das vereinigende Mysterium des einen Fleisches.
DAS CHRISTUS-MOTIV: Das Göttliche füllt die menschliche Form und macht sie vollständig.

Angenommen, der Augenblick der Schöpfung und unser abgetrenntes Universum sind im Sternenstaub unserer Körper aufgezeichnet? Woraus bestehst du dann? Die Atome, die du bist, wurden bei einer Sternengeburt verstreut, die dem Sonnensystem vorausging.

Wir sind der Anfang. Wir sind vor der Zeit.
Mag sein, daß wir hier, in unserer vorläufigen Welt der Dualitäten und der Gegensatzpaare: schwarz/weiß, gut/böse, männlich/weiblich, bewußt/unbewußt, Himmel/Hölle, Räuber/Beute, das Drama unseres Anfangs zwanghaft immer wieder in Szene setzen als das, was ganz war, halbiert wurde. Nun strebt es wieder nach Ganzheit.
Erbarmt euch dieses kleinen blauen Planeten, der suchend durch Zeit und Raum irrt.

Nun folgt eine Geschichte über die Zeit, das Universum, eine Liebesaffäre und New York. Das Narrenschiff, einen Juden, einen Diamanten, einen Traum. Einen Arbeiterjungen, ein Baby, einen Fluß, den subatomaren Witz instabiler Materie.

ZEIT: Ein Konzept der erlebten oder beobachteten Veränderung. Eine Quantität, die anhand des Winkels gemessen wird, in dem die Erde zur Sonne steht.
Ein Augenblick, in dem Dinge geschehen.
UNIVERSUM: Alles, was ist. Der Kosmos.
LIEBESAFFÄRE: *Amour*, ehrenhafte oder unehrenhafte.
NEW YORK: Die Insel Manhattan. 40°46' nördliche Breite, 73°55' westliche Länge.
NARRENSCHIFF: Eine mittelalterliche Vorstellung. Wahnsinnige/Heilige begeben sich auf die Suche nach dem, was nicht gefunden werden kann.
JUDE: Eine Person hebräischer Abstammung oder Religion. Ein Auserwählter. *Siehe* Altes Testament.
DIAMANT: Kristallisierter Kohlenstoff. Das härteste Mineral. Ein magischer Stein.
TRAUM: Ein Bild der Wahrheit.

ARBEITERJUNGE: Triebscheibe des Kapitalismus. Kann auch ein Mädchen sein. Ein nicht intakter Traum.

BABY: Ein Anfang. Eine Offenbarung. Eine Külasse.

FLUSS: *Siehe* Einstein, Heraklit, der Mersey, der Hudson, Zeit.

MATERIE: Ein Witz. Auf subatomarer Ebene das, was die Tendenz hat, zu existieren.

DER NARR

Es begann auf einem Schiff, wie *Der Sturm*, wie *Moby Dick*, einem begrenzten, schwimmenden Raum, einem Modell der Welt in klein. Es ist ein *vas hermeticum*, eine versiegelte Kapsel auf einer rauhen See. Ein alchimistisches Gefäß, gefeit gegen Veränderung, ständig im Wandel begriffen. Wir sind es, verletzlich, isoliert, ganz autonom, aber dennoch der Gnade der Elemente ausgeliefert. Das Narrenschiff läuft heute abend aus, und wir sind alle an Bord.

Was folgt, ist eine wahre Geschichte. Scheint sie Ihnen seltsam, dann fragen Sie sich: Was ist nicht seltsam? Scheint sie unwahrscheinlich, dann fragen Sie sich: Was ist wahrscheinlich?

Jede Messung muß die Position des Messenden berücksichtigen. Dabei gilt: absolute Messungen gibt es nicht, nur relative. Relativ zu was, ist ein wichtiger Bestandteil der Frage.

Dies ist meine Schwierigkeit. Das Schwierige meines Lebens. Die imposanten Triangulationspunkte, die physikalischen Determinanten aus Eltern, Herkunft, Schule, Familie, Geburt, Heirat, Tod, Liebe, Arbeit, sind selbst ebensosehr in Bewegung wie ich. Was unverrückbar sein sollte, bewegt sich. Was mir als stabil dargestellt wird, gleitet davon. Die vernünftige, feste, gewöhnliche Welt der Beständigkeit ist ein Märchen. Die Erde ist nicht flach. Geometrie wird von Algebra abgelöst. Die Griechen haben sich geirrt.

Jene Griechen, deren Geschichte auch mit Schiffen begann, sind die Wurzel der westlichen Wissenschaft, einer Wissenschaft, die 2500 Jahre brauchte, um zur Bedeutung ihrer Prämisse zurückzufinden. Im sechsten Jahrhundert vor Christus beschäftigten sich die Bewohner des ionischen Milet intensiv mit dem, was sie »physis« nannten, mit der Natur also, der Natur der Dinge; dem Geist, dem Menschen, der beobachtbaren Welt, den Himmelskörpern.

Als das fünfte Jahrhundert kam, lehrte Heraklit seine Doktrin vom ewigen Werden: Fließen statt Stillstand, Identität im ewigen Wandel, Prozeß statt Substanz, die Strömung, die es unmöglich machte, zweimal in denselben Fluß zu steigen.

Sein Rivale, Parmenides, ein Mann, für den sich nie etwas veränderte, lehrte dagegen die Allmacht des göttlichen Seins und die Gewißheit der Materie. Entweder die Dinge existierten, oder sie existierten nicht. Werden wurde durch Sein herausgefordert.

Da unveränderliches Sein und ewiges Werden nicht miteinander in Einklang gebracht werden konnten, ersannen die Griechen den raffinierten Kompromiß, Geist und Materie zu trennen. Auf der klaren Demarkationslinie stand die neue Überzeugung der Atomisten geschrieben, daß Materie aus elementaren Bausteinen besteht: passiven, an sich toten Partikeln, die sich im leeren Raum bewegen und deren Bewegung durch den individuellen Geist des Menschen und den Übergeist Gottes kontrolliert wird.

Dieses kosmische Bild, uns so geläufig, daß es zum Axiom geworden ist, wurde von Aristoteles systematisiert und verfeinert. Materie und Geist, Materie und Form wurden vom sich entwickelnden Christentum überzeugend interpretiert und später als Ganzes einverleibt. Daß Wissenschaft und Kirche bis zur Renaissance so eng miteinander verbunden blieben, wurde durch den Dualismus des Weltlichen und des Wunderbaren ermöglicht, ein System, das ins Weltbild beider interessierten Parteien paßte.

Man sollte die Zähigkeit dieses Modells nicht unterschätzen. Newton machte es im siebzehnten Jahrhundert zur Grundlage seiner Mechanik und stützte sein Uhrwerk-Universum auf die Prinzipien des Euklid. Griechisches Gedankengut fortschreibend, war es Newton, der die Konzepte eines absoluten Raums und einer absoluten Zeit ausführte – Newton, für den das Universum dreidimensional, fest, massiv, hart war, zusammengesetzt aus der Bewegung materieller Partikel im Raum, einer Bewegung, die durch gegenseitige Anziehung bewirkt wurde, das heißt durch die Schwerkraft.

Die Mathematik, die er entwickelte, um seine Theorien zu erklären, wurde ein so durchschlagender Erfolg, daß niemand auf die Idee kam, die Gültigkeit der Newtonschen Welt an sich in Frage zu stellen. Seine Theorien blieben bestehen, triumphal und unangefochten, bis Albert Einstein 1905 zwei Schriften veröffentlichte: die eine begründete seine spezielle Relativitätstheorie, und die andere gab einen Einblick in die beunruhigenden Implikationen der elektromagnetischen Strahlung. Diese beiden Arbeiten markierten den Anfang der Quantenphysik und das Ende der mechanistischen, deterministischen Geist/Materie-Dualität.

Verzeihen Sie, wenn ich abschweife. Ich kann Ihnen nicht sagen, wer ich bin, wenn ich Ihnen nicht sage, warum ich bin. Ich kann Ihnen bei Ihrer Positionsbestimmung nicht helfen, solange wir nicht beide wissen, wo wir stehen.

Die Schwierigkeit ist folgende: Was sollen wir jetzt, da die Physik die Intelligenz des Universums beweist, mit der Dummheit der Menschen anfangen? Ich nehme mich selbst nicht aus.

Ich weiß, die Erde ist nicht platt, aber meine Füße sind es. Ich weiß, der Raum ist gekrümmt, aber mein Gehirn wuchs im Spalier der Gewohnheit in die Gerade. Was ich Licht nenne, ist meine persönliche Schattierung von Dunkelheit. Was ich eine Aussicht nenne, ist mein handgemaltes *Trompe-l'œil*. Ich renne dem Wissen hinterher wie ein Frettchen. Meine persönliche Begrenztheit bezeichne ich als Grenze dessen, was wir wissen können. Ich verstehe die Welt, indem ich anderer Leute Psychologie mit meiner eigenen mische. Ich sage, daß ich tolerant bin, aber was ich denke, ist.

Nach Darwin, dem Evolutionisten, hat der Mensch sich aufgerichtet, als er seinen Saurierschwanz ablegte. Was ist daraus geworden? Hier ist er, in meiner Hand, wie ein zweideutiger Witz aus der *Commedia dell'arte*. Mein Narrenzepter, meine sichtbare Schwäche, hinten abgeworfen, bloß um vorne wieder aufzutauchen. Ich bin zivilisiert, aber meine Bedürfnisse sind es nicht. Was schlägt da im Dunkel hin und her?

Was oder wer? Ich kann mich selbst nicht benennen. Die Alchimisten arbeiteten mit Zauberspiegeln und ließen sich von der Reflektion leiten. Das Spiegelkabinett um mich herum wurde verwinkelt angelegt, um das Bild zu verzerren. Bin das da ich, in der Schaufensterscheibe? Bin das ich auf dem Familienfoto? Bin das ich im Bürofenster? Bin das ich auf den Hochglanzseiten einer Illustrierten? Bin das ich in den zerbrochenen Flaschen auf der Straße? Überall Spiegelbilder, wohin ich auch gehe. Überall Bilder von mir. Und wer bin ich?

Mein Mißtrauen wurde geweckt, als ich noch klein war. Ich konnte mich in den Spiegeln, die mir vorgehalten wurden, nicht finden, konnte mich nicht durch die Pole der Gewißheit definieren, die so verläßlich schienen, sich aber ständig verschoben. Was war die wahre Natur der Welt? Was war meine wahre Natur in ihr?

Ich konnte mich nicht gegen den bakteriellen Krieg von Objekt und Traum immunisieren. Es schien keine Brücke zwischen Geist und Materie zu geben, zwischen mir und der Welt, keinen Bezugspunkt, der nicht eine bequeme Täuschung gewesen wäre.
Ich versuchte, meine Eltern zu kopieren, wie Affen es tun, aber sie versuchten, mich zu kopieren, suchten in dem Kind die Energie und die Hoffnung, die sie vor langer Zeit verloren hatten.
Ich versuchte, andere Kinder zu kopieren, besaß aber nicht ihre dicke Haut. Ich war ein von innen nach außen gekehrter Handschuh, sichtbar gemachte Weichheit. Ich war der Bereich zwischen Mund und Darm, die Region der Verdauung und des Wiederkäuens. Meine Galle weigert sich, den Sitz der Vernunft im Kopf zu lokalisieren. Die Säure in meinem Magen fürchtet die Milch des Herzens.
Diese Geschichte ist eine Reise durch den denkenden Bauch.

*

Sie begann auf einem Schiff.
Die *Queen Elizabeth 2*. Southampton nach New York und via Panamakanal weiter nach Los Angeles. Eine Frühjahrskreuzfahrt voller Spiel und Spaß, auf der jeder Tag mit der Sorgfalt eines Leichenbestatters zerlegt und beschriftet worden war. Es gab tatsächlich einen Bestatter an Bord, aber seine Dienste wurden gewöhnlich nicht in Anspruch genommen. Ein paar Tage zumindest gelingt es den teuren Antikörpern Illusion und Exzeß, den Auswirkungen von Alter und Apathie Einhalt zu gebieten und selbst die Sarggeweihtesten zu rotwangigem Genuß aufzupeitschen.

Genuß = Konsum.
Nach nur sechs Stunden auf See hatten meine unerschrockenen Mitpassagiere angefangen, sich durch 2455 Pfund Butter, 595

Pfund Tiefkühlkrabben, 3927 Liter Eiscreme, 26500 Teebeutel, 995 Pfund Tiefkühlfisch, 135 Gläser Babynahrung, 170 Flaschen Wodka und 1959 Pfund Hummer zu arbeiten … die Liste ist nicht endlos, aber sie ist lang. In wenigen Tagen werden diese darmstrotzenden Liegestuhlhelden das ganze Zeug in einer Orgie des Verschwindenlassens beseitigt haben. Ich bezweifle, daß der bordeigene Zauberer ähnlich Wunderbares leisten wird.

In meinem Vortrag von heute morgen sagte ich, die Speisesäle der *QE2* seien der endgültige Beweis für eine vierte räumliche Dimension, da es keine normale menschliche Erklärung für den täglichen Verlust von so viel Materie geben könne.

Es ist bemerkenswert, wie auf hoher See heikle Geschmäcker, spezielle Diäten, makrobiotische Vorlieben und Energieausrichtungen nach dem Yin-Yang-Prinzip samt und sonders dem dionysischen Rausch von Champagner (1160 Flaschen) und Kaviar (55 Pfund) zum Opfer fallen. Weltfremde sollten dabei bedenken, daß Kaviar im Normalfall grammweise verzehrt wird.

Ganz unvermeidlich sind es nicht nur die gastrischen Säfte, die durch Luxus und frische Luft angeregt werden. Was könnte erfreulicher sein als ein bißchen vormittägliche Fellatio in fremden Zungen?

Das Exotische, das Andere, der Orient des Interesses, der sich auf hoher See auftut. Wo sonst hätte jeder Zugang zu einem thailändischen Zimmermädchen, einer gelangweilten Gräfin, einem verblassenden Rockstar und einem seefesten Jungen, und das alles nur um die Mühe eines kleines Rundgangs an Deck?

Es ist eine faustische Welt der Genußsucht. Obwohl sie außerhalb der Zeit angesiedelt ist, sieht sie real aus, sie schmeckt real, und unweigerlich vergeht sie. Wenn uns dies bitter stimmt, so enthebt es uns auch der Verantwortung. Außerhalb der Zeit gibt es keine Verantwortung.

ER: Sind Sie verheiratet?

ICH: Nein.

ICH: Sind Sie verheiratet?

ER: Ja.

Eine lange Pause.

ER: Meine Frau und ich leben auf unterschiedlichen Planeten.

ICH: Dann leben Sie also getrennt?

ER: Wir haben getrennte Badezimmer.

Nach meinem Einführungsvortrag über Paracelsus und die neue Physik war ein energiegeladener Mann mit fast kahlem Schädel auf mich zugestürzt und hatte meine Hand ergriffen, meine Hände – wie viele ich auch gehabt hätte, er hätte sie alle ergriffen. Er stellte sich als mein Co-Dozent vor, denn er sollte auf der Frühjahrskreuzfahrt der Cunard-Linie ebenfalls lesen. Sein Thema: »Die Welt und andere Orte«.

In der Welt der Physik gibt es nur wenige Orte, die renommierter sind als das Institute for Advanced Studies in Princeton, New Jersey. Dieser Mann, Jove, arbeitete dort an einem neuen Modell des Kosmos, an der Dimensionalität des Hyperspace, an Geisteruniversen, die unserem symmetrisch sind. Er war die Zukunft.

Ich sagte: »Sie sind die Zukunft.«

Er sagte: »Trägt die Zeit eine Uhr?«

Jove hielt Vorträge über Zeitreisen. Jeden Morgen mußte er älteren Herren erklären, warum sie ihr Haar auch dann nicht wieder bekommen würden, wenn sie sich in eine Zeitmaschine setzten. Niemand interessierte sich für Einsteins Allgemeine

Relativitätstheorie und ihre Auswirkungen auf das, was wir Zeit nennen. Alle wollten nur wissen, ob sie ihr Leben ins Unendliche würden verlängern können, indem sie es rückwärts lebten. Theoretisch ist es möglich, den Prozeß des Alterns zu verlangsamen, indem man die Zeit verlangsamt. Wenn man mit annähernder Lichtgeschwindigkeit (299 792,458 Kilometer pro Sekunde) reist, wird der Fluß der Zeit zu einem Tröpfeln. Wenn wir die Lichtmauer durchbrechen, scheint die Zeit rückwärts zu laufen, das heißt, wir werden nicht älter.
»Sie wollen, daß ich ihnen sage, wo der Rückwärtsgang ist«, sagte Jove, »während die meisten von ihnen die letzten sechzig Jahre damit zugebracht haben, mit Automatik zu fahren.«

Ich glaubte nicht an das Schicksal, aber es kann eine sehr gelegene Entschuldigung sein.
Wie seltsam, daß ich mir die Überfahrt nach New York an Bord verdiente, mein Gepäck im Laderaum verstaut, und mein Körper erfüllt von einem neuen Anfang.
Wie seltsam, daß ich ein zweijähriges Forschungsstipendium in Princeton erhalten hatte.
Wie seltsam, daß ich diesen Mann jeden Tag sehen würde.

Während der Rest der Zuhörer seinem liebsten binären Gegensatz, Gin/Tonic, entgegenschlurfte, trat eine Frau auf uns zu und fragte Jove: »Wenn wir in die Vergangenheit reisen könnten, wäre es dann ratsam, das Kostüm der betreffenden Zeit schon vor der Abfahrt anzulegen oder es erst an Ort und Stelle zu kaufen?«
Was für eine Einkaufsgelegenheit. Während die internationale Physikergilde gerade erst anfängt, sich mit den Implikationen des Zeitreisens auseinanderzusetzen, machen die Reisenden sich schon Sorgen, was sie anziehen sollen. Die Welt wartet auf einen Ralph Lauren des Mittelalters.

»Dieses Problem überlasse ich lieber Ihnen, meine Damen«, sagte Jove.
»Moment mal«, sagte ich, »Sie sind es schließlich, der Armani trägt«, und ging.

Er holte mich später ein, halb wütend, halb geschlagen.
»Sie müssen meine Frau kennenlernen.«
»Und woher weiß ich, welches Badezimmer ich benutzen kann?«

*

Vorhin sagte ich, daß es eine Liebesaffäre gab. Tatsächlich gibt es zwei. Mann und Frau, so wurden sie von Gott erschaffen, und ich verliebte mich in beide.
Wenn Sie wissen wollen, wie eine Ehe-mit-Geliebter funktioniert, fragen sie ein Dreieck. In der euklidischen Geometrie ergeben die Winkel eines Dreiecks zusammen 180 Grad, und parallele Linien treffen sich niemals. Jeder weiß, worum es geht, und die Frauen werden, fern voneinander, in einem Spannungszustand gehalten. Die Form ist faszinierend und könnte als eine neue Geometrie des Familienlebens verstanden werden.
Leider funktionieren die Euklidischen Lehrsätze nur, wenn der Raum flach ist.
Im gekrümmten Raum ist die Summe der Winkel zu groß, und parallele Linien treffen sich immer.
Seine Frau, seine Geliebte trafen sich.

Wenn sich diese Geschichte vor 1856 zugetragen hätte, würde ich sie Ihnen vielleicht gar nicht erzählen.
Im neunzehnten Jahrhundert kannten die meisten Menschen ihren Platz, auch wenn sie die Mathematik nicht kannten, die ihnen diesen vorschrieb. In einer strikt dreidimensionalen Welt,

in der die kürzeste Entfernung zwischen zwei Punkten eine Gerade ist, konnte das Kommen und Gehen sexueller Heimlichkeiten mit beruhigender Genauigkeit gemessen werden. Auf einem ebenen Meer schaukelt das Boot kaum. Aber was geschieht, wenn das Meer selbst plötzlich wegstürzt?
1856. Ein armer, obskurer, schwindsüchtiger Deutscher namens Riemann schrieb eine Abhandlung, in der er vorrechnete, daß Euklid nur für ebene Flächen gilt. Sollte sich jedoch herausstellen, daß die Fläche nicht eben ist, könnte den zweitausend Jahren mathematischer Arroganz das Lächeln vergehen.
Sechzig Jahre später erkannte ein armer obskurer Deutscher namens Einstein, daß Lichtstrahlen sich unter dem Einfluß der Schwerkraft krümmen. Daher ist die kürzeste Entfernung zwischen zwei Punkten eine Kurve.
Wenn das Licht auf einer gekrümmten Linie reist, würde das bedeuten, daß der Raum selbst gekrümmt ist.

(Aufbäumen ihres Körpers unter mir)

»Alice?«
Ich sah ihn hinter mir stehen. Er wickelte sich wie ein Tuch um meine Schultern. Wir gaben ein elegantes Paar ab: dunkel/blond, älter/jünger, selbstbewußt/unsicher. Der Spiegel zeigte uns einen Schnappschuß unserer eigenen Attraktivität. Er sah mit einer gewissen Befriedigung an mir vorbei.
Auch ich sah hin, aber was mich beunruhigte, war ein anderes Gesicht im Spiegel, und dahinter ein anderes Zimmer.
Es fing an. Natürlich tat es das. Einfach, greifbar, vorhersehbar, begrenzt. Eine Liebesaffäre. Eine Alltäglichkeit, so verläßlich wie das Leben selbst. Wir sind, was wir wissen. Wir wissen, was wir sind. Wir reflektieren unsere Realität. Unsere Realität reflektiert uns. Was würde geschehen, wenn das Bild das Glas zerschlüge?

*

»Eis?« Jove reichte mir meinen Drink.
»Wie viele von ihnen werden mich wohl noch fragen, ob sie sich nach dem Tod einfrieren lassen sollen, bis die Wissenschaft weit genug ist, um sie zu ewiger Jugend aufzutauen?«
»Und was sagst du?«
»Ich *sollte* sagen, daß wer als alter Esel reingesteckt wird, auch als alter Esel wieder rauskommt.«

ICH: Was wirst du im Alter anfangen?
ER: Was ich in meiner Jugend und in meinen mittleren Jahren angefangen habe.
ICH: Deine Arbeit?
ER: *Purché porti la gonnella, Voi sapete quel che fa.* (Er sang.)
ICH: Wenn sie trägt...? *La gonnella*?
ER: Einen Unterrock.
ICH: Dann weißt du, was er tut.
ER: *Don Giovanni.* Ich werde dich in die Met mitnehmen. Ich werde dich überallhin mitnehmen.

So war/ist es. Die Geschichte gerät ins Stocken. Die feste Oberfläche gibt nach. Vor neun Monaten fuhr ich auf diesem Schiff meiner Zukunft entgegen. Neun Monate später halte ich auf dieser Zukunft ein so prekäres Gleichgewicht, als wäre sie ein Floß. Auf diesem Floß versuche ich, meine Vergangenheit zu entwirren. Meine Vergangenheit/unsere Vergangenheit. Jove hatte eine Frau. Ich liebte sie beide.
So ist/war es. Jove und seine Frau sind verschwunden. Er, salzige Wasserfälle weinend, sie, ihre Tränen verstreuend wie Schrot. Ich hätte bei ihnen sein sollen.
Wieso war ich es nicht?

Hier bin ich, an Bord des ewigen Dreiecks, das auf eine nicht ganz gerade Gerade reduziert ist.
Hier bin ich, Mann über Bord, Frau ebenfalls. Sie sind verschwunden, aber es gibt keine Leichen.

Ich bin immer noch hier, aber ich fühle nichts. Ich weine Blei.
Wenn es eine Leiche gäbe, könnte ich vielleicht etwas fühlen.
Er würde sagen, wenn ich fühlen könnte, gäbe es eine Leiche.
Die Energie geht der Materie voraus.
Sie würde sagen: »Solange du nicht bereit bist, zu lieben, gibt es niemanden, den du lieben könntest.« Würde sagen/hat gesagt, gefangen in der Krümmung ihres eigenen Lichts.
Ist das ihre Brust unter mir? Sphäre des denkenden Universums, mutwilliges Wegstürzen des Meeres?

Die Zeit sticht und quält mich. Welchen Sinn hat es, über diese Felsen zurückzugehen, die der Erosion trotzen? Mein Leben scheint aus dunkler Materie zu bestehen, die aus dem Unbewußten hervordrängt, so daß ich stehenbleibe und stolpere, unfähig, weiterzugehen, wie andere Leute es tun. Ich würde gern durch die Vergangenheit streifen, als wäre sie ein lieber Spazierweg. Geh mit mir, von Erinnerung zu Erinnerung, den gemeinsamen Pfad, die geteilte Aussicht.
Geh mit mir. Die Vergangenheit liegt auf der Lauer. Sie ist nicht hinter uns. Sie scheint vor uns zu sein. Wie sonst könnte sie mir ein Bein stellen, wenn ich loslaufen will?
Vergangenheit. Gegenwart. Zukunft. Die rationale Einteilung des rationalen Lebens. Und darunter immer, in Träumen, in Erinnerungen, im Augenblick des Zögerns auf einer geschäftigen Straße, die Ahnung, daß das Leben nicht rational ist, nicht eingeteilt. Daß die gespiegelten Einheiten zerbrechen könnten. Ich entschied mich, die Zeit zu studieren, um sie zu überlisten.

Als ich zehn war, hörte ich, wie der Direktor meiner Schule zu meinem Vater sagte: »Sie wird nie zu den Besten gehören.«
Ich sah auf die Taschen ihrer Tweedjacken, auf ihre gestrickten Pullover, ihre gestrickten Krawatten. Ich sah ihre bräunlichen Wangen, ihre ausdruckslosen Augen. Ich fühlte mich zwischen zwei Metallplatten gefangen, die mich zerquetschten. Der Druck auf meinen Kopf war ungeheuer. Ich wollte sagen: »Wartet mal«, aber ich war so weit unten, daß sie mich unmöglich hören konnten. Ich lebte in einer Welt unterhalb ihrer Gürtellinie, keine Erwachsene, kein Kind, kleiner als klein im unbestimmbaren Alter. Die Platten schrammten knirschend gegeneinander, und mein Vater fing an, über Kricket zu reden.

Wir kamen nach Hause, mein Vater und ich, ein Mann, der sich aus eigener Kraft hochgearbeitet hatte, ein armer Junge, der es geschafft hatte, und während er sich einen Sherry einschenkte, ging ich ins Schlafzimmer meiner Eltern, wo ihre Kommode stand.
Zwei Schubladen waren für das Beste. Die meiner Mutter enthielt ihren Schmuck und ihr Parfüm. Die meines Vaters seine Taschentücher. Sein Hobby waren Zaubertricks.
Wenn Kinder rechnen lernen, addieren und multiplizieren sie ganz selbstverständlich. Schwerer ist es, ihnen Substrahieren und Dividieren beizubringen, vielleicht, weil es eine Fähigkeit der Erwachsenen ist, die Welt zu reduzieren. Ich hatte lange geglaubt, und glaubte immer noch, daß mein Vater mindestens zweihundert Taschentücher besaß und daß er diese Taschentücher auf dieselbe Weise besaß wie Könige ihre Schätze. Seide, getüpfelt, einfarbig, bestickt, Baumwolle, paisleygemustert, bedruckt, gestreift, Leinen, grob, gesponnen, gefärbt, Spitze, wie eine Perücke für seine Abendanzüge. Wenn er eins davon in seine Brusttasche steckte, machte er ihm manchmal Hasenohren.

»Alice?«

Und ich folgte ihm durch Korridore der Täuschung und der Liebe.

Ganz hinten in der Schublade lag seine goldene Uhr; eine Sprungdeckeluhr, die alle fünfzehn Minuten schlug. Wichtig für einen Mann, dessen Zeit in Viertelstunden gemessen wurde.

War es das, was ich nicht sein würde? Solide, verläßlich, wertvoll, auffällig, extravagant, selten?

Ich verstreute die Taschentücher wie weiche Juwelen. War es das, was ich nicht sein würde? Phantastisch, unverschämt, nützlich, schön, vielfältig, anders, witzig, fröhlich?

In dem, was vom Nachmittagslicht übrig war, zog ich die unteren Schubladen auf, in denen sich das Schlechtere befand. Unterwäsche, Talkumpuder, zusammengerollte Socken.

»Mußt du denn so viel arbeiten?« sagte mein Vater, als ich magersüchtig und hohläugig war.

Ich bekam ein Stipendium, konnte in Cambridge Physik studieren und fing wieder an zu essen. Der Schlaf blieb mir verdächtig.

Wenn ich schlafe, träume ich, und wenn ich träume, falle ich zurück in meine Ängste. Die goldene Uhr tickt die Zeit ab, und ich habe oft versucht, mich in sie hineinzuzwängen und den Mechanismus mit meinem Körper zu blockieren. Wenn es mir gelingt, schlafe ich im Schlaf ein, bloß um plötzlich hochzuschrecken, weil die Uhr zwar nicht mehr tickt, dafür aber ich.

Ich habe diesen Traum meinem Vater erzählt, der mir riet, die Dinge ruhiger anzugehen. Es war nicht nötig, jede einzelne Auszeichnung für Physik zu gewinnen.

In meinem Zimmer gab es einen kleinen Spiegel. Wenn ich hineinblickte, sah ich nicht Alice, sondern Unterwäsche, Talkumpuder, zusammengerollte Socken.

Ich weiß, daß mein Vater fürchtete, ich würde im Alter einsam sein, und in der Jugend dazu. Er sprach es zwar nie aus, aber die Worte hinter den Worten verrieten mir, daß er mich lieber in eine gute Ehe manövriert hätte, als zuzusehen, wie ich mit meiner Arbeit gegen die Gezeiten anruderte. Nach wie vor gilt, daß eine Frau mit einem unausgefüllten Gefühlsleben selbst schuld ist, während ein Mann, der keine Zeit für Herzensdinge hat, einfach nur eine Frau braucht.

Als ich nach Cambridge ging, sagte meine Mutter: »Alice, wenn du mit einem Mann zum Essen ausgehst, darfst du nie auf die Uhr sehen.«

Wie viele Frauen ihrer Generation ließ sie die Zeit durch sich hindurchströmen, ohne zu versuchen, etwas daran zu ändern. Ihre Uhr war mein Vater, und es waren seine Bewegungen, die ihr Leben regulierten. Sie liebte sein stetes Ticken, obwohl sie mir einmal gestand, daß es eine Zeit gegeben hatte, als ihr Herz bei seinem Anblick schneller schlug, in den Tagen, als die Sonne auf der Sonnenuhr ein Spiel war.

Sie waren vom Garten ins Haus gegangen, hatten geheiratet, sich häuslich niedergelassen, und meinen Vater schienen die Forderungen seiner Taschenuhr nicht zu stören. Meine Mutter lernte nie, pünktlich zu sein, und blieb zeit ihres Lebens vage, wenn es um Verabredungen ging, die nicht direkt mit meinem Vater zu tun hatten. Sie hatte die Angewohnheit, meine Schwestern und mich am falschen Tag der falschen Woche zum Zahnarzt zu bringen, einmal sogar ein Jahr zu spät. In einer Manteltasche hatte sie einen Terminzettel gefunden und uns auf der Stelle hingeschleppt, um unsere plombierten Backenzähne plombieren zu lassen. Der Zahnarzt nahm es gelassen. »So sind die Frauen«, sagte er zu meinem Vater.

Wenn meine Mutter einen Satz mit den Worten begann: »Wenn du erst älter bist«, glaubte ich jedesmal, vor Verzweiflung sterben zu müssen. Ich wußte, daß sie nie daran dachte, die Uhr aufzuziehen, und daß ich immer gleich alt bleiben würde. Nur bei meinem Vater hatte ich eine Chance, erwachsen zu werden.

Alle Kinder stolpern über das, was Einstein entdeckt hat: daß Zeit relativ ist. In der Mutter-Zeit hatten die Tage eine formlose Qualität, wir aßen, schliefen, malten, spielten ohne Ende, warteten, ohne zu wissen, daß wir warteten, bis mein Vater nach Hause kam und mit den Fingern schnippte und uns in die goldene Stunde hineinriß. Uns wurde bewußt, obwohl ich nicht sagen kann, wodurch, daß er uns vier volle Viertel einer Stunde schenkte. Vielleicht fing ich damals an, das irritierende Verhältnis der einen Minute zur nächsten zu erforschen.
Wenn wir ins Bett gebracht worden waren, bekam auch meine Mutter ihre Stunde, und ich war froh, daß sie sich diese Stunde mit dem Abendessen teilen mußte und nicht wir. Dann ging mein Vater in sein Arbeitszimmer, und das Haus wurde dunkel.

*

14. März 1879. Ulm. Deutschland. Sonne in den Fischen.
Ein Mann von langsamer Sprechweise und sanftem Wesen. Was für Muster ergeben die Zahlen, die sich in den Gewässern seines Geistes brechen und beginnen? Er schwimmt in Zahlen. Jetzt ruht er sich auf einer Neun aus, jetzt kämpft er gegen eine Sieben an, schillernde Zahlen mit offenem Mund, die sich von ihm nähren, so wie er sich von ihnen nährt.
Die Zahlen kommen, wenn er sie ruft. Aus den seltsamen Meeren der Galaxis kommen sie in Scharen zu ihm. Er kennt die ersten Worte der Schöpfung und sieht fast, aber eben doch nicht ganz, die Zahl, die sich darunter verbirgt. Er hört das Wort und versucht, die Zahl zu schreiben, aber nicht alle Zahlen gehören ihm.

Die Ungezähmtheit der Zahlen liegt in ihrer Ordnung, die sich nach oben hin in eine spekulative Schönheit auflöst. Kommt man ihr zu nahe, versagt die Sprache. Er glaubt, daß Zahl und Wort eins sind, und er spricht in Zahlen und Worten und versucht, in seinem eigenen Körper die Einheit, die er wahrnimmt, wiederherzustellen.
Einstein: der berühmteste Wissenschaftler der Welt. Jeder kennt $E = mc^2$. Nicht jeder kennt dies: »Wenn ein Körper im freien Fall ist, spürt er sein eigenes Gewicht nicht.«
Die Implikationen hiervon reichen weiter als die Gravitationstheorie, die in ihnen enthalten ist.

*

Ich weiß, daß ich eine Närrin bin, wenn ich versuche, aus einzelnen Fetzen Verbindungen herzustellen, aber wie soll ich sonst vorgehen? Die fragmentarische Beschaffenheit des Lebens macht allen Zusammenhang verdächtig, aber bloßes Geplapper ist eine andere Art Verrat. Vielleicht ist es Eitelkeit. Bin ich eitel genug anzunehmen, daß du mich verstehen wirst? Nein. Also zerbreche ich mir auch weiter den Kopf über neue Wortverbindungen und hoffe, daß sich die Teile dieses Mal glatt aneinanderfügen werden.
Geh mit mir. Hand in Hand durch den Alptraum der Erzählung, die säuberlichen Sätze, die ihre geheime Bedeutung einsargen. Sie versperren wie eine Wand, hinter der zerbrochene Stücke eines Bildes verborgen sind. Und wenn wir die Vertäfelung abreißen, was dann? Wenn keine Oberfläche da ist, welche Hoffnung auf Kontakt, auf ein Gespräch kann es geben? Wie soll ich je das Rohe darunter entziffern?
Die Geschichte meines Tages, die Geschichte meines Lebens, die Geschichte unserer Begegnung und der Dinge, die geschahen, bevor wir uns begegneten. Und jede Geschichte, die ich

erzähle, übertönt eine andere Geschichte, die ich nicht erzählen kann. Und wenn ich diese Geschichte nicht dir, sondern jemand anderem erzählte, wäre es dann noch dieselbe Geschichte?

Geh mit mir, Hand in Hand durch Neon und Styropor. Geh über die Rasierklingen und gebrochenen Herzen. Das Glück und das gejagte Glück. Geh die Chop-Suey-Läden entlang und den Sternenpfad.
Ich weiß, daß ich eine Närrin bin, wenn ich hoffe, daß sowohl Dreck als auch Herrlichkeit eine Art Leuchtfarbe sind; die Demütigungen und die Verzückungen, die uns aufleuchten lassen. Ich sehe wie ein Käfer, alles ist zu groß, während der Druck der Unendlichkeit gegen meinen Kopf hämmert. Aber wie soll ich sonst leben, vertikal wie ich bin, niedergedrückt und gleichzeitig nach oben drängend? Ich kann nicht davon ausgehen, daß du mich verstehen wirst. Genauso wahrscheinlich ist, daß du, während ich erfinde, was ich sagen will, erfindest, was du hören willst. Aber irgendeine Geschichte müssen wir haben. Verstreute Worte auf zerknittertem Papier. Ein schwaches Signal, ausgesandt in den Weltraum des anderen.
Die Wahrscheinlichkeit einer Begegnung getrennter Welten ist sehr gering. Ihr Reiz jedoch ist immens. Wir senden Raumschiffe aus. Wir verlieben uns.

Geh mit mir. In der Nacht, als Jove und ich das erste Mal miteinander schliefen, ließ ich ihn halb zugedeckt in der Verletzlichkeit eines fremden Bettes liegen und ging vom Central Park zur Battery hinunter. Meine Gefühle gehören mir erst, wenn ich über sie nachdenken kann. Ich habe keine Angst zu fühlen, aber ich habe Angst, gedankenlos zu fühlen. Ich will nicht ertrinken. Mein Kopf ist der Rettungsring meines Herzens.

Ich achtete nicht auf das Rot und Grün der endlosen Ampeln an den Kreuzungen und wagte mich auf gut Glück über die Straßen. Nicht Nacht, nicht Tag, befand die Stadt sich in der Schwebe, ihre Rufe und Schreie schwächer jetzt, ihr Tosen ein leises Grollen, wie etwas in weiter Ferne. In ihrem Zentrum fühlte ich mich wie eine Kreatur am Abgrund. Es ist eine Stadt der Ränder, abgründig, unsicher, eine Stadt der Ecken, nicht der Kurven. Immer muß eine Entscheidung getroffen werden: wohin jetzt? Eine Stadt der Fragen, großmäulig und unverschämt, eine Sphinx, erbaut, um die alte Welt vor ihre Rätsel zu stellen. Ich habe gelernt, mich in New York wohlzufühlen, so wie ein Fakir lernt, sich auf einem Nagelbrett wohlzufühlen; es zu genießen. Schönheit und Schmerz sind nicht voneinander getrennt. Das ist hier so klar. Die Stadt ist ein Reagenzglas, ein alchimistisches Gefäß, in dem Dreck und Herrlichkeit sich tatsächlich verwandeln. Niemand, der sich dieser Stadt unterwirft, bleibt, wie er ist. Ihre Möglichkeiten liegen in der Gleichgültigkeit. Hier kann man alles sein.
Wenn man es kann. Ich war mir durchaus bewußt, daß vieles von dem, was in ein alchimistisches Gefäß geworfen wird, zerstört wird. Selbst-zerstört. Im alchimistischen Prozeß werden Substanzen nach ihrer eigenen Gesetzlichkeit abgebaut. Alles Vitale wird herausdestilliert. Das andere …
Täusch dich nicht, Alice, du bestehst zum großen Teil aus Schund.
Sicher, aber meine Hoffnung liegt in dem Rest.

Ich ging schnell, zielstrebig, ich trug Joves Lederjacke. Ich wollte Kleider um mich haben, weil ich mich bis auf die Knochen entblößt fühlte. Die feste, erkennbare Form war verschwunden. Mein Fleisch war da, teils Genuß, teils Schmerz, und die Antennen meines Nervensystems verarbeiteten noch immer die Tatsache eines zweiten Körpers. Der Körper ist seine eigene Biosphäre, Luft wird vorsichtig durch ein raffiniertes Filtersystem aufgenommen, Nahrung wird von aggressiven Säuren angegriffen. Nichts, was von außen kommt, erhält eine langfristige Aufenthaltsgenehmigung. Sauerstoff wird als Kohlendioxyd ausgestoßen, selbst Champagner und Gänseleberpastete werden zu Kacke und Pisse gemanscht. Der Körper ist effizient, aber nicht höflich. Er benutzt und verwirft. Dringt ein zweiter Körper ein, entsteht beträchtliche Verwirrung. Rein oder raus? Was von beidem?

Das Seltsame an der Liebe ist, daß sie die Selbstsucht des Körpers überwindet. Sex und Fortpflanzung fügen sich problemlos in die Eroberungspläne des Körpers ein; er will sein Territorium ausdehnen, er muß sich reproduzieren. Er wehrt sich gegen jede Invasion. Als Invasorin bedroht die Liebe die Autonomie des Ich. Als Retterin ist Liebe die Hand, die über das weglose Meer gestreckt wird.

Kann man ihr trauen? Vielleicht. Vielleicht ist es die richtige Hand, oder aber etwas Zwielichtigeres. Mein Körper ist nicht überzeugt, mein Geist würde gern die Schlüssel zu ihm hinunterwerfen. Ich gehöre der Generation an, die mit Romantik großgezogen wurde. Wo ist der eine für mich?

Biologisch gesehen gibt es Tausende für mich. Wenn ich Sex will, kann ich ihn haben. Ich sollte mich vor Bindungen hüten, die Ketten sind, und vor Händen, die sich als Handschellen erweisen. Was mich befreien sollte, wird mich aller Wahrscheinlichkeit nach einmauern. Die Bitterkeit der Liebe ist die Zwillingsschwester ihrer Hoffnung.

Geh mit mir. Welche Art Frau geht mit dem Mann einer anderen Frau ins Bett? Antwort: ein Wurm? Vielleicht erklärt das meinen wirbellosen Zustand. Knochenlose Frau: Herz, Brust und Schenkel, nicht die Art Frau, für die ich mich hielt. Wenn

ich mich selbst so wenig kenne, wie kann ich behaupten, einen anderen Menschen zu kennen?
Mein Körper ist noch feucht von ihm, fürchte ich.

»War es nicht Gott, der gesagt hat: ›Selbst die Haare auf deinem Kopf sind gezählt‹?« Jove lag auf dem Rücken, lächelte mich an, rieb sich die Schläfen und zog eine Grimasse. »In meinem Fall brauchte er nur bis zwanzig zu zählen.«
Dann wurde er ernst, was er kaum je zu sein schien, und wog meine Haare in der Hand. »Das ist die Mathematik Gottes.«
Später sagte er, während er seine eigene Erektion bewunderte: »Und das ist seine Physik.«
Beide Aussagen sollten mit Vorsicht gelesen werden, weil Jove nicht an Gott glaubte.

An der Battery beugte ich mich über das Geländer und sah aufs Wasser hinaus. Nebel kam auf, und die Lichter eines Schleppers blinkten ihre verschlüsselte Botschaft. Die Dunkelheit und das Wasser fühlten sich nicht bedrohlich an. Dunkelheit-Wasser fühlten sich an wie eine Antwort auf die flüssige Stelle, zu der mein Herz geworden war. Als Wissenschaftlerin arbeite ich auf Gewißheiten hin. Als Mensch scheine ich mich von ihnen fortzubewegen. Wenn ich einen Beweis für die provisorische Natur dessen brauchte, was Welt genannt wird, so fing ich an, ihn zu finden. Was wußte ich sicher? Absolut sicher? Und doch strebte ich ihm entgegen wie Licht einem hellen Gegenstand.
Mir ist klar, daß dies eine optische Täuschung ist.
Ich begann zurückzugehen, weg vom Wasser, weg von der Dunkelheit. Ich würde zurückgehen müssen in den Tag, der gerade begann.
Liebesaffäre: *Amour*, ehrenhafte oder unehrenhafte. Jove hatte eine Frau.

DER TURM

Mein Mann hat eine Affäre. *Cherchez la femme.* Wo ist sie? Stell das Schlafzimmer auf den Kopf. Das eheliche Schlafzimmer. Kissen und Laken zerfetzend, werde ich ihre Stigmata von der Matratze reißen. Ist das der Abdruck ihres Körpers, schwach, aber erkennbar? Meine radioaktiven Hände werden sie erfühlen. Was immer sie an Haar und Haut zurückgelassen hat, ich werde es finden und einschmelzen.
Gib mir einen Topf und laß mich Kannibalin werden. Ich werde mit größerem Genuß an ihr schlemmen als er. Wenn sie sein Leckerbissen ist, werde ich sie feinschmecken. Dann wirst du sehen, wie es ist, gewürzt, aufgespießt und verzehrt zu werden. Ich werde sie langsam essen, damit sie länger vorhält. Was immer er getan hat, werde ich auch tun. Hat er sie gegessen? Dann tu ich es auch. Und spuck sie wieder aus.
Das hat nichts mit Rache zu tun.

Ich bin keine rachsüchtige Frau.
Ich muß vernünftig vorgehen.
Wo ist der Schraubenzieher? Ich werde jedes Scharnier von jeder Tür schrauben. Er wird nicht mehr ungestört auf der Toilette sitzen. Keinen Ort, um ein Billet-doux mit einer Hand zu lesen. Soll er sich vor mir rasieren, vor mir scheißen, sich unter meinem Blick die Achseln mit Talkum pudern. Ich werde die Haare an seinem Rasiermesser und die Ringe in seiner

Wanne zählen. Ich werde ihn erforschen wie eine seltene Insektenart.
Ich werde das kaltblütig tun.

Ich brauche einen Bohrer. Ich werde Löcher in seine Schuhe bohren und ihn ausspionieren, wo immer er geht und steht. Augen unter dem Pflaster werden ihn beobachten. Wenn er schläft, werde ich seinen Schädel trepanieren und seinen Traum von ihr mit den Fingern aus ihm herausreißen.
Ich werde natürlich leise vorgehen.

Wo ist die Kreide? Ich werde eine neue Berliner Mauer festlegen: für jeden von uns einen halben Meter Flurbreite, sein Arbeitszimmer kann er behalten und den Teil des Wohnzimmers, der am weitesten vom Fenster entfernt ist. Ich werde ihm auf dem Gasherd eine Flamme geben und den Kaltwasserhahn in der Küche. Laß ihn Kuchen essen. Ich werde die Türpfosten bemalen, wie die Juden es zu Passah taten, und beten, daß der Engel des Todes den männlichen Erstgeborenen nimmt. Ihn.
Das Sexbett das Liebesbett das Nachmittags- und Nachtbett das Wo-ich-ihn-umarmte-umarmte-er-sie-Bett das faule Lotterbett.
Wo ist die Säge?
Eins, das Kopfteil durchtrennen. Zwei, die Matratze ausweiden. Drei, die Sprungfedern rausholen. Vier, das Fußteil amputieren. Fünf, die beiden Hälften säuberlich zu beiden Seiten des Zimmers aufstellen, für jeden eine schockierte Decke.
Decke? Decke? Was braucht er eine Decke? Warm genug in geborgten Armen. In seiner heimlichen Hitze.
Wenigstens bin ich immer noch ruhig.

Ihre Adresse. Er muß sie irgendwo haben.
Ich betrat sein Arbeitszimmer und fing an, seine Papiere durch-

zugehen. Was für eine hübsche weiße Lawine. Ich mußte an letztes Jahr denken, als wir beim Skifahren waren und uns auf den Dünen aus Schnee liebten.
Blick nicht zurück. Wer will sich als Lots Frau der Erinnerung einsalzen lassen?
Vor allem jetzt, laß den Schmerz nicht zu.

Meine Hände zitterten, und die Papiere unter ihnen, und das Arbeitszimmer darunter, und die aufgestapelten Leben darunter bebten, und der Zeitungsjunge an der Ecke packte seine Zeitungen fester und erlebte eine Sekunde der Qual und wußte es nicht.
Wo war sie? Unter dem Teppich? Zwischen Glas und Fensterrahmen gepreßt? Ich atmete sie. Ihren Staub, ihre Moleküle, die Luft war fett von ihr, von den Absonderungen und Ausdünstungen eines lebenden Körpers.
Säubere die Wohnung, säubere sie.
Ich öffnete das Fenster seines Arbeitszimmers und führte ein Experiment zur Erforschung der Schwerkraft durch. Wenn ich einen CD-Player und einen Laptop gleichzeitig aus demselben Fenster fallen lasse, was von beidem wird als erstes auf dem Boden aufschlagen?
Laß die Worte mit ihnen fallen. Haß. Wut. Schmerz. Ich habe mir sagen lassen, daß Worte billig sind. Worte sind leichte Gebilde, die nichts ändern. Federballworte, hin- und hergeschlagen zwischen uns. Nichts Reales, bloß ein guter Schlag.
Wieso wollten die Worte nicht fallen? Wieso blieben sie an meinen Fingern kleben? Ich diskusschleuderte Bilderrahmen und Aktenordner und beobachtete, wie sie eine Sekunde lang in der Luft verharrten, bevor sie fielen. Ich fühlte mich olympisch. Ich war die Weltmeisterin.

Ich schleuderte und schleuderte und stand schließlich allein in der Buddha-Stille seines leeren Zimmers. Einatmen. Ausatmen. Meine Finger waren klebrig. Haß. Wut. Schmerz. Die Worte wollten nicht fallen. Ich blutete Worte. Ich ging ins Badezimmer, um sie abzuwaschen, aber als ich meine Hand unter dem klaren kalten Wasser hervorzog, wallten die Worte wieder auf, rot und flüssig, Gefahrenworte, zerbrochene Worte, das gesprungene Gefäß meiner Liebe zu ihm.

Da fing ich an zu weinen. Ich kniete mich hin, den Kopf an das Becken gelehnt, und füllte es wie eine Opferschale, ohne daß jemand dagewesen wäre, dem ich sie hätte darbringen können. Eine salzige See und kein Schiff darauf.

Blut und Tränen und zerknüllte Worte und Worte ungeeignet für den menschlichen Gebrauch. Was bedeutet Menschsein ohne Liebe?

DU: Natürlich liebe ich dich.

ICH: Und eine andere.

DU: Sex …

ICH: Du redest, als wär das eine unheilbare Krankheit.

DU: Vielleicht ist es eine unheilbare Krankheit.

ICH: Ich bin es, die leidet.

DU: Meine Gefühle für dich haben sich nie geändert.

ICH: Wie kannst du etwas am Leben halten, was schon tot ist?

DU: Worte, Worte.

ICH: Soll ich in Zahlen sprechen? Wie oft hast du mit ihr geschlafen? Wie viele Monate triffst du sie schon? Wie alt ist sie? Welche Maße hat sie? Kommt sie schnell zum Orgasmus?

DU: Hör auf.

ICH: Oder gar nicht?

DU: Beruhige dich.

ICH: Die Ehefrau als wandelndes Valium.

DU: Sieh dir das Zimmer an …

ICH: Ganz allein mein Werk.

DU: Das sehe ich.

ICH: Aber du verstehst nicht.

DU: Männer und Frauen sind verschieden.

ICH: Denkst du, ich begehre keine anderen Männer?

DU: Wen?

ICH: Wen, wen, für einen theoretischen Physiker hast du einen soliden Betonkopf. Ich begehre andere Männer. Aber ich schlafe nicht mit ihnen, weil ich dich liebe.

DU: Du hättest als Katholikin auf die Welt kommen sollen.

ICH: Um Trost zu finden?

DU: Weil du ehrgeizig bist. Vielleicht wärst du die erste Päpstin geworden.

ICH: Du bist grausam.

DU: Entschuldige. War nur ein Witz.

ICH: Mein Mann, der Schlafzimmerhumorist.

DU: Laß mich eine Weile in mein Arbeitszimmer gehen. Ich muß nachdenken.

ICH: Nimm dir einen Stuhl mit.

Er sah mich stirnrunzelnd an, als wäre ich eine unelegante Gleichung, notwendig, aber beschwerlich, mühsam zu bearbeiten. Ich war nicht mehr seine lebendige Schönheit der physikalischen Gesetze. Zweifellos sprach er jetzt ihr von der Poesie der Zahlen. Ich sah in den Spiegel. War das mein Gesicht? Ich war eine Fratze des Kummers. Etwas Verzerrtes, Verhöhntes. Ein Wasserspeier des Elends. Er hatte seine Gleichgültigkeit über mich gegossen, und ich hatte sie als Schmutzwasser wieder ausgespien. Er dachte, ich wäre das Schmutzwasser, nicht er.

Ist es verrückt, in einer verrückten Situation verrückt zu spielen? Es hat eine Logik. Es hat vielleicht sogar Würde, wenn Würde das ist, was den menschlichen Geist auszeichnet und am Leben hält.

Ich hatte nicht die Absicht, seinetwegen unterzugehen.

Aus seinem Arbeitszimmer drang ein Geräusch wie von einem Auto, das nicht anspringen will. Eine Mischung aus Röhren und Heulen.

DU: Was hast du getan?

ICH: Ich habe deine Sachen aus dem Fenster geworfen.

DU: Warum?

ICH: Damit ich mich besser fühle.

DU: Du hättest jemanden umbringen können.

ICH: Ich hätte dich umbringen können.

DU: Das macht doch keinen Sinn.

ICH: Das, was du getan hast, macht keinen Sinn. Du hast nicht an mich gedacht, als du sie berührt hast. Du hast mich aus dem Fenster geworfen.

DU: Du bist gesprungen.

ICH: Was?

DU: Du lebst doch schon seit Jahren in deiner eigenen Welt.

ICH: Du meinst, ich lebe nicht vollständig in deiner.

DU: Das erwarte ich gar nicht. Ich erwarte nur …

ICH: Ein wenig Liebe und Verständnis.

DU: Ja, Liebe und Verständnis.

ICH: Dann geh und such sie dir.

DU: Ich packe besser meinen Koffer.

Er ging in das zerstörte Schlafzimmer und kam mit einem halben Koffer zurück.

»Was soll ich deiner Meinung nach damit anfangen?«

»Setz ihn dir auf den Kopf.«

Er warf ihn auf den Boden und ging durch die Türöffnung zurück. Dann zögerte er.
»Was ist mit der Tür passiert?«
»Sie hatte eine Affäre und ist ausgezogen.«
Etwa eine halbe Stunde später kam er an mir vorbei. Er trug drei Hosen, sechs Pullover, mindestens zwei Hemden. Seine Sportsachen hatte er sich um die Hüften gebunden. Auf den Armen trug er ein Sammelsurium aus Schuhen und sonstigen Kleidungsstücken.
»Das ist lächerlich.«
»Du bist lächerlich.«
Ich hielt ihm die eine verbleibende Tür auf. Er ging die Treppe hinunter, als er sich an etwas zu erinnern schien, oder vielleicht erinnerte sich etwas an ihn. Er sah zu mir zurück, während sich Pfützen von Schmutzwasser um meine Füße bildeten.
»Wie bist du dahintergekommen?«
»Sie hat mir geschrieben.«

Die Morgenpost. Das sonnige Acht-Uhr-Exkrement aus unerbetenen Glückschancen und unbezahlten Rechnungen. Kaufen Sie ein vibrierendes Massagehandtuch, und gewinnen Sie eine Reise nach Island. Bezahlen Sie Ihre Stromrechnung, oder verbringen Sie den Rest ihres Lebens im Dunkeln. An jenem Morgen bekam ich eine kostenlose Shampoo-Probe und eine Einladung zu einem einführenden Vortrag über eine Transzendentale Diät. Außerdem war da noch ein an mich adressierter Brief. Die Schrift wirkte gebildet. Der Umschlag war dick und quadratisch. Ich hatte keine Ahnung, von wem der Brief sein konnte. Ich bekomme eine Menge Briefe. Die Leute lieben es, an Autoren zu schreiben. Jetzt, da Gedichte wieder modern sind, habe ich das, was man eine Anhängerschaft nennen könnte. Ich habe auch, was man eine Führerschaft nennen könnte: Leute, die mir

schreiben, um mir zu sagen, wie ich es besser machen soll. Ich dachte, der Brief käme vielleicht von so jemandem.
Ich öffnete ihn. Er war von einer Frau namens Alice, die sagte, sie habe eine Affäre mit meinem Mann.

Drrring! Schmerz nach oben. Schmerz nach unten. Welchen Winkel meiner Insektenwelt hat der Schmerz noch nicht in Besitz genommen? Die Wände sind damit beschmiert, klebrig, schwach süßlich. Schmerz ist total wie ein Geliebter. Ich mußte an jene Stiche aus dem achtzehnten Jahrhundert denken, deutsch, auf denen der Tod in seinem Kapuzenmantel das lebende Fleisch umwirbt. Dieser Tod hier ist genauso obszön. Die Bilder in meinem Kopf handeln von Sex und Sex. Ich bin meine eigene Pornographin geworden. Sein Körper. Ihr Körper. Mein Körper. Ineinander verschlungen, zuckend, dunkel. Die grinsende Verschwörung von Schädeln, entknöchert vor Lust. Der stumme, schwerkraftfreie Purzelbaum von ihr auf ihm auf ihr. Da sind wir, das infernalische Dreieck, drehen uns in der schlüpfrigen Luft, Brüste, Schwanz, Möse, überdimensionale aufgeblähte Fallschirme aus Haut. Ich weiß, daß wir fallen, alle drei, aber der Boden ist noch weit. Bis wir uns an den Händen fassen wie Fallschirmspringer. Er war ich ich war er sind wir sie? Wenn man sich an jemand anderen bindet, öffnet man eine Wunde. Aus ihr fließt das Blut in Strömen, dein Blut für sie. Wir nennen es Blutsbrüder. Wir nennen es sterbender Christus. Die Wunde des Fischerkönigs wird zu ihm und will nicht heilen. Der Schwur von mir an dich und von dir an mich ist eine rote Verletzlichkeit in einer grauen Welt. Wir riskieren einander füreinander, machen den unmöglichen Schritt. Hier ist das Messer, das mich tötet. Du hast es in der Hand. Als Beweis lasse ich mich selbst zur Ader. Monströs, primitiv, großartig, göttlich, die eine wahrhaft extravagante Geste. Das einzige, von dem ich be-

haupten kann, daß es mir gehört, bin ich selbst, und sieh her, ich werde es dir schenken, eine Zeremonie der Unschuld, wissend gemacht in Blut.
Sag nicht, daß es nicht so war. Wir haben uns gegenseitig mit Transfusionen versorgt. Jetzt willst du, daß ich verblute, damit niemand sagen kann, welche Wunde wir miteinander teilten. Aber so einfach ist das nicht. Schwüre können gebrochen werden; meist werden sie es, aber die Wunde bohrt sich tiefer in den Körper, um eines Tages wieder aufzubrechen.

Der Turm. Karte XV des Tarot. Zwei Gestalten in identischer Kleidung werden aus einer verwüsteten Festung geschleudert.

Stein 1 Glück. Ich liebe ihn er liebt mich.
Stein 2 Billigung. Ich liebe ihn er liebt mich.
Stein 3 Sicherheit. Ich liebe ihn er liebt mich.
Stein 4 Zeit. Ich liebe ihn er liebt mich.
Stein 5 Selbstzufriedenheit. Ich liebe ihn er liebt mich.
Stein 6 Gleichgültigkeit. Ich liebe ihn er liebt mich.
Stein 7 Distanz. Ich liebe mich er liebt sich.
Stein 8 Verweigerung. Ich liebe ihn.
Stein 9 Lügen. Er liebt mich.
Stein 10 Gefahr. Liebe? Liebe?
Stein 11 Ein Strohhalm. Ein Kamel. Zwei Rücken.

Der Turm. Die sicheren Mauern stürzen ein, Kind.
Ich muß an Nimrod denken, den mächtigen Jäger der Genesis, der den Turm zu Babel erbaute, den Gott zerstörte. Der Turm zu Babel. Selbst nach seiner Zerstörung konnte ein Mann drei Tage lang gehen und befand sich immer noch in seinem Schatten.
Was habe ich gebaut, das einen solchen Zorn herabrief?
Ich stelle mir den Zorn lieber außen und mich selbst innen vor.

Wenn ich das Opfer bin, kann ich nicht der Täter sein. Die Welt ist in diesem Punkt ganz auf meiner Seite; reich und arm, Sünder und Heiliger, guter Mann böser Mann, der Mörder und der Tote. Ich baute einen Turm. Ich lebte darin. Jetzt wurde er zerstört. Kam der Blitz wie ein gleichgültiger Gott, oder habe ich ihn angezogen?
Niemand soll denken, daß ich mich mit dem Abwasch von gestern herumquäle. Eine Frau, die Sklavenarbeit für einen Mann verrichtet, hat keine Ehe, sie hat einen Herrn. Ich will ihn nicht um jeden Preis, aber ich dachte, wir wären über den Preis einig geworden. Wieso ging er zurück auf den Markt, um sich nach etwas Billigerem umzusehen?
Als ich den Brief gelesen und mich hingelegt hatte, konnte ich weder sprechen noch weinen. Mein Geist versuchte, Atemtümpel unter das Schmutzwasser zu zwingen. Manchmal schien ich eine Luftblase zu finden, und einen Moment lang konnte ich klar denken, dann schlug das Wasser wieder über mir zusammen, und ich fiel zurück in den Schmerz. Zurück in den Sex. Eine pompöse Mappe mit anatomischen Zeichnungen, genitalen Beleidigungen, die mir in Mund und Haare gezwungen wurden. Wo immer ich meinen Blick ruhen lassen wollte, sah ich, wie die beiden sich liebten. Sie waren auf die Wände gegipst und auf den Holzfußboden lackiert. Die Stühle und Tische, die meinem Vater gehört hatten, waren eine ottomanische Découpage aus zarten Gliedmaßen und flammenden Brüsten. Die Arme und Beine der beiden, ihr Bauch an seinem, hier in meinem Haus, wie Trockenfäule. Ich schleppte mich in die Küche, weg von dem Entsetzlichen, und machte die Augen auf. Der Kühlschrank rieb sich an mir. Die Fliesen waren heiß. Als ich mich an die Tür klammerte, klammerte sie zurück. Ich fuhr mir mit einem Geschirrtuch über das Gesicht und roch ihren Sex.

Mit einem Kuß verraten. Der Gestank des Judas. Ich nahm die Zahnbürste, um mir die Zähne zu putzen, und dachte an seinen Mund. Lebenskuß, Todeskuß. Komm, küß mich, damit ich deine Lippen lesen kann, auf denen die Täuschungen geschrieben stehen, die darauf warten, aufgeführt zu werden. Sein verlogenes Herz liegt auf seiner Zunge. Als ich ihn heute morgen küßte, schmeckte ich seine Furcht.

ER: Was ist mit dir?

ICH: Nichts.

Nichts verstopft langsam meine Arterien. Nichts betäubt langsam meine Seele. Gefangen von nichts, sage ich nichts, und das Nichts verwandelt sich in mich. Wenn ich nichts bin, werden sie sagen, überrascht, so wie sie immer überrascht sind: »Aber sie hatte doch nichts.«

Nichts. Asche zu Asche, Staub zu Staub, Liebe zu Liebe.

Als Kind stellte ich mir die Liebe als gläsernen Brunnen vor. Ich konnte mich darüberbeugen und meine Hände hineintauchen, und wenn ich sie wieder herauszog, schimmerten sie. Der Brunnen war keine reißende Strömung, kein Sturzbach, aber er war tief, und ganz unten floß er. Ich wußte, daß er floß, weil ich hören konnte, wie das Wasser leise über die unterirdischen Kiesel rieselte. Gab es dort unten Schiffe, und Häfen, die von dem Brunnen abhingen, und geschützte Buchten, in denen die Menschen siedelten? Ich sah die Welt unter dem Wasser nur als Spiegelung. Sie zu betreten hätte bedeutet, in den Brunnen zu klettern und mich fallen zu lassen. Meine Mutter hatte mich vor dem Schwimmen gewarnt.

Jeden Tag kehrte ich zum Brunnenrand zurück, schaute, soviel ich konnte, und benetzte meine Hände. Später, als ich erwachsen war, traf ich einen Mann, der zwei Eimer bei sich hatte. Er tauchte sie in das klare Wasser, behielt einen für sich und gab den anderen mir. Ich hatte noch nie so viel Wasser in den Händen gehalten. Hatte noch nie einen Behälter gefunden, der so viel aufnehmen konnte. Ich verlor das Interesse am Brunnen, ich hatte ja meinen Eimer.

Man beneidete Jove und mich. Wir waren sauber, sicher, sexy, zusammen. Wir stellten unsere Ehe zur Schau wie eine Trophäe und waren überzeugt, sie verdient zu haben. Wir polierten die Trophäe, vergaßen aber, uns selbst zu polieren. Während sie immer heller glänzte, wurden wir immer stumpfer. Was machte es denn schon, wenn wir ein wenig angestaubt waren, ein wenig abgenutzt?

Unsere Ehe wurde zu etwas Besonderem; abgesondert von uns beiden, heißt das. Wir besaßen beide einen rührenden Glauben an ihre magischen, schützenden Kräfte, und es stimmt, daß ein Symbol eine Zeitlang die schlichte Tatsache überdauern kann, daß die, die es erschaffen haben, sich anderen Dingen zugewandt haben.

Wir hatten unseren sicheren Turm errichtet, hatten die Trophäe auf dem Dach aufgestellt und den Blitz herausgefordert. Er wollte die Versuchung ausschließen. Ich wollte sie einschließen. Ich wollte von ihm versucht werden und die Geschichte von Adam und Eva neu erzählen. Er wollte das Paradies, ein geheiligtes Temenos, wo er vom eigenen Schmerz befreit wäre. Mein Vater hatte mich immer gewarnt: »Kehr der Schlange nie den Rücken.« Er hatte recht, daß der Feind des Paradieses immer schon darin ist. Jove lachte über meine alttestamentarische Art, aber lag die Schlange da nicht schon unter den Fundamenten unseres Hauses? Ein- oder zweimal ertappte ich ihn dabei, wie er aus den Eimern trank.

Dann nahm mein Mann, was von dem abgestandenen Schmutzwasser übrig war, und schleuderte es mir ins Gesicht.
Jetzt gibt es kein Entkommen mehr. Ich stinke danach. Ich rieche wie das Schmutzwasser aus dem Schlachthaus.
Er sagte: »Wenn du nur versuchen würdest, zu verstehen.«

Ich verstehe, daß der Schmerz einen Bocksprung über die Sprache macht und mit dumpfem Grollen jenseits der Zeit landet. An einem Ort, wo es keine Sprache und keine Uhr gibt, keine Möglichkeit, den Augenblick oder das mit ihm verbundene Elend zu trennen. Niemand kommt und niemand geht. Es ist ein Ort, dem die Zivilisation keinen Besuch abstattet. Die Zivilisation hat nicht stattgefunden.
Sieh auf zu den blutigen, von der Sonne erzürnten Wolken. Duck dich vor ihnen in deiner Nacktheit und deiner Angst. Es ist niemand da, der dir hilft, du kannst keine Hilfe rufen, es ist der tiefe Schmerz der Jahrtausende vor allem Menschsein, vor der Liebe.
Der Narr in seiner Narrheit denkt, daß die Zeit vor der Zeit vorbei ist. Er denkt, daß die Vorgeschichte in ihrem Sumpf versunken ist und daß wir das Land schon vor langer Zeit trockengelegt und Häuser darauf gebaut haben. Das haben wir auch, lauter Türme, hygienisch, hochaufragend, elektrisch beleuchtet. Das Grauen der Vorzeit ist ein Samstagabendfilm voller Spezialeffekte, bis ich den Sumpf, den Geruch, die Dunkelheit in meinem eigenen Körper entdecke.
Wo bin ich, daß der Wind gegen den Sims peitscht und mein Gesicht und meine Hände gegen den gleichgültigen Fels schmettert? Niemand wird kommen, um mich nach Hause zu bringen. Es gibt kein Zuhause. Für eine kleine Weile gibt es zumindest den Schlaf.

Ich träume. Ich träume mich selbst hinein in das, was ich sein könnte, heraus aus dem, was ich geworden bin. In meinem Traum gibt es einen hohen Spiegel, der in einen Schrank eingelassen ist. Die Frau im Spiegel hat ein unbekanntes Gesicht. Sie hat etwas Trauriges an sich, aber seitlich am Körper auch ein helles Licht, als würde die Haut gleich platzen und etwas Lebendiges herausgepurzelt kommen. Wenn ich die Hand ausstrecke, um den Spiegel zu berühren, ist er so warm und dünn wie eine Membran aus Haut.

Wachst du auf wie ich, ohne zu wissen, was dich schmerzt oder wo, bis du dich bewegst? Für eine Sekunde ist dein Bewußtsein wieder völlig leergewischt. Eine Sekunde, in der du einfach nur bist, ohne Erinnerung oder Erfahrung, ein Tier, das warm in einer ganz neuen Welt erwacht. Da vertreibt die Sonne die Dunkelheit, und Licht, so klar wie Musik, füllt den Raum, in dem du schläfst, und die anderen Räume hinter deinen Augen. Die Sonne hat ihr Versprechen gehalten und ist auch diesmal aufgegangen.

Ein Teil von dir, oder einer von euch, reagiert darauf; wacht auf, weil die Sonne aufwacht, so wie die Erde aufwacht, und alles, was wachsen kann, wächst. Keine technische Errungenschaft kann daran etwas ändern. Ich schlage auch weiterhin die Augen auf, um die Sonne zu sehen.

Dies erfüllt mich mit Hoffnung. Es stellt einen Kontakt her, da ich Kontakt am dringendsten brauche. Die graue Stadt und ihr verlorenes Herz drängen sich mit Gewalt zwischen mich und meine Genesung. Ich kann nicht still auf eine Antwort warten, ich kann nur das Tosen des Verkehrs und das Elend darunter hören. Ich bin ein Geräusch unter vielen, ein Schmerz unter vielen, jeder streng vom anderen abgegrenzt.

Laß die Sonne kommen. Zerbrich Sinn zu Unsinn. In der Mondnacht lag ich gefangen wie ein Krebs in blauen Wassern, die zu tief für mich waren. Ich schwamm, aber es gab keine Oberfläche.

Ich kämpfte mich nach oben, um zu atmen, und gelangte nur in andere Wasser. Wo war ich in der Nacht, als zwei Hunde den Mond anbellten und ein zerstörter Turm auf mich herabblickte? In der unklaren Nacht verstand ich nicht. Seltsame Omen aus einem anderen Leben offenbarten sich mir. Ich fühlte mich in einem Delirium, absurd, diese Botschaften waren unlesbar, oder ich selbst war es.
Zu schnell. Zu früh. Wenn sich im Ich ein Riß auftut, kriechen nur halb bekannte Untiere daraus hervor. Der vernünftige, normale, uhrgetriebene Tag ist verblutet.
Jetzt gelten andere Gesetze, und deine werden hier nicht respektiert.
Nervenzusammenbruch? Doktor, Pillen, Ruhe, schhh. Die verrückte Frau, die den Kindern angst macht. Wieso macht sie den Kindern angst? Sie können noch sehen, was sie sieht.
»Mami, Mami, ich hab die Frau gesehen, die Wasser an den Füßen mitschleift.«
»Sei nicht albern.«

Ich bin albern, aber bin ich in irgendeiner Weise alberner als damals, als ich ihm traute?
Nimm dich zusammen.
Natürlich. Reichst du mir bitte mein Bein? Es liegt oben auf dem Kleiderschrank, wo er es hingeworfen hat, und ich glaube, mein rechter Arm lehnt drüben an der Wand. Mein Kopf steckt im Gasherd, aber das schadet vermutlich nicht, ich habe mir sagen lassen, daß die grüne Verfärbung sich gibt. Leider habe ich mein Herz den Hunden vorgeworfen. Macht nichts. Es merkt doch keiner, wieviel innen fehlt, oder?
Du siehst besser aus.
Vielen Dank. Ich habe die defekten Teile weggeworfen und die Oberfläche neu gestrichen. Nicht schlecht, was? Jetzt kann ich

wieder in die Gesellschaft entlassen werden. Ich kann eine Partnervermittlung nutzen, ich werde eingeladen, in einem Seminar über transzendentale Selbstlobotomie für Frühzerschmetterte über meine Erfahrungen zu sprechen.

Nein. In mir gibt es eine dünne Linie, zitternd und nicht stark, die die Sprache der Untiere und des Wassers und der Nacht lernen will. Mein vollständiges Ich hat sich versteckt, wagt sich nicht zu dicht heran, denn der Riß raucht und rülpst, und da sind Hände, die über den Rand nach mir greifen.

Was verbirgt sich dort? Die dünne Linie ist schwach, aber neugierig. Ich muß meinen Mut aussenden wie eine Mondsonde, kann die hereinkommenden Signale aber noch nicht entschlüsseln. Ich hätte dies langsam, langsam im Lauf der Jahre tun sollen. Ich hätte die neue Sprache lernen sollen, solange ich nicht darauf angewiesen war, sie zu sprechen. Aber ich hätte doch nie gedacht, daß ich eine neue Sprache brauchen würde. Das innere Leben war genau das: ein inneres. Ist es nicht so, daß ein gesunder Mensch den Blick nach außen richtet? Ich dachte nicht an das, was mein Vater gesagt hatte, mein Vater mit dem dunklen Mantel und dem geringelten Haar, der mich warnte, die Schlange nicht zu vergessen.

Laß die Sonne kommen. Ich werde die Nächte langsamer angehen müssen. Für den Augenblick reicht es, ein winziges Muster zu finden, getreulich jeden Tag, das anfängt, meinen Namen zu buchstabieren.

Diese Dinge drängten sich in meine Halb-Gedanken und trösteten mich in der Sekunde, bevor ich mich in meinem Halb-Bett umdrehte. Dann erlosch das sanfte Licht der Sonne, als mein Körper mit einem Kraftwerk der Schmerzen zusammenprallte. Bin ich das, per Stromstoß aus dem Leben in den Brandgeruch der Niederlage geschleudert? Irgendwo habe ich gelesen, daß Menschen, die auf dem elektrischen Stuhl hingerichtet werden, ein winziges Stückchen Bewußtsein zurückbehalten. Genug, um vor dem endgültigen Tod von Sinn und Verstand zu wissen, daß sie getötet wurden.

Was ist der Augenblick des Todes? Der Augenblick, in dem das Herz stehenbleibt? Das Reißen der Befehlskette zwischen Gehirn und Körper? Die Seele, die aus ihrem dunklen Turm klettert?

Ich stamme aus einem Volk, für das die unsichtbare Welt jeden Tag gegenwärtig ist. Einem Volk, für das es keinen Tod gibt, obwohl der Tod ihm durch die Geschichte und über die Kontinente gefolgt ist. Ich stamme aus einem Volk, das gegen jede Hoffnung hofft, dessen Melancholie der Mantel seiner Fröhlichkeit ist. In seinen Freudenfesten und Trauerfeiern herrscht der gleiche Geist. Früher sprach ich fließend Jiddisch und Hebräisch, habe aber beide Sprachen seit dreißig Jahren nicht mehr gesprochen. Was habe ich sonst noch verloren?

Im Augenblick des Todes, im Augenblick der Abrechnung, wie immer es aussah, das Bild, das dich erstarren ließ – in diesem Augenblick erweisen sich die gesammelten Abwehrmechanismen des Lebens als nutzlos. Das innere Leben, die andere Sprache, das ist es, was ich brauche, und das Zimmer ist leer und still. Ich kann nicht in die Vergangenheit zurückgehen und sie verändern, aber ich habe gemerkt, daß die Zukunft die Vergangenheit verändert. Was ich Vergangenheit nenne, ist meine Erinnerung daran, und meine Erinnerung ist geprägt durch die Person, die ich jetzt bin. Die ich sein werde. Meine einzige Möglichkeit, mit dem umzugehen, was geschieht, ist, mich selbst vorwärtszubewegen und in eine Person zu verwandeln, die bereits damit umgegangen ist. Noch existiert diese Person nicht. Sie hat diese Ressourcen noch nicht. Ich werde sie so erschaffen müssen, wie nach der jüdischen Legende Gott den ersten Menschen erschuf:

indem er ein Stück Dreck formte und ihm Leben einhauchte. Dreck habe ich genug. Das Leben aber werde ich aus Lungen heraussaugen müssen, die nicht an tiefes Atmen gewöhnt sind.

Was tötet die Liebe? Nur dies: Vernachlässigung.
Ich wußte, daß ich mich selbst vernachlässigte. Oh, nicht wie es in der modernen Religion tabu ist: nicht indem ich mein Haar verfilzen ließ wie das Innere eines Kaninchenstalls; nicht indem ich Kleider trug, die an mir hingen, als hätten sie ihr Leben als Pferdedecke angefangen. Meine Hände zittern nicht, wenn ich die Morgenzeitung lese, und wenn ich mein Make-up abnehme, sehe ich nicht aus wie ein rotäugiger Werwolf. Auch wenn ich es auftrage, sehe ich nicht aus wie ein rotäugiger Werwolf. Ich ernähre mich gesund, trinke mäßig, treibe Gymnastik, damit meine Schenkel sich nicht zu zwei Seehunden aufblähen. Ich lese, denke, arbeite hart, und mein Blutdruck ist normal.
War sonst nichts?
Da war: eine Frau, deren Gesicht im Spiegel mit meinem kollidiert. Ich weiß, daß sie mit mir sprechen will, aber wenn sie sich vorbeugt, um zu flüstern, hat sie keinen Mund.
Eine ältere Frau, klein und kräftig, dunkle Haut und plumpe Hände. Wenn sie näher kommt, versucht sie, mich zu packen, aber sobald ihre Hände sich um meinen Körper schließen, ist kein Körper da. Ich sehe, wie sie sich über die erschreckte Luft beugt.
Und sonst? Ein Mann, jünger als ich. Hin und wieder meine ich, ihn zu fühlen, wenn ich den Reißverschluß meiner Jeans hochziehe. Er scheint meine Aufmerksamkeit auf seine Eier lenken zu wollen.
Als ich Jove von meinem gelegentlichen Schattenmann erzählte, tischte er mir zur Pasta Freud auf und sagte, der Grund seien meine Minderwertigkeitsgefühle.

ICH: Ich fühle mich nicht minderwertig.
ER: Unbewußt doch. Du mußt meinen Erfolg kompensieren.
ICH: Seine Eier sind größer als deine.
ER: Aha, aber sie existieren nicht. (Er setzte sich anders hin.)

»Wenn du also von dieser pneumatischen Wassernixe mit den hüpfenden Brüsten träumst, kompensierst du dann meinen Erfolg?«
»Teufel, nein! Sie ist die klassische Sexpuppe, weiter nichts. Die werden doch busenweise geliefert.«
»Das ist alles?«
»Das ist alles.«
Dieser Mann öffnet die schwierigsten Austern der Materie. Würden Sie mit ihm Fischen gehen?
Ich tat es. Wir machten Urlaub auf den Bermudas. Felsen, hellrot im chromfarbenen Wasser, während chromfarbene Wogen das Boot wuschen.
Wir waren eine kleine Unregelmäßigkeit in der gleißenden Strenge der Bucht. Ihre blecherne Straffheit, ihr Aussehen wie Stanniol, schien die Wellen heißgepreßt statt kalt auszustoßen. Die Wellen stiegen aus den glatten Flächen, trafen uns klatschend und fielen spuckend und zerplatzend wieder auf das Tablett des Meeres zurück. Vielleicht war der Kompaß nicht in Ordnung, und wir waren an einen magnetischen Pol gelangt, wo wir uns auf einer stählernen See endlos im Kreis drehten. Jove zog aus diesem metallenen Meer einen Fisch, der so hart wie eine Brechstange war.
Er sagte: »Wenn wir ihn nicht essen, können wir damit den Hotelsafe knacken.«
»Was ist da drin?«
»Die falschen Diamanten der falschen Herzogin.«
»Nein. Hier unten.«

Er kam und legte sich neben mich und spähte über den Bootsrand. Wir konnten unsere abgetrennten Köpfe sehen.
»Du und ich in einem anderen Leben.«
»Meinst du, wir werden es je finden?«
»Ist denn an diesem hier was auszusetzen?« Und er rollte sich herum und wärmte seinen Körper in der Sonne.
Im Bug des Boots schnappte der Fisch nach Luft.
Ich fing an, ihm von dem Brunnen zu erzählen, und während ich das tat, beruhigte sich das Boot, oder vielleicht straffte sich das Wasser, jedenfalls lagen wir so still und starr wie ein gefrorenes Boot auf einem gefrorenen Teich. Jove hörte mir nicht zu, was auch gut so war, weil ich mir nicht sicher bin, ob ich sonst hätte fortfahren können. Es wurde eine Art aktives Träumen, und der Fisch war wie ein Taktstock, der für mich die Zeit schlug.
Dort unten, wo alles, was ich sicher weiß, verkehrt herum ist, von innen nach außen gedreht, auf den Kopf gestellt, empfinde ich auf die Art, wie ich im Augenblick denke. Ich erprobe alle Erfahrung am Gefühl, und das Gefühl ist klar und machtvoll wie das Wasser, in dem es schwebt. Hier oben erkenne ich die Dinge durch Berührung, da unten durch Intuition.
Meine empirischen Fingerspitzen sind taub, und ich kann die Augen nicht öffnen. Was ich sehe, was ich berühre, ist innerlich, entweder bin ich in ihm, oder es ist in mir. Nur wenn ich es den Gesetzen der Luft unterwerfe, ist es vage, als gäbe es eine völlig andere Art des Seins, die für meine Welt unbegreiflich ist, genauso wie meine Welt für sie. Ich kann die beiden nicht miteinander verbinden; die wäßrige Welt will nicht heraufkommen in das trockene, helle Licht, in dem ich lebe, und wenn ich das trockene, helle Licht mit nach unten nehme, entlädt es sich auf der Stelle, so daß ich mich im Dunkeln weitertasten muß.
Das geht schon seit Jahren so, und früher hielt ich es für dichterisches Denken oder Inspiration. Ich konnte es nicht bewußt

herbeiführen. Es kam zu mir, nicht ich zu ihm. Es ist doch so, daß Träume uns träumen? Nicht wir haben die Kontrolle.
Auf dem Boot auf dem starren Meer hatte ich jedoch eine deutliche Ahnung von etwas Endgültigem. Wenn ich keinen Weg fand, bald dorthin zu kommen, würde der verführerische wäßrige Schacht sich mit Schutt füllen, und ich würde nie näher herankommen als bis an den Rand.
Ich riß den Kopf zurück und ließ den Blick über unser kleines Boot schweifen. Jove war eingeschlafen, und der Fisch war tot. Was ist der Augenblick des Todes? Der Haken, die Schnur oder das Senkblei? Als ich mich in ihn verliebte? Als ich ihm vertraute? Als er mich verriet? Und was für ein Tod ist es?

Ich lag auf dem Folterbett und hörte, wie seine verwundeten Sprungfedern sich verhakten, als ich mich bewegte. Das entrollte Metall klirrte sanft über den Boden, eine verrückte Laute für eine verrückte Liebende. Ich streckte die Hand aus und rasselte über die hölzernen Lamellen der Jalousie. Liebende lieben Musik, nicht wahr? Das hier war ein Liebeslager gewesen. Ich fragte mich, ob sie es hören konnte, ob sie, wo immer sie war, hören konnte, wie ich für sie komponierte. Ich war nicht mehr in der Lage, mich an den steten Viervierteltakt des normalen Lebens zu halten. Der Rhythmus paßte nicht mehr zu mir. Vielleicht hatte er noch nie zu mir gepaßt, und ich hatte so dazu getanzt, wie Säufer es tun, ein unbeholfenes Schlurfen und Schwanken, ein Fred Astaire mit Ginflasche.
Gegen die Wut und das Selbstmitleid und den Schock stand ein einziger klarer … Gedanke oder ein Gefühl. Daß ich es in den Monaten davor, nein, in den Jahren davor, hatte kommen hören. Es war wie eine Stahlkugel, ein Kugellager, das irgendwo in der Wohnung herumrollte.
»Was ist das? Was hat sich da gelockert?« Und ich zwang Jove,

unter die Möbel zu kriechen und alle Rollen nachzuziehen, und wochenlang hörte es auf. Dann, plötzlich, unverkennbar, über unsere Holzböden, das Kugellager, das rollte, rollte.

Wir witzelten, daß wir einen Geist hätten.

Wir hatten einen. Mich.

War sie das, was da hinter dem Spiegel wartet?

War sie das, was da in die Luft greift und weint?

War er es, lächelnd, herausfordernd?

War es ein anderer Teil von mir, dem ich noch nicht begegnet war?

Ich sagte, ich hätte mich vernachlässigt. Es gibt ein Foto von Jove und mir, Jahre und Jahre alt, an unserem Hochzeitstag. Er sieht schüchtern, unbeholfen, verwegen, herausfordernd aus, der Straßenjunge, der dabei ist, sich in die besseren Viertel hochzuarbeiten. Ich selbst blicke mit einem Ausdruck aus dem lichtempfindlichen Papier, wie ich ihn früher hatte, fragend, entschlossen. Wir waren neue, neue Menschen an einem neuen Ort, auf uns lag noch Glanz.

Als wir töteten, was wir waren, um zu werden, was wir sind, was taten wir da mit den Leichen? Wir taten, was die meisten Leute tun; wir verscharrten sie unter den Bodendielen und gewöhnten uns an den Geruch.

Ich habe mein Leben gelebt wie ein Serienmörder; wenn ich mit einem Teil fertig war, habe ich ihn erwürgt und mir den nächsten vorgenommen. Leben in kleinen, ordentlichen Schachteln ist Leben in kleinen, ordentlichen Särgen, die toten Körper der Vergangenheit sind darin Seite an Seite aufgebahrt. Ich entdecke jetzt, am späten Nachmittag, daß die Toten sprechen können.

Vergangenheit? Gegenwart? Zukunft? Die Sprache der Toten. Totalität der Zeit.

BUBE DER SCHWERTER

8. Juni 1960. Liverpool, England. Sonne in den Zwillingen.
Ich wurde auf einem Schlepper geboren. Meine Mutter warf mich in einem Wust aus Decken, während mein nachtfahrender Vater die großen Schiffe zu ihren Liegeplätzen schleppte.
Sein war das Nachtboot, das Boot auf öligen Wassern, sein war das Licht, das in der Dunkelheit leuchtet, komm heim, komm heim.
Er arbeitete für eine Reederei, schon seit er fünfzehn war. Er hatte nach Kriegsende als Bürogehilfe angefangen und wurde vierzehn Jahre später zu einem der Direktoren der Gesellschaft ernannt. Um das zu feiern, schlief er mit meiner Mutter, und ich wurde gezeugt.
Bei Tag war mein Vater ein gerissener Mann. Nachts oder, um bei der Wahrheit zu bleiben, drei Nächte die Woche fuhr er den Schlepper. Da ist er, in schmieriger Wetterjacke und Wollmütze. Kurbelt das dicke Kabel vom Spill und bringt die Bananenschiffe herein, die Getreideschiffe, die Schiffe mit türkischem Silber und die Schiffe voller Iren, mit einem Kleeblatt im Herzen.
Als ich geboren wurde, war das Wasser noch lebendig. Auch mein Vater war noch lebendig, stark und stämmig, so breit, wie er hoch war, mit einem enormen Brustkorb, der aussah, als könnte er die Frachter ganz allein hereinschleppen.
Er stammte aus einer Liverpooler Seemannsfamilie; die Männer hatten immer auf den Docks gearbeitet, auf den Schiffen, bei

der Marine oder Handelsmarine, die Frauen in den Frachtbüros, die rechts und links am Kai standen. Seine Mutter, meine Großmutter, war offizielle Poliererin der Messingschilder gewesen, und es hieß, wenn sie mit ihrer Freitagsrunde fertig war, sei der Glanz so hell gewesen, daß er über die Wellen hüpfte wie ein flach geworfener Stein und noch im Hafen von New York zu sehen war.

Sein Vater, mein Großvater, kam bei einem grotesken Unfall im Krieg ums Leben, als ein amerikanischer Torpedo das falsche Schiff versenkte. Die Folge war, daß meine Großmutter eine ansehnliche Rente erhielt, die sie in die Lage versetzte, ihren wilden, starken Sohn auf eine Privatschule zu schicken. Sie schüttete ihr Geld in ihn hinein wie in eine Schatztruhe. Er war ein guter Schüler, sah gut aus, und wenn jemand eine Bemerkung über das winzige Reihenhaus in der Merseyside mit seinen zwei Zimmern oben, zwei unten machte, schlug er den Betreffenden einfach nieder. Sein ganzes Leben lang hat mein Vater schwierige Fragen dadurch gelöst, daß er sie niederschlug. Was bewußtlos ist, spricht nicht, und dazu gehörte auch der verborgene Teil von ihm.

1947, das Abschlußzeugnis in der Tasche und mit seinen achtzehn Jahren ein gutaussehender Bursche, bekam er einen schlechtbezahlten Job mit Aufstiegschancen bei Trident Shipping (Fortschritt, Tradition, Solidität). Alle Mitglieder seiner Familie waren mit sauberen Kleidern zur Arbeit gegangen, das war ihr Stolz, aber keiner war je mit sauberen Kleidern nach Hause gekommen. Abends gab es Mutter und ihr kochendheißes Sitzbad und ein Paket Seifenflocken. Mein Vater ging sauber zur Arbeit und kam sauber wieder nach Hause. Das war eine endlose Quelle der Befriedigung für meine Großmutter, die selbst den Schweißgeruch nie verlor, sich aber am süßen Duft des Erfolgs berauschte.

Mein Vater liebte das Meer und wäre lieber Seemann geworden, aber für einen intelligenten Jungen, der etwas Besonderes an sich hatte, boten sich in den Büros einfach mehr Möglichkeiten. Um das zu kompensieren, bettelte und schmeichelte er so lange, bis man ihn einen Schlepper fahren ließ. Da in der Firma ein Lernen von der Pike auf geschätzt war, wurde seine Marotte toleriert. Was konnte es schließlich schaden, und war nicht jede Erfahrung nützlich? Außerdem tat er es in seiner freien Zeit, und es machte ihn bei den Arbeitern beliebt.

1957 heiratete er meine Mutter. Sie war Irin, beinahe wohlhabend, die Tochter eines Anteilseigners der Gesellschaft, der in Cork ansässig war. Mein Vater hatte sie auf dem jährlichen Firmenfest mit anschließendem Tanz kennengelernt und geschworen, daß er sie heiraten würde. Zwei Jahre lang tauschten sie Briefe und Geschenke aus, bis Romantik, Beharrlichkeit und eine Beförderung ihn ans Ziel brachten. In ihrer Hochzeitsnacht im Hotel Ra-Ra (Dekor: Merseyside-Ägyptisch) zog mein Vater seinen Schlafanzug aus, damit seine Frau ihn *qua* Mann sehen konnte, und teilte ihr mit, daß er erst mit ihr schlafen würde, wenn er zu einem der Direktoren der Gesellschaft ernannt worden sei. Dann zog er seinen Schlafanzug wieder an und schlief nach wenigen konvulsivischen Augenblicken ein.

Meine Mutter lag noch lange wach, dachte über die Angelegenheit nach und wandte sich am nächsten Morgen mit einiger Dringlichkeit an ihren Vater. Was ließ sich da bloß machen? Nichts. Dem jungen Mann war erst kürzlich die Verantwortung für die Atlantiküberfahrten gegeben worden. Er würde sich dort bewähren müssen. Leider widerstand er allen Versuchen meiner Mutter, sich an anderer Stelle zu bewähren. In ihrer Verzweiflung konsultierte sie meine Großmutter, die ihr riet, es einmal von hinten zu versuchen, doch dieser praktische Rat kam bei meinem Vater, der nicht nur auf konventionelle Achtbarkeit Wert

legte, sondern inzwischen auch auf konventionelle Moral, nicht gut an.
Unter gar keinen Umständen würde er seine eigene Frau sodomisieren. Statt dessen ging er nach New York.
Da ist er, gebaut wie King Kong, ehrgeizig wie das Empire State Building, großäugig wie Fay Wray, ein Traum auch er, eine Erfindung wie das Kino und Amerika selbst. Er war eine gigantische Projektion auf der leeren Leinwand anderer Menschen, und das machte seinen Erfolg aus. Er war kein skrupelloser Mann, aber er glaubte an sich. Das hob ihn aus der Masse der vielen anderen heraus, die an nichts glaubten.
Der Traum: den lebenden Lehm schürfen, der man ist, und Gold darin finden. Vielleicht war mein Vater eine Schatztruhe, denn er schien fähig, unerschöpfliche Reichtümer zu horten. Was immer er in Angriff nahm, es gelang. Er hätte ein venezianischer Kaufmann sein sollen, der auf dem Rialto schreitet. Er hätte Marco Polo sein sollen, der den Muskowitern Pelze abkaufte. Ist er das da, auf den Holzfällerflößen von Quebec? Ist er das da, der auf den Stromschnellen reitet, Schnee auf den Schultern? Er war ein Mann, der zu Elchen und Rentieren paßte. Ein Wal-Mann, ein Bär-Mann. Statt dessen trug er lose sitzende Anzüge und modische Filzhüte und lernte, wie man Profite machte. Seine Fischzüge waren die größten der ganzen Firma, und er schleppte sie an wie ein kleiner Junge. In jenen Tagen lag sein wahres Ich noch im Widerstreit mit dem angenommenen, und es konnte noch gewinnen. Person und Persona, der Mann und seine Maske, hatten noch getrennte Identitäten, er wußte, was was war. Später starb der Mann, den meine Mutter geheiratet hatte, lange vor seinem Tod, und der Mann, der zu seiner Fälschung geworden war, trug seine Kleider.
Aber das lag in der Zukunft, und 1959 bewegte mein Vater sich

noch in der Fülle seiner Gegenwart. Er konnte nichts falsch machen.

Es war ein strahlender Morgen, er lehnte am Hafengeländer und sah den Kränen zu, wie sie die Schiffe beluden. Die Welt rieselte durch seine Finger: Gewürze, Weine, Tee, grüne Bananen, Kokosnüsse, amerikanische Golfschläger, mit Satin eingefaßte Wolldecken. Heute verluden sie Nylonstrümpfe in Kartons, die über und über mit Monroe-Blondinen beklebt waren.

Der Wind war warm, ein Passat voll Großzügigkeit und Fernweh, ein Wind, der die Schiffe in alle vier Ecken der Welt tragen würde, und obwohl mein Vater für Segelschiffe zu spät geboren war, regte ihn der Wind immer noch auf, wie die anderen Männer, die auf dem Wasser arbeiteten. Günstiger Wind. Eine neue Welt. Die Leichtigkeit der Matrosen, die mein Vater liebte.

Das waren für ihn die glücklichsten Augenblicke, die Augenblicke, wenn der Papierkram erledigt war und er hörte, wie seine Sekretärin auf der hohen Remington klapperte wie auf einem Kirchenklavier. Er arbeitete an den Abenden und frühen Vormittagen, um sich einen Spalt zu schaffen, durch den er schlüpfen konnte, einen Raum für sich allein nach dem Kaffee und vor dem Mittagessen, wenn die Piers vor Betriebsamkeit summten, legal oder nicht.

Er kannte die Vorarbeiter und die Schauerleute und die Lastwagenfahrer und die Hafenlotsen, und wenn er zusehend und manchmal winkend an seinem Geländer lehnte, gesellten sich andere Männer zu ihm, steckten sich eine Zigarette an, erzählten ihm, was es Neues gab, schlugen ihm auf die Schulter, gingen weiter. Er fühlte sich wohl in der ungezwungenen Brüderschaft der Arbeiter. Hier fragte ihn niemand, auf welcher Schule er gewesen war.

Während er noch plaudernd herumstand, brach das Geräusch der Remington plötzlich ab. Seine Sekretärin trat aus der Reihe der niedrigen Bürogebäude, die sich am Wasser duckten. Ein dringender Anruf für ihn. Würde er bitte sofort hereinkommen?

Seufzend ließ er seine Zigarette fallen, rückte die Krawatte zurecht und ging hinein. Er hörte kurz zu. »Ja. Ja.« Dann warf er den Hörer auf die Gabel und seine Sekretärin in die Luft.

Er war zum Direktor ernannt worden.

Er verließ seinen Schreibtisch mit den vier schwarzen Telefonen und der Aktenablage und kaufte, ohne sich die Zeit zu nehmen, einen Koffer zu packen, ein Ticket für den Abendflug nach London. 1959 war Fliegen noch ungewöhnlich, glanzvoll, teuer und wundervoll. Das Einchecken dauerte fünfzehn Minuten, und mein Vater hatte beim Zoll nichts anderes zu erklären als seine Zahnbürste. Dann ging er über das Rollfeld und stieg an Bord der zweimotorigen Propellermaschine.

Er war aufgestiegen in der Welt und würde es jetzt beweisen.

Als er zu Hause ankam, erwartete meine Mutter ihn nicht. Seine Sekretärin hatte den ihr aufgetragenen Anruf nicht getätigt. Mutter lag in der Badewanne, bis zum Hals in Schaum, und meine Großmutter saß auf einem Hocker und las ihr aus der Bibel vor. Es war Großmutters übliche sonntägliche Besuchsstunde, und da die beiden Frauen wenig gemein und noch weniger miteinander zu besprechen hatten, waren sie auf die glückliche Idee der geistigen Erbauung verfallen. Meine Mutter achtete nicht auf das, was meine Großmutter ihr vorlas, hatte aber das Gefühl, ihrer Familie und Gott gegenüber ihre Pflicht zu tun. Außerdem ersparte es ihr die Mühe, in die Kirche zu gehen. Meine Großmutter, die fest an die Worte des Herrn glaubte, genoß diese Stunde mehr als alle anderen Stunden der Woche, einschließlich der um zwei Uhr jeden Donnerstagnachmittag, wenn sie ihre Rente abholte.

Sie hatten mit der Schöpfungsgeschichte angefangen und waren inzwischen bei Hiob angelangt, mit dessen Prüfungen meine Großmutter sympathisierte, vor allem da ihr selbst vor kurzem ein Furunkel gewachsen war.

Als sie bei »Wird Gott sein Schreien hören, wenn über ihn die Drangsal kommt?« angelangt war, flog die Tür auf, mein Vater griff in die Badewanne, fischte meine Mutter heraus und trug sie ins Schlafzimmer.

Meine Großmutter, die kein nervöser Mensch war, sagte zu sich selbst: »David muß seine Beförderung bekommen haben.« Nickend las sie das Kapitel zu Ende, ließ das Badewasser ablaufen und ging nach Hause.

Währenddessen spießte mein Vater meine Mutter in einem Durcheinander aus feuchten Laken und *Woman's Weeklies* auf seine Männlichkeit.

»Ich hätte vorher aufräumen sollen«, sagte sie.

»Harpune Ahoi!« sagte mein Vater.

Und irgendwo in all dem war ich.

In der Nacht meiner Geburt überkam meinen Vater seine verrückte Sehnsucht, und er sagte meiner Mutter, er müsse Schlepper fahren.

»Ich komme mit«, sagte sie. »Ich fühle mich gut.«

Also zog mein Vater seine Seemannskluft an, während meine Mutter sich in ihren Nerzmantel hüllte. Damals hatten die beiden wirklich und wahrhaftig einen Drei-Liter-Rover, eine dreiteilige Ledergarnitur inklusive Cocktailbar auf Rädern. Mein Vater, der wie ein Krimineller aussah, schnurrte hinunter zu den Docks, während sich meine Mutter auf dem Rücksitz einen streng verbotenen Gin Tonic mixte.

Als sie die Docks erreichten, parkte mein Vater rückwärts in eine Ladebucht ein, und meine Großmutter trat aus dem Schatten.

»David«, sagte sie.

Sie trug einen schwarzen Ölmantel, der ihrem Mann gehört hatte und sie von Kopf bis Fuß umgab. Es schien weniger, daß sie wetterfeste Kleidung trug, als daß sie sich in den Klauen eines Ungeheuers befand.

»Ist etwas nicht in Ordnung?« fragte mein Vater.

»Deine Frau ist gleich soweit.«

»O nein, noch nicht«, sagte meine Mutter.

»O doch«, sagte der Ölmantel.

Und so kletterten die drei an Bord der *Godspeed* und tuckerten hinaus in die Dunkelheit.

An Bord packte meine Großmutter ihre Tasche aus und legte einen Stapel sauberer Lappen parat, dieselben, die sie zum Polieren der Messingschilder benutzte. Dazu kamen eine Flasche Brandy, eine Flasche Jod, ein Primuskocher, eine Wasserflasche, ein Küchenmesser, ein Paket Sandwiches, eine kleine Decke aus der Hundekiste, ihre Brille und die Bibel, die jetzt am Ende der Psalmen aufgeschlagen war. Als das erledigt war, zog sie ihren Ölmantel aus und klemmte ihn über der Luke fest.

»Das wird David nicht gefallen«, sagte sie.

»Ich bin mir ganz sicher, daß es bis zur Geburt noch mindestens eine Woche ist«, sagte meine Mutter, bei der augenblicklich die Wehen einsetzten.

Meine Mutter. Miss Fünfziger Jahre. Die perfekte Nachkriegsgattin. Sie war hübsch, sie war charmant, sie war klug, aber nicht zu klug, sie bedachte alle Männer mit einem Lächeln und alle Frauen mit einem fragenden, verwirrten Blick, als wollte sie sagen: »Was, bin ich nicht die einzige?«

Ihre Strumpfnähte waren gerade, ihr Haar war gelockt, ihr Rücken straff, ihre Taille schmal, ihre Beine lang, ihre Brüste rund, ihr Bauch flach, ihr Po nicht. Schwarze Haare, blaue Augen, rote Lippen, helle Haut, und das alles so ordentlich verpackt wie Picknick-Geschirr. Sie hatte nichts von einer Hure an sich, und das gefiel meinem Vater.

Sie hatte eine gute Ausbildung genossen und gelernt, sich nichts davon anmerken zu lassen. Sie gab das Singen und Klavierspielen nie auf und nie ihre Aquarellfarben. Den Rest ihres Verstands legte sie jedoch mit der Heirat ab und kam auch nicht auf den Gedanken, meinen Vater zu fragen, was er damit gemacht hatte.

Sie war nicht patent. Das hatte sie nicht gelernt, und ich weiß, daß meine Großmutter sich sorgte, weil ihr Sohn eine Frau geheiratet hatte, die nicht wußte, wie man aus Heringsköpfen Suppe machte.

Mein Vater wollte keine Heringsköpfe mehr. Er wollte Nerz und Perlen, und er bekam sie. Wie die meisten Männer war er ein Transvestit in zweiter Instanz; wenn seine Frau ein Teil von ihm war, dann waren ihre Kleider das auch. Sie war seine Rippe, und in dem Sinne trug auch er einen seidenen Unterrock. Er liebte ihre Kleider, liebte es, sie herausgeputzt zu sehen, es befriedigte etwas in ihm, das tiefer saß als Eitelkeit. Es war ein Teil seiner selbst. Sie vervollständigte ihn. Sie manifestierte ihn auf einer anderen Ebene. Er absorbierte sie, während es ihr nicht gelang, ihn zu absorbieren. Das war so normal, daß es niemandem auffiel. Wenigstens nicht sofort, sondern erst später, viel später, als die Dinge sich allmählich veränderten.

Mann und Frau. Mann und Rippe. Was konnte normaler sein? Und jetzt bekamen sie ein Baby. Das heißt, meine Mutter trug das Kind meines Vaters. Als meine Schwestern geboren wurden, war es anders, aber ich war Athene.

Athene, die in voller Größe dem Haupt des Zeus entsprang. Der Mythos besagt, daß es Zeus nach einer Titanin namens Metis gelüstete und daß es ihm schließlich gelang, sie zu schwängern. Ein Orakel verriet Zeus, daß das Kind ein Mädchen sein würde, sollte Metis aber je wieder schwanger werden, dann würde sie einen Sohn gebären, der Zeus stürzen würde, so wie Zeus seinen eigenen Vater, Kronos, abgesetzt hatte. In seiner Furcht umschmeichelte Zeus Metis so lange, bis sie ihm aus freien Stücken nahe genug kam, um ihn zu küssen. Er verschlang sie. Monate später bekam der stolze, selbstgefällige Zeus Kopfschmerzen, zog jaulend über die Erde und drohte, das Firmament mit seinem Schmerz zu spalten. Es war Hermes, der ihm die Ursache seiner Probleme erklärte, und Hephaistos, der lahme Gott der Schmiede, der einen Hammer und einen Keil zur Hand nahm und Zeus' Schädel spaltete. Heraus trat Athene, groß, stark, schön und ganz die Tochter ihres Vaters.

Natürlich hatte mein Vater sich einen Sohn gewünscht. Er ging davon aus, einen Sohn zu bekommen. Nach meiner Geburt fragte er noch eine volle Woche: »Wie geht es ihm?« Meine Großmutter erzählte mir, er hätte mich in seinen riesigen Händen kopfüber und mit V-förmig gespreizten Beinen ans Licht gehalten, um sicherzugehen, daß mein Geschlecht sich nicht im Innern verfangen hatte. Er hatte zu Ärzten kein Zutrauen. Ihre weißen Kittel und ihre Stethoskope waren für ihn eine Flucht vor der Welt. Er verabscheute ihre Überlegenheit und ihre Autorität, aber natürlich war er auch noch nie im Leben krank gewesen.
Als er aufhörte, mich ans Licht zu halten, hielt er mich vor den Spiegel.
Er wollte uns vergleichen, nebeneinanderhalten. Sah ich aus wie er?

Er hatte gelernt, meinen Kopf hochzuhalten und mein noch weiches Rückgrat zu stützen, und ich glaube mich zu erinnern, daß ich feierlich auf seiner flachen Hand saß und versuchte, sein noch unscharfes Bild zu fixieren, während er mich gespannt und eindringlich anstarrte, als könne ich ihm offenbaren, was er war. In den ersten Monaten schlief er in seinem Ankleidezimmer. Wenn meine Mutter mich gestillt hatte, manchmal gegen fünf Uhr morgens, sank sie in tiefen Schlaf, und mein Vater schlich sich herein, nahm mich in seine riesigen Hände und trug mich in sein Zimmer, in dem ein Feuer glühte. Vielleicht begann ich dort, von ihm gehalten, vor dem Spiegel, das fremde Zimmer als Reflexion im Rücken, mir andere Orte vorzustellen, die stetig glühten, gerade außerhalb meiner Reichweite.

»Ich taufe dieses Kind …«

Armes Baby, von Hand zu Hand gereicht wie ein Tabaksbeutel, ein frischgesichtiges Narkotikum, das Hoffnung verspricht, Veränderung, wenigstens für den Augenblick. Meine Familie ist süchtig nach Sentimentalität. Falls das gemein klingt, ist es nur die Gemeinheit einer zu genauen Beobachtung über einen zu langen Zeitraum hinweg. Unfähig, ihre Gefühle im normalen Lauf der Tage und Stunden zu äußern, brauchen sie jede akzeptable Entschuldigung, um es zu tun. Sie können nicht sagen: »Ich liebe dich«, also sagen sie: »Ist sie nicht niedlich?« und: »Gut gemacht.« Man könnte sie für Bonvivants halten, weil sie immer noch einen festlichen Anlaß vorbereiten. Meine Mutter denkt sich schon ein neues Rezept für Kanapees aus, während sie noch dabei ist, meine Verwandten mit denen vollzustopfen, die sie gerade gemacht hat.
Das Ganze hätte ein großer Spaß sein können, aber keiner von ihnen war glücklich. Ich war fünf, da war mein Vater auf Tablet-

ten und meine Mutter auf Gin. Ich glaube, daß ich glücklich war, auf die nervtötende, entschlossene Art, mit der Kinder glücklich sind, und es war dieses Glücklichsein, das wie ein Magnet auf meine Eltern wirkte. Sie wurden davon angezogen, sie wollten es, und statt es einfach hinzunehmen, fingen sie an, es in seine Einzelteile zu zerlegen.

»Bist du glücklich, Alice?«

»Ja, Daddy.«

»Wieso?« Und er starrte mich auf seine typische Art an und versuchte, das Glück zu erkennen, wie er eine geschäftliche Chance erkannte.

An meinem sechsten Geburtstag fingen die Parties an. Ich bekam einen Kuchen, Geschenke, ein neues Kleid. Die Erwachsenen bekamen, was mein Vater eine *foie gras* nannte. Wieviel kann man essen und trinken, ohne auf den Kaffeetisch zu kotzen?

Weder mein Vater noch meine Mutter kamen mit den sechziger Jahren zurecht. Die Röcke waren zu kurz, die Haare zu lang, und die bevorzugte Farbkombination aus Violett und Orange ließ meine Mutter aussehen wie einen Vampir und meinen Vater wie einen Matisse. Sie waren auffällig schlecht plaziert für den Rundumschlag gegen die Vergangenheit, den die sechziger Jahre darstellten, denn sie lebten in Liverpool. Liverpool, das die sechziger Jahre so hätte verschlafen sollen, wie es jedes andere Jahrzehnt verschlafen hatte, brachte die Beatles hervor. Meine Eltern fielen dem Merseybeat zum Opfer.

Eines Tages, als meine Mutter mich zur Schule brachte, machten die Straßen einen ungewöhnlich ruhigen Eindruck. Wir parkten, obwohl wir das einzige Auto auf diesem Teil der Straße waren, stiegen aus und gingen langsam, Hand in Hand, durch ein paar dürftige Absperrungen aus Papier und Schnur. Weit weg sahen wir einen Polizisten winken und winkten zurück.

Hinter uns hörten wir einen Lastwagen immer näher kommen, und meine Mutter sagte, er habe ein Fernsehteam an Bord, was ich, die noch nie einen Fernseher gesehen hatte, sehr aufregend fand. Alles, was weniger als zehn Jahre auf dem Markt war, hatte kaum eine Chance, meinen Vater zu beeindrucken.

Als der Lastwagen fast auf unserer Höhe war, rannten vier junge Männer ganz in Schwarz an uns vorbei. Drei von ihnen hatten Gitarren in der Hand, der vierte Trommelstöcke. Ich hatte schon früher schwarzgekleidete Menschen gesehen.

»Ist das ein Begräbnis?« fragte ich meine Mutter.

Sie antwortete nicht, sondern sah über die Schulter zurück die Straße entlang. Plötzlich riß sie mich in die Arme und schoß zu unserem Auto zurück. Ich hatte nicht gewußt, daß meine Mutter rennen konnte. Ich hatte sie noch nie rennen sehen. Sie warf mich auf den Rücksitz und hechtete in einem Wirbel aus Dior und Haarnadeln hinter mir her.

In derselben Sekunde war das Auto auf allen Seiten von schreienden Mädchen umgeben. Der Wagen schaukelte. Ich sah ihre tränenüberströmten Gesichter, die sich in höchster Qual gegen unsere Fenster und unsere Windschutzscheibe preßten. Das Ganze kann nur einen Augenblick gedauert haben; die Mädchen erkannten, daß ihre Beute anderswo sein mußte, und verschwanden ebenso plötzlich, wie sie aufgetaucht waren. Als meine Mutter ausstieg, um mit dem Polizisten zu reden, war von dem, was geschehen war, nur noch ein zerfetztes Poster mit der Aufschrift HELP übrig.

»Die Herrschaft des Pöbels«, sagte mein Vater, der mit dem Gedanken spielte, nach Southampton zu ziehen.

Mir war es streng verboten, die Beatles zu hören, und die Musik der Beatles war streng verboten auf den jetzt monatlichen Parties, die meine Eltern für alle gaben, die kommen wollten. Ich

fing an, diese Parties zu fürchten: die unbekannten Frauen, die nach oben kamen, um in einem der Gästezimmer zu weinen. Die betrunkenen und immer betrunkener werdenden Männer, die über den Krieg redeten und einander die Knie tätschelten. Ich überredete meine Eltern, mich an den Partyabenden zu meiner Großmutter gehen zu lassen. Meine Mutter zögerte, weil sie meine Großmutter für unhygienisch hielt. Dafür gab es keinen Grund, bis auf die strikte Weigerung meiner Großmutter, eine Innentoilette einbauen zu lassen und an den Teeabenden meiner Mutter teilzunehmen.
Als ich mit gepacktem Köfferchen bereitstand, steckte meine Mutter mir eine Flasche Desinfektionsmittel zu. »Für das Außenklo«, sagte sie. »Aber sag Großmutter nichts.« Sag Großmutter nichts! Meine Großmutter war vom Tag ihrer Geburt an Ehrenmitglied der Geheimpolizei. Es war unmöglich, etwas vor ihr geheimzuhalten. Als ich durch die Hintertür in ihre Küche kam, filzte sie mich von Kopf bis Fuß, nahm mir das Desinfektionsmittel ab und gab mir einen Overall, den ich anziehen sollte. »Du kannst mir helfen, das Klo auszuleeren«, sagte sie.

Zum ersten Mal seit Monaten ließ die Anspannung in meinem Körper nach. Ich hatte mich gehalten wie ein Gewehr, entsichert, im Anschlag, einsatzbereit, den Einsatz fürchtend. Meine Eltern stritten sich, und wenn sie sich nicht stritten, keiften sie sich an, und wenn sie sich nicht ankeiften, planten sie eine Party, veranstalteten eine Party, räumten nach einer Party auf. Hier, wo ich menschlichen Kompost aus der Kloake meiner Großmutter schaufelte, war ich wieder glücklich. Wir verteilten den fruchtbaren Humus um ihre Rosen, und sie sang mir Hafenballaden vor, wobei sie ihre Stimme mit regelmäßigen Schlucken aus einer unbeschrifteten Feldflasche ölte.

»Schnapsblüte«, sagte sie und tippte sich an die Nase, die die Farbe der Rosen hatte.

In ihrer Küche gab es Zwiebelschnüre und fette Schinken, die in erhabener Qual an Haken von der Decke hingen. Sie räucherte ihre Bücklinge selbst im Kamin und spießte sie dazu paarweise auf ausrangierte Stricknadeln. Zu diesem Zweck unterhielt sie ein Holzfeuer. Die anderen Kamine im Haus wurden mit Kohle geheizt. Sie hatte einen Schrank mit einer Glastür, in dem Reihen von Gläsern mit Eingemachtem standen: eingelegtes Gemüse, Tomaten, Pfirsiche, Kohl, und in der Mitte ein Kaninchenbaby, auch in einem Einmachglas. Das war nicht zum Essen gedacht. Es war eine Zierde. Wenn der Wind blies und der Schrank schepperte, hüpfte das Kaninchen in seinem durchsichtigen Gefängnis auf und ab, und seine Ohren knickten leicht ab, wenn sie den Deckel berührten.

Die Möblierung war schlicht: ein geschrubbter Ahorntisch, ein tiefer Spülstein aus Emaille, ein paar nicht zusammenpassende Stühle und ein stinkender Kohleherd, der die Rosinenbrötchen meiner Großmutter mit Ruß überzog.

»Das hat noch keinem geschadet«, sagte Großmutter. »Sieh mich an.«

Tatsächlich, man brauchte sie nur anzusehen, geschwollene Füße, ein Körper wie ein Faß, Haare wie Besenginster, starrköpfig, weichherzig, zäh wie ein Cowboy.

Wenn sie ihre Rosinenbrötchen aß, blieb eine rußige Schneckenspur auf ihrer Oberlippe zurück. Ihre Nachbarin nannte sie »Schwarzmaul«. Meine Großmutter nannte ihre Nachbarin »Stinkmorchel«, aber abgesehen davon pflegten die beiden ein freundschaftliches Verhältnis und schenkten sich zu Weihnachten Taschentücher und Seife.

Meine Großmutter angelte zwei Bücklinge aus dem Kamin und dünstete sie für uns in Butter und etwas Wasser. Sie erkundigte sich nach meinem Vater und achtete dabei auf meinen Körper, nicht auf das, was ich sagte, was konnte ich schon sagen? Ich liebte ihn, und er machte mir angst. »Mein Fehler«, sagte sie zu sich selbst. »Mein Fehler.«

Und falls sie an seine Schule dachte oder an seinen ersten Job in Hemd und Krawatte, während seine Freunde auf den Schiffen arbeiteten, oder an das einfache Mädchen, das ihn geliebt hatte, oder an ihren eigenen Stolz, so ließ sie kein Wort darüber fallen, weder damals noch irgendwann. Wie mein Vater konnte sie nicht aussprechen, was sie empfand. Anders als er wußte sie das und saß viele Stunden lang da, den Kopf in die Hände gestützt, damit, so dachte ich damals, die Worte herausfallen konnten. Aber die Worte fielen nicht heraus, und ihre Gefühle blieben in ihrem Inneren hängen.

Als wir das Klo leergeschaufelt und frisches Sägemehl hineingekippt hatten, um den neuen Misthaufen zu aktivieren, sagte meine Großmutter, sie habe eine Überraschung für mich. Ich mußte mich in einer Ecke der Küche hinter den Ölmantel stellen, der an meinen Großvater erinnerte, während sie Gott weiß was aus dem Kohlenverschlag zog. Ich hörte ein Knistern und ein Kratzen und etwas, das wie Staub unter der Nadel eines Plattenspielers klang.

»Du kannst rauskommen«, sagte Großmutter.

Auf dem Küchentisch stand ein brandneuer knallblauer Dansette-Plattenspieler. Und auf dem Plattenspieler drehte sich eine 45er Schallplatte der Beatles. Sie sangen »Help!«

Während ich noch Mühe hatte, mich an diese unglaubliche Erscheinung zu gewöhnen, tanzte meine Großmutter den Twist, oder sollte ich sagen, sie wackelte ihn, da die beiden einzigen bewegten Teile an ihr das Hinterteil und der Kopf waren. Die Arme hielt sie, in den Ellbogen leicht angewinkelt, starr vor sich, die Füße standen etwas gespreizt fest auf dem Boden.

»Ich zeig's dir«, sagte sie.

Sie zeigte es mir tatsächlich, und wir sagten meiner Mutter und meinem Vater nie auch nur ein Wort über das Klohäuschen oder die Rosinenbrötchen oder die Tanzstunden oder den namenlosen Grog oder den Plattenspieler in seinem Vinyletui mit Reißverschluß oder das Glück, das unhygienisch war, oder das friedliche Gefühl, das nach in Butter gedünsteten Bücklingen roch.

»Du langweilst dich wohl zu Tode bei Großmutter«, sagte meine Mutter.

Das Haus meiner Eltern war so sauber, daß es mich krank machte. Es ist viel über die Vorzüge sanitärer Einrichtungen gesagt worden, aber weit weniger über die Waschpulverekzeme, die Teppichbodenasthmen, die allergischen Reaktionen auf flüssige Scheuermittel, die juckenden Finger nach dem Gebrauch der Bleichmittel, die betäubenden Ausdünstungen der Metallpolitur. Schlimmer noch, meine Mutter hatte das Nylon entdeckt, so bequem zu waschen, und sie ignorierte meinen Fußpilz und die roten Striemen zwischen meinen Beinen, wo die Nylonspitze der Nylonhöschen Krieg gegen meine Nicht-Nylonhaut führte.

Es wäre besser gewesen, wenn ich auch aus Nylon gewesen wäre. Das Elend, das ich einsaugte, wäre leichter rauszuwaschen gewesen.

*

Ich wuchs. Mit neun, groß und still, war ich unglücklich. Mein Vater, der seine Religion aufgegeben hatte, nicht jedoch den dazugehörigen Aberglauben, deutete mein Unglück als Beweis der Erbsünde. Da ich keinen Grund haben konnte, unglücklich zu sein, mußte Unglück der normale menschliche Zustand sein.

Wie konnte er hoffen, von etwas verschont zu bleiben, dem nicht einmal ein unschuldiges Kind entgehen konnte? Wie meine Großmutter hatte er einen Hang zum Schaurigen, aber sie hatte sich ihren Gott bewahrt, und damit auch das Erbarmen. Mein Vater hatte kein Erbarmen für sich selbst und auch keins mit anderen.

Während seine Welt sich verdunkelte, wurden die Schatten in unserem Haus immer dichter. Wir lebten in einem großen, hellen, geräumigen Haus mit vielen Fenstern, das von Lutyens entworfen worden war. Mein Vater hatte es mit einer großartigen Geste der Liebe und des Stolzes für meine Mutter gekauft. Für sie sollte es kein enges Reihenhaus mit Hundezwinger und Außentoilette geben. Der grüne, gepflegte Garten war von einer Schlinge aus Bäumen umgeben, und mitten auf dem gewalzten Rasen stand eine viktorianische Sonnenuhr aus Granit und Schiefer. Unter dem Zifferblatt war die kapuzentragende Gestalt der Zeit zu sehen, die mit ihrer Sense die Stunden schnitt, aber darüber, über der Zwölf, befand sich ein Engel, dessen Trompete die Aufschrift trug: *Aliquem alium internum*. Ich wußte nicht, was das bedeutete, und als ich es irgendwann übersetzen konnte, verstand ich es nicht. Später bedeutete es mir sehr viel, aber jetzt noch nicht.

Als die Stunden noch golden und grün waren, hätte man meinen können, das ganze Haus schwebte. Mein Vater war zufrieden mit seiner Arbeit, meine Mutter zufrieden mit ihrem Haus und ihren Kindern. Ich erinnere mich nicht an den genauen Augenblick der Sonnenfinsternis, nur an eine allmählich zunehmende Kühle, und daran, daß das goldene Licht von gelb zu blaßgelb zu gelblich verblaßte. Ich erinnere mich jedoch, daß mein Vater sich betrogen fühlte. Sein Gehalt war unzureichend, sein Bonus war unzureichend, die Herausforderung war lächerlich, seine Leistungen wurden nicht anerkannt. Das alles sagte er meiner Mutter, das hörte ich, aber zu mir sagte er neben der Sonnenuhr: »Ich bin einundvierzig Jahre alt, und das Meer stirbt.« Und er fuhr ein ums andere Mal mit dem Finger über die Kapuze der Zeit.

In meinen Alpträumen schöpfte die Zeit das Meer in ihre Kapuze und trug es davon. Am Rand der Welt blieb sie stehen und schüttete das Meer in den Weltraum.

Die glitzernden Fische waren Sterne.

Der Krieg der Luft gegen das Meer war unvermeidlich. Frachten und Passagiere zogen es gleichermaßen vor zu fliegen, und während die Schiffskosten stiegen, sanken die Flugpreise. Die Reederei, für die mein Vater von Jugend an gearbeitet hatte, fuhr untragbare Verluste ein. Trident Shipping, 1809 gegründet, ging langsam, aber sicher dem Untergang entgegen und zog meinen Vater mit.

Geld hatte er genug. Es war sein Leben, das langsam austrocknete. Seine Freunde deuteten seine Verbitterung als normale Reaktion auf eine schwierige Lage. Meine Mutter war einfach der Meinung, daß ein Mann Arbeit braucht. Aber mein Vater war nicht einfach und war immer noch wach genug, um die Maske in den Händen hin und her zu drehen und sich zu fragen, was sie eigentlich war. Untypischerweise besuchte er meine Großmutter.

»Was habe ich aus meinem Leben gemacht?«

»David, du hast alles, was du wolltest.«

»Was habe ich gewollt?«

»Wolltest du nicht jemand sein?«

»Wolltest du das nicht?«

Ja. Nein. Die tickende Uhr und der Duft gebutterter Bücklinge. Der junge Mann aus dem Körper seiner Mutter, die Kleider seines Vaters tragend. Sei jemand. Sei jemand. Mach unser Leiden wett. Mach aus unserem Leben kein endloses Opfer, sondern ein energisches Zusammenballen, die Kraft zu springen, aber wir fallen, die Kraft zu springen, aber wir fallen, bis zu dir, der du springst und nicht fällst. Dann sehen wir, wozu wir da waren, die einzelnen, gestammelten Worte gewinnen den Schwung einer Erzählung. Wie einmal eine bescheidene Familie sich einen Namen machte. Mein Sohn David, dessen Vater, Großvater und Urgroßvater bis in die sechste Generation auf den Docks arbeiteten. Mein Sohn David, reich, geachtet, mächtig, ein Mann. Mein Sohn David, in dessen Augen ein Glanz liegt. Mein Sohn David, der die Geschichte des Leidens beendet.

»Mutter?«

»David.«

Sie sprachen nie wieder darüber. Mein Vater nahm seinen Hut und seinen Schal und ging zum Hafen hinunter. Dort kannte er Männer, untätig wie er, und sie beneideten ihn um sein Geld, und obwohl er nicht dumm genug war, sie um ihre Armut zu beneiden, bereute ein Teil von ihm alles, was er getan hatte. Diese Männer tranken miteinander. Er trank allein. Er wäre gern mit ihnen in das schmierige Admiral Arms gegangen, aber mit welchem Recht säße er neben ihnen, da auf sie zu Hause karge Rationen und unbezahlte Rechnungen warteten? Er sehnte sich verzweifelt danach zu sagen: »Ich bin unglücklich.« Aber wie konnte er das zu ihnen sagen?

An diesem Abend kam er nicht nach Hause, und auch nicht am nächsten. Das Telefon klingelte jeden Abend um sechs Uhr, bis eine Woche vergangen war. Meine Mutter sah unbestimmter aus denn je und ließ ihr Licht die ganze Nacht brennen. Von uns wurde erwartet, daß wir nichts merkten. Jetzt, im Winter, war das Haus fast den ganzen Tag dunkel, und der Reif färbte den Rasen weiß. Meine Schwestern und ich spielten still in der versteinerten Luft, und unser Atem wärmte für kurze Zeit den gefrorenen Raum um uns herum. Wir warteten, warteten, den Blick auf die Uhr gerichtet.

Am sechsten Tag seiner Abwesenheit kam meine Mutter im Nerzmantel ins Eßzimmer, mit einem kleinen Koffer in der Hand. Wir drei legten ein Puzzle, während das unzureichende Feuer versuchte, die Eiszapfen zu schmelzen, die als lange Speere rings im Zimmer hingen.

»Ich muß zu eurem Vater fahren«, sagte sie und küßte uns mit ihrem kalten roten Mund. »Großmutter wird gleich da sein.«

Großmutter war schon da, von Kopf bis Fuß in Wolle gehüllt, das Gesicht unter einer Wollmütze fast völlig verborgen. Sie machte uns Kakao, und meine Mutter rauschte in einem Taxi davon.

»Wo fährt sie hin?«

»Nach London«, sagte meine Großmutter und sprach es aus wie Hölle.

»Da gibt es kein Meer, oder?«

Ich hatte das Gefühl, mein Vater sei in den Tod gegangen.

Ich half Großmutter, ihre Sachen auszupacken: einen Wochenvorrat Bücklinge und ihre Bibel. Ich schlug sie beim Lesezeichen auf und sah, daß wir wieder bei Hiob angelangt waren. Das bedeutete, daß meine Großmutter in Bedrängnis war, obwohl ihre Bedrängnis in diesem Fall eine Art glitzernde Intensität an sich hatte, die das gleichgültige Haus aufheizte und uns wieder in Erregung versetzte. Sehr oft sagte sie: »Das Roß, das, so oft die Trompete erklingt, ›Hui!‹ wiehert«, und ich fragte mich, was das für eine Art Pferd sein mochte, das so etwas tat. Unerschrocken ahmten wir es nach, und bald war das Null-Grad-Haus erfüllt von Gerüchen und Rauch und Stimmen, die »Hui!« riefen.

Ich sagte: »Wenn wir immer brav wären, wären wir dann immer glücklich?«

»Nein«, sagte Großmutter.

»Dann werde ich böse sein.«

»Was ist daran schwierig?«

Das Schwierige. Etwas in ihr, etwas in ihm, etwas, was ich geerbt hatte, meine Schwestern jedoch nicht. Das Roß, das, so oft die Trompete erklingt, »Hui!« wiehert. Warum die ganze Nacht mit einem Engel ringen, wenn man doch lahm aus dem Kampf hervorgeht? Warum nicht einfach davongehen? Warum nicht schlafen?

Meine Großmutter liebte mich, weil sie in mir dieselbe Starrköpfigkeit erkannte, die sie ihrem Sohn vererbt hatte. Das Schwierige und der Traum waren nicht zu trennen. Den lebenden Ton schürfen, der man ist, das bedeutet, im eiskalten Wasser zu stehen und sich den Kopf über ein Rätsel zu zerbrechen, das man sich selbst gestellt hat. Niemand kann einen dazu zwingen. Niemand kann einen davon abhalten. Rheingold, reines Gold, und irgendwo im Rheingold der Ring.

Später, viel später, als ich Wagners *Ring* hörte, dachte ich an die Zeit zurück, als ich noch klein war und mein Vater mich mitnahm, um den Sonnenuntergang über der Mündung des Flusses zu beobachten. Er liebte das goldene Licht, das fleckig auf dem Wasser lag. Sein Geist spielte darin. Er und seine Bilder waren damals noch frei, aber dann verhärtete sich das bewegte Gold ringsum, und er fing an, es zu zählen. Die Geschichten sagen übereinstimmend, daß der Held in Schwierigkeiten und im Traum nie an den Preis denken sollte.

Es gab ein schreckliches Scheppern und Krachen an der Tür, und meine Mutter und mein Vater polterten in die Diele; sie im Silberfuchs, er im neuen Übermantel und neuen Filzhut. Hinter ihnen mühte sich der Taxifahrer mit einem Berg Schachteln die Treppe hinauf.

Mein Vater riß uns lachend in die Arme und sagte, wir würden uns ins Abenteuer stürzen.
»Wir gehen nach London«, sagte er.
»Warum, Daddy?«
»Weil Daddy einen neuen Job hat.«

Mein Vater hatte gehört, daß die Cunard-Linie, die angesehenste und bedeutendste Reederei des ganzen Vereinigten Königreichs, von Trafalgar House Investments gekauft werden sollte. Cunard hatte erst kürzlich das neue Flaggschiff, die *QE2*, übernommen und verdiente gut daran. Mein Vater war beim Stapellauf in Southampton dabeigewesen und hatte ein paar Männer getroffen, die er mochte und die ihn mochten. Zwei von ihnen waren auf einer seiner *Foie-gras*-Parties gewesen. Einer von ihnen hatte gefragt, ob er nicht an einer Stellung bei der Restrukturierung von Cunard interessiert sei, mit besonderer Verantwortung für die Atlantikpassagen der *QE2*. Für meinen Vater war es, als träumte er wieder, wäre wieder jung, wieder frisch verheiratet: ein Ort, wo das Meer noch lebte und wo auch er wieder leben würde. Das Hauptquartier von Cunard war in London, und binnen weniger Wochen waren wir es auch.

Vor dem Umzug suchten wir den Direktor meiner Schule auf. Ich hatte gerade mit der Oberschule angefangen und war unruhig und unaufmerksam. Der Direktor, der sah, daß ich alle Vorzüge genoß, die das Leben zu bieten hat, hielt mich für ein mißratenes Kind oder für ein dummes. Er hatte zuviel Angst vor meinem bulligen Vater, um mich in seiner Gegenwart als das eine oder das andere zu bezeichnen, so viel weiß ich inzwischen, aber damals glaubte ich, was er sagte. Ich würde nie zu den Besten gehören.
Es gab Entschädigungen. Jetzt, da ich offiziell nicht intelligent

war, begann mein Vater, mich auf seine Geschäftsreisen mitzunehmen. Er dachte wohl, wenn ich schon nicht von einer teuren Erziehung profitieren konnte, dann vielleicht von praktischen Erfahrungen. Meine Schwestern wurden nach Benenden ins Internat geschickt, ich ging auf die örtliche katholische Schule, aus deren Frömmigkeit und Hauswirtschaftsunterricht ich regelmäßig abgerufen wurde, um meinen Vater zu begleiten. 1973, als ich dreizehn war, flogen wir nach New York, um dort die *QE2* zu einer »Kometenbeobachtungsfahrt« zu besteigen. Das war es, was die Konstellation meiner Zukunft bestimmte.

Die Absicht, seine Absicht, war eine dreitägige Kreuzfahrt, um Jagd auf den Kometen Kohoutek zu machen, benannt nach dem tschechischen Astronomen, der ihn entdeckt hatte. Man ging davon aus, daß er einer der hellsten Kometen des zwanzigsten Jahrhunderts sein würde, und in gewisser Weise war diese Kreuzfahrt der Anfang des Jahrtausendfiebers. Die Religion mag ihre Anziehungskraft verlieren, aber Omen sind immer beliebt. Die ausverkaufte Kreuzfahrt, in sich selbst einer *foie gras* ähnlich, war vollgepackt mit Atheisten auf der Suche nach dem Mysterium. Leider war das Wetter so schlecht, daß die meisten Erwachsenen ihre schönsten Visionen in einer Flasche Champagner fanden. Mein Vater hatte alle Hände voll zu tun, und ich blieb mir selbst überlassen.

Es war Nacht, etwa Viertel vor zwölf, der Himmel in zwei Hälften geteilt, die eine wolkig, die andere klar. Die Sterne wirkten tief zurückgesetzt. Sie lagen nicht auf der Oberfläche der Nacht, sondern waren in sie hineingehämmert. Wo das Schiff das Wasser durchpflügte, war es gebrochen und weiß, aber sobald das Schiff vorübergezogen war, heilte das Wasser den Einbruch, und ich konnte nicht mehr erkennen, wo das Schwarz des Himmels und das Schwarz des Wassers ineinander übergingen. Ich dachte an meinen oft wiederkehrenden Traum, in dem die Zeit die

Fische in den Himmel schüttete und der Himmel voller Seesterne war, Stella Maris der Luft. Unter Seefahrern gibt es viele Legenden über einen hellen Fisch, der so heiß ist, daß er im tiefsten Wasser leuchtet, einen Stern, den Gott fallen ließ und mit Flossen versah, ein alchimistisches Rätsel, die Vereinigung von Feuer und Wasser, *coniunctio oppositorum*, die sich selbst und andere verwandelt. Manche Autoren verwechseln die Stella Maris mit dem Schiffshalter, einem winzigen Fisch, der sich an das Ruder der Boote heftet und sie zum Stillstand bringt. Egal, die Rede ist von dem schicksalhaften, entscheidenden Ding, das einen sicheren Kurs völlig verändert.

Mein Vater hatte mir von den Schiffshaltern erzählt, und daß die griechischen Fischer in ihren kleinen Booten sie immer noch fürchten. Mein Vater fürchtete keine Schiffshalter.

Hund. Hundsfisch. Hundsstern.
Pferd. Seepferd. Pegasus.
Mönch. Mönchsfisch. Engel.
Spinne. Spinnenkrabbe. Krebs.
Wurm. Aal. Die Alte Schlange.

Ich war in dem Alter, in dem man Listen aufstellt, aber die Listen, die ich aufstellte, waren Korrespondenzen, halb wahr und ganz und gar phantastisch, über die Erde und das Meer und den Himmel. Vielleicht versuchte ich, meine eigene Welt zusammenzuhalten, die so sehr in Gefahr stand, auseinanderzufallen. Vielleicht wollte ich Ordnung, wo es keine gab. Während die *QE2* so zuversichtlich über das Wasser glitt, dachte ich an die *Titanic*, geisterhaft und verlassen unter uns, und irgendwo über uns, in der geheimnisvollen Schwärze, das Narrenschiff, das durch die Sterne pflügte. War das der Komet?

Nach der Legende segelte das Schiff auf der Suche nach dem

Heiligen Gral über den Rand der Welt hinaus und für alle Zeiten weiter. Bei besonderen Konjunktionen von Zeit und Zeitlosigkeit erscheint es wieder als ein helles Licht, das durch das unergründliche Universum schießt und das verfolgt, was weder Anfang noch Ende hat.

Was kann ein kleines Mädchen sehen, das Astronomen und Teleskope nicht sehen können? Im offiziellen Logbuch der Reise ist keine Sichtung eines Kometen verzeichnet. Was war es dann, was die gewöhnliche Nacht mit der Unendlichkeit verknüpfte? Ich sah den silbernen Bug über mir vorbeiziehen, und die Segel aus zerfetztem Tuch. Männer und Frauen standen dichtgedrängt an Deck. Ein Beben, als sei die Weltenuhr stehengeblieben, aber in Wirklichkeit war es unser eigenes Schiff, das seine Maschinen herumgeworfen hatte, auf volle Kraft zurück. Am nächsten Morgen erzählte mir mein Vater, wir hätten ein unbekanntes Signal aufgefangen und für ein Schiff dicht vor uns gehalten, aber es sei nichts gesichtet worden.

Als ich allein in der Dunkelheit zusah, wie die dünne silberne Linie davonschoß, hatte ich mich jener Gruppe von Pilgern angeschlossen, die einem flüchtigen Licht nachwandern – nennen Sie es Kunst, nennen Sie es Alchimie, nennen Sie es Wissenschaft, nennen Sie es Gott.

Die *Godspeed*. Mein Vater am Ruder. Meine Mutter auf einer Holzbank, mich gebärend.

Meine Mutter lag da, die Röcke über dem Kopf, die makellosen Strümpfe um die Knöchel, ihr Schmerz stöhnte gegen den schweren Lärm der Maschinen an.

Mein Kopf steckte fest. Ich drängte heraus aus der chthonischen Unterwelt meiner Mutter und hinein in die Welt des Schwierigen und des Traums meines Vaters. Ich rechnete nicht damit, jemals umkehren zu müssen.

Meine Großmutter sang ein Kirchenlied, im wesentlichen um Gott zu preisen, aber faktisch verhinderte sie, daß mein Vater hörte, was da vor sich ging. Es war eine schnelle Geburt, und als ich an die Brust meiner Mutter gelegt wurde, aß meine Großmutter ein Sandwich und ging dann hin, um meinem Vater zu verkünden, daß ihm eine Tochter geboren war.
Er zündete jedes einzelne seiner Notsignale und ließ den Fluß in Phosphorrot lodern. Jeder Schlepper und jedes Patrouillenboot auf diesem Teil des Flusses scharte sich um uns, aber statt zu sinken, feierten wir. Meine Großmutter nannte es die Wunderbare Sardinen- und Ginvermehrung, denn obwohl sie nur genug für sich selbst mitgebracht hatte, schien reichlich für alle dazusein, und so wurde ich geboren, in Schmutz, in Entzücken, in Wasser und in Schnaps, Fische über und unter uns, und im Zeichen eines strengen Sterns.

DER STERN

10. November 1947. New York City. Sonne im Skorpion.
Papa war Buchhändler in Wien. Mama entwarf Plakate für die österreichische Eisenbahn. Vor dem Zweiten Weltkrieg war nichts Ungewöhnliches an meinen Eltern, außer daß Mama deutsch war und Papa jüdisch.
Der Paß wird am 24. März 1939 ungültig, wenn er nicht verlängert wird.
Auf der ersten Seite des Reisepasses, auf der Innenseite des blutbraunen Einbands, ein blutrotes »J«.
Papa hatte Freunde in New York, und diese Freunde besorgten ihm Papiere, so daß er reisen konnte, bevor sein Paß abgelaufen war und solange er noch die Mittel hatte. Die Behörden warteten sprungbereit darauf, seinen Besitz zu konfiszieren, sein Geschäft, sein Haus, seine Frau. Da sie Deutsche war, hätte Mama sich auf der Stelle scheiden lassen können.
Das Seltsame war: meine Eltern führten keine glückliche Ehe. Mama liebte Papa nicht mehr. Papa war in seine Bücher versunken. Als er abreiste, um den Dampfer nach New York zu nehmen, hätte Mama ihn nie wiedersehen müssen.
Was tat sie?
Sie beantragte einen eigenen Paß, der ihr bewilligt wurde. Sie beantragte die Scheidung, was ihr die Billigung der Behörden und ihres katholischen Pfarrers, Vater Rohr, eintrug. Während er ihr die Haltung der Kirche zur Judenfrage darlegte, flirtete sie

mit einem hochrangigen Nazi-Offizier, und er gestattete ihr, von Papas Besitz soviel zu verkaufen, wie sie nur konnte. Sie verwandelte das Geld in goldene Gürtel.
Als sie alles getan hatte, was sie zu tun wagte, entschuldigte sie sich unter dem Vorwand einer kurzen Fahrt nach Bayern bei ihrem Geliebten und ihrer Arbeitsstelle. Sie würde ihren Vater besuchen. In Wahrheit nahm sie einen Zug in die Schweiz, fuhr weiter nach Frankreich und bestieg ein Schiff nach New York. Sie ging langsam, beschwert vom Gewicht des Gürtels aus Goldbarren, den sie unter dem Kleid trug.
Wenn man sie erwischt hätte, wäre sie erschossen worden.
Sie hatte eine Anstellung, sie war Deutsche, sie hätte ein zweites Mal heiraten können. Sie hatte sich nie für politisch gehalten. Warum riskierte sie ihr Leben für einen Mann, von dem frei zu sein sie sich zuvor sehnsüchtig gewünscht hatte?
Es war eine außergewöhnliche Geste, und eine von unvorhergesehenem alchimistischen Erfolg. Der festgestampfte Lehm ihrer Ehe verwandelte sich in einen wertvollen Nährboden. In der Zeitlosigkeit blühten sie auf, eine Zeitlang.

Papa eröffnete eine Buchhandlung in der Amsterdam Avenue in der Nähe der 75sten Straße. Hier fing ich an, Literatur und Lyrik und die Texte der Kabbala zu lesen. Oft nahm ich mir Bücher mit nach Hause, durchquerte langsam den Park, um sie auf der Feuertreppe unseres Mietshauses zu lesen, während verliebte Paare sich gegenseitig jiddische Lieder sangen.
»Das Kind schielt«, sagte meine Mutter, als ich geboren wurde.
»Sie wird eine Dichterin«, sagte Papa, der in der Physiognomik bewandert war.

Messer und Gabel
Flasche und Kork
Auf diese Weise
buchstabiert man New York.

Das war das erste Gedicht, das ich auswendig lernte, von einem Kind, dessen Vater Bagelverkäufer war. Mama verzweifelte und kaufte mir einen bebilderten Faust. Papa sagte: »Schau nach oben.«

Nicht auf die Wolkenkratzer, die über Nacht aus dem Felsgestein von Manhattan aufschossen. Nicht auf die grimmigen Kräne, die am Himmel auf Beute lauerten. Er sagte: »Jeder Grashalm, der hier auf der Erde wächst, hat seine Entsprechung in den Sternen. Das ist Masalot.«

Er sagte: »Intensität ist das Verlangen, zu empfangen. Öffne dich dem Licht, und du wirst Licht werden.«

Ich verstand meinen mystischen Papa nicht, der sich jeden Morgen seine Gebetsriemen anlegte, die kleinen schwarzen Kapseln mit Auszügen aus der Thora, die seine Energie binden und lenken sollten.

»Ist das Zauberei?« fragte ich Mama, die mit den Schultern zuckte und keinen Zauber in den Aluminiumtöpfen und -pfannen zu finden schien, die verkohlt waren von Essen, das sie nicht kochen mochte.

Meine teutonische Mama, Brünhild im Blut, ihr eigener Zauber der Ring aus Feuer, der sie umgab. Kein Mann durfte sich ihr nähern. Sie war die Frau auf dem brennenden Fels, die wartete, wartete, auf den Helden, der ihrer würdig wäre. Es war nicht mein Papa. Hatte nicht sie ihn gerettet? Und so verbrannte der Traum.

New York zog sich an seinen eigenen Rattenschwänzen aus dem Morast. Damals, in der Zeit nach dem Krieg, fuhren ständig Zementmischer durch die Stadt, bereit, die Ladung auf den Pfiff eines Vorarbeiters loszulassen. Weiter oben, auf den stählernen Gerüsten der gigantischen Gebäude, warfen Männer mit dem Mut von Affen rotglühende Bolzen in Eimer aus Stahl. Wir schweißten die Zukunft zusammen. Reiche und Arme gleichermaßen die Bolzen einer neuen Welt.

Ich las William Wordsworth: »Ein Fest, in diesem Aufgang einer neuen Zeit / Zu leben. Aber dabei noch jung zu sein / War wie der Himmel.«

Ich las William Blake: »Woher weißt du, ob nicht der Vogel, der im Fluge die Luft durchschneidet, eine unendliche Welt des Entzückens ist, deinen fünf Sinnen verschlossen.«

Ich las Whitman: »Ich netze die Wurzeln alles Gewachsenen.«

Die Straßen. Die Querstraßen. Der Hudson, wo das Vieh in Güterzügen ankam. Der Schlachthausgeruch. Der Geruch nach Zement. Heißem Metall. Heißen Bagels. Kaltem Wasser auf neugegossenen Gebäuden. Der Hof unseres Apartmentblocks. Dunkle junge Männer mit tiefliegenden Augen, die in den Regalen unserer Buchhandlung nisteten. Mama in einem rotgetüpfelten Kleid vor dem Woolworth Building. Die langen Mäntel der alten russischen Juden. Frischgeriebener Meerrettich. Schapiros »Weine, die man fast mit dem Messer schneiden kann«. Papas vergilbende Exemplare des *Jewish Daily Forward*. Unser Klavier. Chauffeure in Zweireiher-Jacketts und ledernen Hosen im Central Park. Papa, der endlos diese zwölfeinhalb Meilen lange und zweieinhalb Meilen breite Aladdin-Insel

durchwanderte, wo jeder das Glück haben konnte, eine Wunderlampe zu finden.
Papas Freunde wohnten in der Lower East Side, dichtgedrängten Straßen jüdischer Geschäftigkeit, wo schmale Männer mit Dybbuks in den Augen mir Challa zu essen gaben, während sie Papa stockfleckige Bücher verkauften, der sie in einer riesigen Reisetasche zum Laden zurückschleppte.
Mamas Freunde in der Upper East Side, alle deutsch, mit unerschöpflichen Vorräten an Erbsensuppe mit Speck und gigantischen Würsten. Mama in ihrem schicken Federhütchen und dem geknöpften Kostüm. Mama und ihr heimliches Versprechen, daß wir eines Tages nach Wien oder vielleicht Berlin zurückgehen würden.

Die Jahre falten sich säuberlich zu einzelnen Bildern, einzelnen Worten, und was dazwischen lag, war wie Kleister oder Leim, der die wichtigen Dinge an ihrem Platz hielt, bis jetzt, später, wo sie ohne Zusammenhang stehen, der Rest verrottet, und nur bestimmte Augenblicke als Andenken der Zeit zurückbleiben.
Müßte mich das nicht ängstigen? Die Dinge, die ich für wichtig hielt, meine Listen mit Besonderheiten, Höhepunkten, sind so nutzlos wie die Inventur eines Abrißhauses. Ich begreife die Dringlichkeit meiner alten Tagebücher nicht mehr, mit ihrer genauen Buchhaltung der Dinge, die für mich zählten. Was ich aufschrieb, ist die Handschrift einer anderen Person. Was mich interessiert, sind die Dinge, die ich nicht sagte, die Dinge, die ich wegschob. Was wiederkehrt, sanft oder in wahren Flutwellen, beunruhigt mich durch seine Neuheit. Seine Lebhaftigkeit. Was wiederkehrt, sind nicht die abgetragenen Erinnerungen, die ich so sorgfältig aufgezeichnet habe, sondern kleine Flecken Zeit, die mich brandmarken, wie es das dumpfe rote J bei Papa tat. Meine Halsstarrigkeit hat mich gezeichnet.

Vielleicht wußte ich, daß es so sein würde. Ich erinnere mich, daß ich Papa auf einen seiner verbissenen nächtlichen Streifzüge begleitete, wir jagten irgendein Buch, und daß wir auf dem Times Square herauskamen, als gerade die Lichter ausgeschaltet wurden. Papa ging völlig ungerührt einfach weiter, geleitet vom Inneren Licht. Ich dagegen fühlte, wie im sekundenschnellen Übergang von strahlender Helligkeit zu Nichts die Welt verschwand. Und da sie so leicht verschwinden konnte, was war sie?
»Schatten, Zeichen, Wunder«, sagte Papa.

Ich las Whitman: »Das Gefühl des Wirklichen, und dann der Gedanke, daß es doch unwirklich sein könnte.«

Gegen Papas Kabbala, seine Gebete im Tempel Emanu-el in der Fifth Avenue, seine seltsamen Freundschaften und die Besuche der Kantoren setzte Mama ihr Deutschtum. Sie war keine Mystikerin, aber sie haderte ernsthaft mit Papas geheimnisvolleren Experimenten, weil er sie in ihren Kochtöpfen durchführte. Sie wollte ihre Latkes nicht auf den Resten einer Tinktur braten, die Klippots (Dämonen, Schalen, böse Hülsen, was immer den Menschen von G. .t trennt) fernhalten sollte.
Ihr Vater war Metzger gewesen, ein vom Glauben abgefallener Katholik, der zum messerschwingenden Atheisten geworden war. »Wenn ich das hier kleinhacke, wo ist dann die Seele?« Sie hatte seine bayerische Brutalität gehaßt, war nach Wien gegangen, um Malerei zu studieren, und hatte sich mit dem Verkauf von Zeichnungen in Cafés über Wasser gehalten. Sie war damals auf schüchterne Weise intellektuell und fühlte sich zu Papa hingezogen, weil er aus nichts gewaltige Systeme machte. Ihr Glaube war schwach, seiner verborgen. Er schien vor seinem Judentum zu fliehen, und erst als sie schon mehrere Jahre verheiratet

waren, fing er an, die Kabbala zu studieren, spät in der Nacht, mit brennenden Augen. Während er sich nach innen wandte, wandte sie sich nach außen, aber während er seine Intensität trug wie ein Gewand, schlief sie in ihrer. Beide leugneten, was für den anderen wirklich war. Sie hielt ihn für verrückt. Er hielt sie für kalt.

Eine kurze Weile, in New York, nahmen sie sich wieder als das, was sie wirklich waren. Sie waren glücklich. Dann fingen beide an, sich an anderen Feuern zu wärmen.

In dieses kurze Auflodern kam ihr Kind. Schielend. Poetisch. Der eine Sehfehler korrigierte sich selbst. Und der andere?

Ein Sehfehler, ein Defekt. Oder meine ich einen Affekt? Zu Beginn des zwanzigsten Jahrhunderts, als Picasso, Matisse und Cézanne ihre Gesichter einem neuen Licht zuwandten, gab es eine Theorie, von der Wissenschaft in die Welt gesetzt und von gewissen Kunstkritikern gehätschelt, die das Bild in eine Perspektive manövrierte, in der diese neue Kunst als optischer Irrtum erschien. Ein Sehfehler, nichts weiter. Diese Maler litten an Astigmatismus: einer Veränderung der Netzhaut, durch die Lichtstrahlen unscharf werden. Deshalb konnten sie nicht realistisch malen. Sie sahen nicht, daß eine Katze eine Katze ist.

Vor kurzem hörte ich, wie dasselbe Argument gegen El Greco verwandt wurde. Seine Überlängungen und Verkürzungen hatten nichts mit Genie zu tun, es gab da ein Augenproblem.

Vielleicht ist Kunst ein Augenproblem; die Welt, wie sie ist, die Welt, wie sie erscheint.

Zeichen, Schatten, Wunder.

Was du siehst, ist nicht das, was du zu sehen glaubst.

Papa im dunklen Zimmer über der Buchhandlung, auf den Fünfzehnten des Monats wartend, dann würde der Mond voll sein.

Papa mit seinen Topazen. Was war das Licht, das in der Dunkelheit leuchtete? Was war das steinerne Glühen, das lebende Sternchen, das aus dem kahlen Zimmer eine Batterie machte, Papas heilige Voltzelle. Geh die Treppe hinauf und lausche vor der Tür, wie er halb singt, halb psalmodiert, ein dünner Draht aus Klang, der ihn mit dem allumfassenden Licht verbindet, dem Or Makif, das angezogen werden muß.
Geh die Treppe hinauf. Unten im Laden ordnet Mama die Bücherstapel, die Papa dort hat fallen lassen, erschöpft, erregt, nach einer weiteren Nacht des Wanderns auf der Suche nach Mequbalim hinter verborgenen Türen.
Mama auf ihrer kleinen hölzernen Leiter, Strumpfnähte gerade, Count Basie im Radio, das leichte Schwingen ihrer Hüften und die Lampe, die den Unterrock unter ihrer Bluse erkennen läßt.
Papa, seine Pergamente, seine Edelsteine, sein dunkles, erleuchtetes Gesicht.
Mama, blond und blau, goldfingrig und fast reglos.
Ich hatte Angst. Ich lief nach draußen.
Mama sagte: »Paß auf, wo du hingehst.«
Papa sagte: »Was du siehst, ist nicht das, was du zu sehen glaubst.«

Ein Sehfehler, ein Defekt. Oder meine ich Affekt?

Max Planck: »Die Wissenschaft kann das letzte Geheimnis der Natur nicht enträtseln, weil wir selbst Teil der Natur sind und daher Teil des Geheimnisses, das wir zu enträtseln versuchen.«

Albert Einstein: »Es scheint unvermeidlich, daß die physikalische Realität in Begriffen kontinuierlicher Funktionen im Raum beschrieben werden muß. Der materielle Punkt kann kaum noch vorgestellt werden.«

Robert Oppenheimer: »Fragen wir zum Beispiel, ob die Lage des Elektrons die gleiche bleibt, so müssen wir mit Nein antworten. Fragen wir, ob das Elektron seine Lage im Lauf der Zeit ändert, müssen wir ebenfalls mit Nein antworten. Fragen wir, ob das Elektron in Ruhe ist, müssen wir wieder mit Nein antworten. Und fragen wir schließlich, ob es in Bewegung ist, müssen wir auch antworten: Nein!«

Ist die Wahrheit das, was wir nicht wissen?
Was wir wissen, befriedigt uns nicht. Was wir wissen, erweist sich ständig als nur partiell. Was wir wissen, von Generation zu Generation, wird für neue Erkenntnisse verworfen, die ihrerseits mit der Zeit aufhören, uns zu interessieren.
In der Thora bezieht sich das hebräische »Erkennen«, das oft in einem sexuellen Kontext verwendet wird, nicht auf Fakten, sondern auf Zusammenhänge. Wissen nicht als Akkumulation, sondern als Ladung und Entladung. Als Übertragung von Energie vom einen Ort auf den anderen. Statt Gewißheiten zu sammeln, kann ich die Taxonomie aufgeben und mich selbst zum Tanz einladen: die Muster, Rhythmen, Vielfältigkeiten, Paradoxa, Wandlungen, Ströme, Wechselströme, Unregelmäßigkeiten, Irrationalitäten, Genialitäten, Gelenke, Dreh- und Angelpunkte, die mit der Zeit und durch die Zeit ausgefeilt wurden, um die Gedankengänge zu finden, die noch immer leiten.
Die Fakten isolieren mich. Die ordentlichen Schachteln mit Geschichte, Geographie, Wissenschaft, Kunst. Was bedeutet die Trennung der Dinge, wenn zwischen ihnen Strom fließt? Ich will Lebendigkeit. Nicht Mumifizierung. Lebendigkeit. Wahrscheinlich habe ich mich deshalb in Jove verliebt. Oder genauer gesagt, deshalb habe ich gewußt, gleich als ich ihn das erste Mal sah, am Tag meiner Geburt, daß ich mich in Jove verlieben würde.
Die Energie geht der Materie voraus.

*

Der Tag meiner Geburt.
Es war ein kalter, verschneiter Winter in New York. Die Kälte war Herrin, die Wärme ihre Dienerin. Die Kälte machte sich in jedem Wohnblock breit, drängte die Wärme in immer kleinere Winkel ab, warf sie hinaus auf die Straßen, wo sie sich in grauen Schwaden auflöste. Wärme war nirgends. Heizkessel und Boiler begingen unter dem Druck Selbstmord und wurden von frierenden Männern in Overalls leblos aus Eiskellern geschleift. Verkehrspolizisten, die versuchten, in der Chaos-Kälte die Ordnung zu wahren, merkten, wie ihr Signal-Arm sich steif vom Körper abspreizte. Es war ein gewohnter Anblick, wenn sie bei Schichtwechsel wie Statuen von ihren Podesten gehoben und der Länge nach auf quietschende Lastkarren gelegt wurden.
Autos, Lastwagen und Straßenbahnen wurden immer langsamer, Batterien versagten, Vergaser vereisten, bis sie mit einem empörten Pfft! im fallenden Schnee einschliefen und ihr Schwarz mit Weiß übermalt wurde.
Ein Mann beschaffte sich ein riesiges Feuerwehrauto aus der Vorkriegszeit. Es hatte achtzehn Gänge und einen Motor, der so hoch über der Straße lag, daß ein Kind aufrecht darunter stehen konnte. Er baute sich eine Asbestplattform mit einem winzigen Holzfällerofen darauf und schraubte das Ganze unter den Motor. Durch Beheizen des Ofens bekam er das Fahrzeug warm genug, um fahren zu können, und verlegte sich mit durchschlagendem Erfolg auf das Ausliefern von Lebensmitteln. Hörten die Leute das Scheppern der Feuerglocke oder sahen, wie der große, verchromte Kühlergrill sich langsam auf ihren Block zuschob, rannten sie schon mit fliegenden Mänteln aus ihren Häusern und hielten ihn an, um Milch und Kartoffeln zu kaufen. Da der Motor so hoch über dem Boden lag, konnte man das Auge des Ofens aus

der Ferne brennen sehen, wie es sich glühend durch die abgeräumten Straßen und an den vergessenen Autos vorbeischob. Ein anderer Mann hatte sechs Schlittenhunde, die er vor einen selbstgebastelten Schlitten spannte. Er war Pole, und er war auf der Flucht vor dem Krieg nach New York gekommen. Niemand wußte mit Sicherheit, wie es ihm gelungen war, sechs Huskies an der Einwanderungsbehörde vorbeizuschmuggeln, aber es hieß, die Hunde seien noch ganz klein gewesen und der Beamte, ein Stadtmensch, hätte sich nicht vorstellen können, daß sie noch wachsen würden. Und liebte nicht auch seine Frau ihren Chihuahua?

Rund um die Märkte der Orchard und der Essex Street kannte jeder Raphael und seine Hunde. Er lebte vom Verkauf von Fruchtkäse, den er nach einem Geheimrezept herstellte. Er hatte es von einem Onkel geerbt, der in der Küche des Zaren gearbeitet hatte. Falls Raphael exzentrisch wirkte, so doch nicht mehr als all die anderen, die von ihrem natürlichen Kurs abgetrieben waren und jetzt neue Umlaufbahnen um neue Sonnen erlernten.

Als es anfing zu schneien, erinnerte sich Raphael unter seinen mit Hundehaaren und Federn ausgestopften Gemüsesäcken an eine Zeit, bevor er geboren war, bevor sein Vater geboren war. Jemand, den er noch immer im Blut hatte, war damals über vereiste Ebenen und zugefrorene Flüsse gefahren, um einen Schlitten mit Pelzen zu beladen. Die Hunde knurrten beim Anblick des Schnees, der in Flüstertönen fiel, in Flocken, in Fußbällen, in Lawinen, und die Herrschaft über die modernste Stadt der Welt übernahm. Auch sie begannen sich zu erinnern, und unter ihren Pfoten war das Eis der Eskimos und kümmerliche, vom Wind verkrüppelte Pflanzen und vulkanische, schweflige Geysire und draußen die Ponys mit kurzen Mähnen und andere Kreaturen, die ungesehen in der Nacht heulten. Sie waren bereit.

Die ganze Nacht arbeitete Raphael, hämmerte, sägte, bog, formte, ölte, hobelte, schliff, umgeben von Holz, Schnur, Metall und Leder, und die Hunde schleppten in ihren Mäulern herbei, was er brauchte.
Gegen Morgen waren sie bereit. In der rauhen Dämmerung eines toten Tages schallte durch die menschenleere Fifth Avenue der Klang von Glocken, das Gebell von Hunden, eine Peitsche in der Luft und ein Schrei, so alt wie der Winter selbst. Raphael in seinem Streitwagen, die Haare schwarz wie Kohlen, die Augen hell wie Glut, ließ den Schnee unter den Kufen seines Schlittens aufstieben.
Die Leute drängten sich um ihn, um schwarzen Tee oder Erbsensuppe mit Speck aus den beiden schimmernden Samowaren zu erstehen. Er verkaufte mit seinem eigenen Fruchtkäse belegte Bagels. Er verkaufte Tafeln dunkler Schokolade und eine patentierte Salbe aus Pfefferminzöl zum Einreiben der Brust. Die Hunde, die den Schnee aus dem Nackenfell schüttelten, waren bei den Kindern beliebt und entblößten zur Begrüßung ihre schimmernden Zähne und dampfenden Zungen.
Die Leute nannten seinen Hundeschlitten »Die Engelskutsche«. Raphael erledigte Besorgungen für die Ältesten und ließ die Jüngsten ein Stück mitfahren, sie klammerten sich hinter den zischenden Kupferzylindern am Schlitten fest.

New York, die Stadt der Bewegung, kam nicht mehr voran, und da sie es haßte, stillzustehen, bewegte sie sich zurück. Zurück in ihre Vergangenheit, die individuelle und die kollektive, zurück in die Vergangenheit des Ortes; zurück zum Hudson und zu den Trappern, zu den Indianern mit ihren gescheckten Pferden, zu den holländischen Stuyvesants, die handelten, bauten, planten, tauschten. Zurück in die Vergangenheit seiner Menschen, die jetzt aus so vielen Teilen der Erdkugel stammten, die aber alle

wußten sie, was es hieß, zu kämpfen, Pionierarbeit zu leisten. Das Schwierige in einen Traum zu verwandeln.
Der Schnee verformte die Gebäude zu Bergen. Winzige Gestalten, eingemummt in all ihre Kleider und all ihr Bettzeug, liefen geräuschlos durch die Schatten dieser Berge. Sie waren auf der Jagd nach Essen, auf der Jagd nach Gesellschaft, sie verhökerten, was sie hatten, gegen das, was sie wollten.
Um der Stille des Schnees zu trotzen, fingen die Menschen an zu singen. Die tiefen Schneemassen verwirrten die Akustik, so daß jemand, der ein paar Straßen von einem Lied entfernt war, die Töne zwar nicht hören, aber die Vibrationen spüren konnte. Der Klang der singenden Stadt erschütterte ihre Grundfesten wie ein Beben. Als der Schnee geschmolzen war, stellte man fest, daß eine Reihe von Gebäuden ihre Dächer verloren hatten.
Jeder, der in jenen Tagen unterwegs war, stieß auf Feuer, die auf den Bürgersteigen brannten. Hier versammelten sich Gruppen von Männern und Frauen, um die Wärme zu finden, die aus ihren toten Wohnungen längst entwichen war. Dann kam jemand mit einem Steinkrug voll Schnaps und ein anderer mit einer Schaufel Maronen und noch jemand mit einer Mundharmonika, und Raphael flitzte mit seinen rotglühenden Kannen hin und her und füllte die Becher, die wir alle in jenen Tagen bei uns trugen. Ich sage »wir alle«, denn es war kurz vor meiner Geburt.

Meine schwangere Mutter hatte seltsame Gelüste; sie wollte Diamanten essen. Diese gastronomische Extravaganz hätte sich auch ein reicher Mann kaum leisten können, und für Papa war ein Tiffany-Bagel unerschwinglich. Wir waren nicht reich, so wenig wie Papas zahlreiche Freunde, aber einige von ihnen waren Diamantenhändler, die ihre Geschäfte unauffällig, verstohlen, in einem Labyrinth notdürftig zusammengestückelter Gebäude rund um die Canal Street und die Bowery betrieben.

Eines Abends, als ich ungeboren sechs Monate alt war und mit Händen und Füßen gegen Mamas Bauchdecke strampelte, hörte ich die Stimmen von Papas Geschäftsfreunden, die sich in unserer warmen niedrigen Küche leise unterhielten. Eigentlich hätte Mama gar nicht anwesend sein dürfen, aber sie scherte sich wenig um das strikte Protokoll seiner orthodoxen Freunde und klapperte ungerührt in der Küche, manchmal offen feindselig, manchmal tischte sie aber auch Türme von Blinis auf, so hoch wie das Empire State Building. Sie machte, was sie wollte, und niemand wagte, etwas zu sagen, weil sie Papas Leben gerettet und ihr eigenes riskiert hatte. Sie nannten sie Rahab.

Tief aus dem Innern ihrer Mäntel, ihrer Jacken, ihrer Hemden, ihrer Unterhemden, ihrer Haut, ihrer Knochen zogen die Männer Beutel aus Filz hervor und breiteten ihren glitzernden Inhalt aus. Es war nicht der Wert der Steine, den sie mit Papa besprachen, es war ihre Fähigkeit, das tiefere Seelenleben zu stimulieren. Für einen Juden haben Steine eine Bedeutung über den bloßen Wert hinaus. Die zwölf Edelsteine im Brustschild des Hohenpriesters waren Energie, kein Schatz. Die Steine leben.

Unter ihrer Markise aus herabhängenden Aluminiumtöpfen drehte Mama sich um und sah die Diamanten. Ich sah ihr Licht und schmiegte mich, so eng ich konnte, an die Membran meines schönen Gefängnisses. Das Licht durchzuckte Mamas Bauch und nährte mich.

Sie trat einen Schritt vor, nahm einen der Diamanten zwischen Daumen und Zeigefinger und verschluckte ihn. Dann schluckte sie noch einen und noch einen, eine freiwillige Mast für eine unschätzbare Pastete: Mamas Speiseröhre war voller Licht.

Papas Volk ist ein geduldiges Volk, das viele Widrigkeiten gekannt hat. Es hat an den Wassern von Babylon geweint. Es hat das Rote Meer durchquert. Es hat mit seinen Kamelen und Kon-

kubinen in der Wüste gesessen. Es ist vierzig Jahre lang durch die Wildnis gewandert. Es hat mit seinem Gott gerungen. Aber nicht einmal Hiob in all seiner Bedrängnis mußte zusehen, wie sein Erbe von einer schwangeren Frau gegessen wurde. Es gab einige Debatten darüber, was jetzt zu tun sei.
Papas Volk ist ein geduldiges Volk. Man einigte sich darauf, daß Papa die Tür zur einzigen Toilette auf dem Treppenabsatz abschließen und Mama dazu bringen würde, einen Nachttopf zu benutzen.
Eine wechselnde Vierundzwanzigstundenwache wurde in der Küche eingerichtet, und einer der nicht diensthabenden Männer ging los, um Chirurgenhandschuhe zu kaufen.
Mama hatte keine Einwände. Sie wollte die Diamanten nur essen, nicht verdauen. Niemand dachte an mich.

Auch ich dachte nicht, drehte mich im schwerelosen Wasser, bezaubert von geschliffenen Facetten aus Licht.

Endlich war es vorbei, Hüte ab, die Ärmel hochgekrempelt, Schweißperlen in den Bärten, und die vielgereisten Diamanten glitzerten wieder auf ihren sterilisierten Tüchern.
»*a'dank! mazel tov! bo'ruch ha'bo! Schnaps!*«
»Was? Einer fehlt? Oy *oy oy oy oy! Oy va-avoy! Vai!*«

Rizinusöl. Einlauf. Glyzerinzäpfchen. Durchspülen des Darms mit Salzwasser. Kohlsuppe. *Schnell, kroit zup!*
Vergebens. Ganz und gar vergebens. Ich hatte ihn eingefangen, oder er hatte mich eingefangen. Dies wurde den Ältesten nach einer Nacht des Gebets in einem Traum offenbart. »Wir werden bei deiner Geburt zugegen sein«, sagten sie auf Bauchhöhe und direkt an mich gerichtet, die Juwelenräuberin, die kindliche Schmugglerin kostbarer Steine.

Nachts, wenn Mama schlief und das Licht aus und die Nacht dunkel war, stand Papa, in sein Tuch gehüllt, über ihr und lüftete schuldbewußt ihr Nachthemd. Er hatte sie noch nie nackt gesehen, hatte noch nie ihr sanftes Verlangen gesehen, die Landkarte, die sie war, auf der er hätte reisen können.
Er streckte die Hand aus, hatte aber Angst. Ihr Bauch leuchtete.

Immer noch der Schnee. Kopfkissenfedern aus Schnee. Ausgeschüttelte Federbetten aus Schnee. Der Schnee in Schollen auf dem Fluß. Der Schnee, der über dem Park lag wie eine Steppdecke. Die Stadt war eine Bettenabteilung aus Schnee geworden. Noch mehr Schnee vor Rossettis Restaurant, der berühmten kleinen Trattoria in der Stadt. ESSEN SCHMECKT BESSER AUF ITALIENISCH. Der kleine Junge von Signora Rossetti verteilte schwarze Oliven. Wir glauben, daß Mama in der Nacht, in der sie gebar, dorthin unterwegs war. Die Oliven waren wie schwarzer Marmor.
Es war in der Zeit ihrer Niederkunft. Zwei Älteste, die turnusmäßig Dienst taten, saßen mit Papa in der Küche und debattierten über Sodom und Gomorrha. Mama war keine Salzsäule, und ohne einen Blick zurück verließ sie die Wohnung über die Feuerleiter. Aus ihrer Wiener Zeit hatte sie noch einen Mantel mit Pelzkragen und warme Stiefel. Sie fühlte sich gut und glücklich, hatte das Feldlager der alten Männer satt und war versessen darauf, etwas Helles und Hartes zu essen. Ich war bereit, überallhin zu gehen.
Beim Gehen dachte Mama an bessere Zeiten, als sie Strauß gehört und Nietzsche gelesen hatte. Sie dachte an das Café, in dem sie Papa kennengelernt hatte und in dem jeder immer nur reden wollte und kaum bemerkte, was draußen vor sich ging, bis es zu spät war.

»Schatten, Zeichen, Wunder«, hatte Papa gesagt und die Welt gemeint. Wollte er noch immer nicht zugeben, daß der Schatten genug Substanz hatte?

Und doch … ihr Land, ihre Familie, ihre Vergangenheit, sie schienen genauso leicht verschwunden zu sein, wie Papa es gesagt hatte. Was war wirklich? Was hatte sie in der Hand? Ihr Vater war ein Nazi gewesen und nach dem Krieg an einem Haken seines eigenen Metzgerladens aufgehängt worden. Sie hatte nichts von ihrer Mutter oder ihren Brüdern gehört. Keine Nachricht aus ihrem vom Krieg zerschlagenen Heimatland. Sie war jetzt im Exil. Letztlich gehörte sie nun doch zu Papas Volk. Wie viele Jahre waren vergangen, sieben, acht, neun? Was spielte es für eine Rolle? Kein Ort war jetzt noch wirklich, bis auf diese zwölfeinhalb mal zweieinhalb Meilen große Insel.

Sie glaubte, auf die Lichter zuzugehen, aber ihre Gedanken waren mit ihr durchgegangen, und sie hatte sich verirrt. Die verschneite Stadt war ein weißes Labyrinth. Wo war sie? Sie war die Christopher Street heruntergekommen und befand sich jetzt am Hudson. Sie sah die großen Türen des Cunard-Gebäudes. Erste Klasse. Zweite Klasse. Sie hörte rauhe Stimmen aus dem Anchor Café, wo die Matrosen sich trafen, und weit draußen sah sie die Nebelleuchten eines Handelsschiffs, das die Enge an der Hudsonmündung durchfuhr.

Über das träge Wasser kam hüpfend ein heller Stern auf sie zu, ein geworfenes Juwel, und noch eins und noch eins. Kamen sie von dem Schiff? Sie kniff die Augen zusammen, sie versuchte, ihre Netzhaut in ein Teleskop zu verwandeln und dem schnellen Blitzen zu folgen. Als sie klein war, hatte ihr Vater sie einmal ans Meer mitgenommen und flache Steine über die Wellen hüpfen lassen. Jeder von ihnen, hatte er gesagt, flog weiter in ein anderes

Land und kam irgendwann an einer Küste jenseits des Meeres zur Ruhe. Sie stellte sich vor, diese harten hellen Blitze seien Seelen wie sie. Seelen, die sich mit Körpern vereinen wollten, die ihnen vorausgegangen waren, in Lumpen, in Kummer, in Hast, gegen ihren Willen, tote Körper über dem Meer, die ihre Seelen zurückließen.

Die Welt hatte gebebt und vieles von sich abgeworfen.

Vielleicht war dies ihre Chance. Würde ihre Seele zurückkommen? Sie legte die Hände auf den Bauch und fühlte mich dort. Mit plötzlichem Schrecken erkannte sie, daß die Wehen begonnen hatten. Wie kalt es war. Wie dunkel. Sie sah noch einmal das Morselicht der Seelen und fiel in Ohnmacht.

Es war Raphael, der sie fand.

Raphael, dessen Ohren so scharf waren wie die seiner Hunde, hatte Zigaretten ins Anchor Café geliefert. Als er aus dem rauchigen Licht in die ungefilterte Dunkelheit hinaustrat, hörte er, wie jemand ihn rief... »Raphael! Raphael!«

»Hier bin ich, Herr«, sagte er, da er sich an die Geschichte von Samuel erinnerte.

Wer hatte ihn gerufen? Meine Mutter war ohnmächtig.

Er lenkte seinen Schlitten zum Geländer hinüber, und obwohl er ein winziger Mann war, hob er Mama und mich auf und legte uns zwischen die Säcke auf den Schlitten. Wir fuhren los, und Raphael überlegte verzweifelt, was er mit der unbekannten Frau und ihrem Fast-Kind anfangen sollte. Er hatte Angst vor Krankenhäusern.

Die Fifth Avenue hinunter, vorbei an den großen Herrenhäusern, die in einem heroischen Versuch, Strom zu sparen, mit Kerzen beleuchtet wurden. In seiner ersten Zeit in New York hatte Raphael oft gegenüber von Mrs. Vanderbilts Haus an der Ecke 51ste Straße gestanden und ihre vier roten Rosen bestaunt,

die jeden Tag frisch im Fenster der riesigen Bibliothek standen. Jetzt wurde an derselben Stelle das Rockefeller Center hochgezogen. Raphael bewunderte den Fortschritt, vermißte aber die Rosen.
Nicht hier. Nicht dort. Die Granden würden sie nicht aufnehmen, das unglaubliche Duo auf seinem schneegetriebenen Schlitten. Die Hunde liefen schneller und schneller, wurden nicht angetrieben, sondern übernahmen die Führung, hofften auf ein Zeichen, einen Ort, wo sie anhalten konnten. Niemand war auf den Straßen.

Und Papa?
Er begann zu rufen. Er rief aus der Schöpfung. Er rief aus den Herden Abrahams. Er rief aus Jakobs List. Er rief aus Pharaos Traum. Er rief mit dem Stab Moses'. Er rief mit der Stimme der Propheten, er rief mit der Verzückung Davids. Er rief das Licht herauf, das in ihm war, und Raphael hörte es. »Raphael, Raphael!« Und noch einmal: »Raphael, Raphael!«
Die Hunde kamen schlitternd zum Stehen, machten kehrt, gehorchten der Frequenz, die höher war als 30 Megahertz, und stürzten voran.
Der Tempel Emanu-el. Papa stand auf den Stufen. Als der Schlitten einen Bogen fuhr und hielt, war ein Schrei zu hören.
Ich war geboren.
Leben um Leben. Sie hatte ihn gerettet. Jetzt hatte er uns gerettet. Mama glaubte das natürlich keine Sekunde. Daß Papa mit seinem Gebetsschal, seinen Kapseln, seinen Steinen, seinen Büchern, seinem Gemurmel, seinen schlaflosen Jahren die Ereignisse durchdringen und verändern konnte, das glaubte sie nicht. Das war keine Wissenschaft. Kein gesunder Menschenverstand. Sie dankte dem Zufall und Raphael, und nur ein einziges Mal sah sie Papa so an, als könnte sie ihm viel-

leicht doch glauben. Das war, als er sagte: »Ich konnte dich finden, weil du gestrahlt hast. In jener Nacht war das Licht in dir sehr stark.«
Und sie erinnerte sich an die Sterne, die auf sie zugehüpft waren. Hatte sie wirklich geglaubt, es sei ihre Seele?
Sie sah ihn an, und ob sie ihm glaubte oder nicht, von diesem Augenblick an war eine Schuld beglichen. Sie hatten sich gegenseitig gerettet. Es war das Ende ihrer Ehe, obwohl wir alle drei weiter unter demselben Dach lebten, bis 1959, als ich zwölf war.
Ob sie ihm glaubte oder nicht, sie nannte mich Stella, nach ihrem Stern. Papa nannte mich Sarah, nach der Frau Abrahams, die mit dreiundneunzig Jahren ein Kind gebar. »Denn bei Gott«, sagte Papa, »ist nichts unmöglich.«

Sie werden wissen wollen, was aus dem Diamanten wurde.
Als bekannt wurde, daß ich geboren war, kam jeder Diamantenhändler aus der Canal Street, um mich zu sehen. Die Plazenta wurde sorgfältig untersucht, bevor Mama sie aß, wie es bei ihren bayerischen Vorfahren der Brauch war. Sie briet sie mit Zwiebeln in einer der Aluminiumpfannen. Das zumindest war eine, die Papa nie wieder benutzen würde.
Ein Arzt kam, und der Mann, der für die Beleuchtung des Times Square zuständig war. Früher, bevor es Neon gab, erstrahlte der Times Square in gleißendem Weiß, und Duke hatte ein paar der weißglühenden Birnen zu uns mitgebracht.
Der Arzt brachte mich in die richtige Position. Die Diamantenhändler drängten heran. Signora Rossetti aus Mamas Lieblingsrestaurant reichte Tintenfisch und knuspriges Ciabatta herum. Es sollte eine Party werden, eine Kirmes, ein Wunder, die weltweit erste Autopsie *prae mortem*.
Duke schaltete seine Lichter an, die so hell waren wie die Schöpfung, und ich hing und drehte mich in meinem Geschirr

um mich selbst, und meine Haut war ein heller, durchsichtiger Schal über meinen neugeschaffenen Knochen.

Der Diamant saß am unteren Ende meines Rückgrats in der Nähe des Kreuzbeins.

Oy oy oy, nu?

Und nun?

Der Arzt sagte, der Diamant könnte nicht geborgen werden, ohne mich zu verkrüppeln. Das wollte niemand, obwohl ich das Kind einer Schickse war.

Papa zuckte die Schultern. »O. k., o. k., reden wir Tacheles.«

Die Männer setzten sich, um das Geschäftliche zu regeln, und einigten sich schließlich darauf, für den verlorenen Diamanten eine Sammlung zu veranstalten, damit der rechtmäßige Besitzer nicht mehr als sein Gesicht verlor. Wäre die Sache damit geregelt?

Ja und nein.

Noch heute folgt mir der Sohn des Mannes auf all meinen Wegen und wartet auf den Augenblick, in dem er Anspruch auf den Familienbesitz erheben kann. Wenn ich sterbe, werde ich ins jüdische Leichenhaus gehen und mir mein Geburtsrecht herausoperieren lassen.

Ich habe den Diamanten in meinem Testament den Glinerts vermacht.

»Was ist denn das für eine Geschichte?« sagte Jove.

ZEHN DER SCHWERTER

14. *August 1940. Rom, Italien. Sonne im Löwen.*
Jove, geboren Giovanni Baptista Rossetti, Löwenjunges von bocksbeinigen Eltern, die 1942 nach New York auswanderten.
Signora Rossetti betrieb mit Erfolg ihre Verwandlung von einer Bäuerin zu einem der bekanntesten Gesichter der Pastabranche. 1942 steckte sie ihre bescheidenen Ersparnisse in ein Delikatessengeschäft mit Trattoria und baute das Ganze zu einem Exportimperium und einer Restaurantkette aus. Ihr verblüffender Erfolg war auf mehr als Olivenöl und Hartweizen gegründet. Sie war eine Art Küchen-Psychologin.
Signora Rossetti hatte erkannt, daß ihre amerikanisch sprechenden Kunden maximal zwei Worte Italienisch lernen würden: »Spaghetti« und »Quanto?« Mit der fremden Sprache konfrontiert, bestellten sie Nummern: »Ich nehme die achtzehn.« Um ihnen weitere Mühen zu ersparen, verzichtete Signora Rossetti ganz auf die Sprache. Ihre Speisekarte war eine Folge von Zahlen, ergänzt durch weitere Zahlen in Dollar, Lire und Pfund Sterling, zur Beruhigung für den kostenbewußten Monoglotten auf der Suche nach einer authentischen Auslandserfahrung. Signora Rossetti wirkte so anheimelnd, ehrlich und echt, daß britische und amerikanische Kunden vor der Tür Schlange standen. Sie ahnten nicht, daß die Italiener und Iren mit einem »*Ciao, Mama bella bella*« durch die Hintertür kamen und sich einfach den Tisch nahmen, der ihnen gefiel.

Nr. 18 war das beliebteste Gericht auf der Speisekarte, ein Hamburger nach einer Geheimrezeptur mit Knoblauch und Kräutern. Obwohl es der einzige Hamburger auf der Karte war, schienen die Vordertürgäste ihn instinktiv zu finden. »Ich nehme die achtzehn.« Wenn sie es nicht taten, tischte Mama ihn trotzdem auf… »Diciotto …«

Bald glaubten die Leute, die an der Vordertür anstanden, daß *diciotto* italienisch für Hamburger war. Signora Rossetti verkaufte Konzessionen für Diciotto-Häuser in ganz Amerika. Dort konnte jeder Diciotto und Pommes frites auf einem warmen Nest von Spaghetti bestellen, das Ganze gekrönt von einem Sesambrötchen.

Als die sechziger Jahre kamen und Amerika den Blick wieder nach außen richtete, sprach natürlich jeder Italienisch, und Signora Rossetti flog auf. Aber was machte das schon? Fett und berühmt, verfaßte sie eine Banderole für die Speisekarten ihres Syndikats: ESSEN SCHMECKT BESSER AUF ITALIENISCH.

*

Das war zumindest die Geschichte, die Jove mir erzählte.

»Die Geschichte meines Lebens, Alice?« sagte er. »Der intelligente Junge, der Amerika liebt und haßt. Liebt, weil es ihm alles gegeben hat. Haßt, weil es ihm alles gegeben hat. Der Zwiespalt des Einwanderers überall.«

Er redete endlos davon, nach Italien zurückzugehen, und ging nie zurück, und verloren waren für ihn die warmen langsamen Tage, der Duft reifender Tomaten, die Hunde, die draußen auf der Terrasse kläfften, der Weinberg seines Vaters irgendwo auf dem Land, wo die Hügel mit Eseln übersät waren.

Manchmal holten die verlorenen Orte ihn ein, und er wütete über den verrückten Fortschritt und das verrückte Leben und

wie es kam, daß die besten Köpfe auf ihrem Gebiet freiwillig härter arbeiteten als in der schlimmen Zeit die gekauften Sklaven auf dem Baumwollfeld?
Er sagte: »Wenn ich mein Leben selbst bestimme, wieso habe ich dann das Gefühl, jede Kontrolle zu verlieren?«

Jove. Er hatte zu den ersten jener jungen Physiker gehört, die das »Standardmodell« kritisierten – die umfassende Theorie der Materie, die mit so vielen der experimentellen Daten übereinzustimmen scheint. Jove nannte es »die fliegende Abdeckplane«: groß, häßlich, nützlich, deckt ab, was man abdecken will, und kümmert sich einen Dreck um die Schwerkraft. Der Vorzug des Modells besteht darin, daß es die Symmetrien der drei Grundkräfte erfaßt: schwache Kraft, starke Kraft und elektromagnetische Kraft. Schwierig wird es, wenn diese drei getrennten Kräfte willkürlich zusammengeschweißt werden.
Seine Frau, seine Geliebte trafen sich.

*

In den siebziger Jahren arbeitete Jove an seinen GUTs: den Großen Vereinheitlichungstheorien, die versuchten, die starken, schwachen und elektromagnetischen Quanten in einer harmonischen Symmetrie zu vereinheitlichen, die auch die Schwerkraft einschließen und die Wird-schon-irgendwie-passen-Methoden des Standardmodells umkrempeln sollte.
Die GUTs hatten das Herz am rechten Fleck; sie wollten die wahre Beziehung zwischen den drei fundamentalen Kräften klären. Jetzt, auf der Schwelle zum einundzwanzigsten Jahrhundert, offenbart sich mehr denn je, daß es eine aktive Beziehung zwischen unserem Platz im Universum und dem Platz des Universums in uns gibt. Das ist mehr als ein wissenschaftliches Credo. Die Getrenntheit unseres Lebens ist Täuschung. Physik,

Mathematatik, Musik, Malerei, meine Politik, meine Liebe zu dir, meine Arbeit, der Sternenstaub meines Körpers, der Geist, der ihn vorantreibt, tägliche Uhren und ewige Zeit, die rollende, rauhe, zärtliche, sumpfige, befreiende, atmende, sich bewegende, denkende Natur, die menschliche Natur und der Kosmos bilden ein einziges Muster.

Symmetrie. Schönheit. Vielleicht wirkt es überraschend, daß Physiker Schönheit suchen, aber tatsächlich haben sie keine andere Wahl. Bis jetzt gab es noch keine Ausnahme von der Regel, daß die Lösung jedes Problems am Ende eine ästhetische Lösung sein wird.

»Je schwieriger das Problem, desto schöner die Lösung«, sagte Jove, lächelte mich an und runzelte die Stirn über meine Mathematik.

Später, im Bett, in mir: »Die kurzen und strukturierten Gleichungen der Physik sind ebenso schön und überraschend wie die Naturkräfte, die sie erklären.«

Jove hatte eine Art, zur richtigen Zeit am richtigen Ort zu sein. Als die Begeisterung für die GUTs nachließ (negative experimentelle Daten), zog er sich an einem Superstring durch den Körper der Wissenschaft nach oben.

Nach dieser Theorie stellt sich jedes Teilchen bei ausreichender Vergrößerung nicht als unveränderlicher materieller Punkt dar, sondern als winzige schwingende Saite. Die Materie setzt sich dann aus diesen Schwingungen zusammen. Das Universum selbst wäre symphonisch.

Das mag vielleicht seltsam scheinen, noch seltsamer ist, daß das Bild des Universums als Musikinstrument, das göttliche Harmonien zum Klingen bringt, im Denken der Renaissance ein Gemeinplatz war. Robert Fludds *Utriusque Cosmi Historia* (1617–19) enthält ein Diagramm der Abstimmungen und Harmonien dieses Instruments, die den himmlischen Sphären entsprechen. »Wie oben, so unten« könnte sich als mehr als ein kurioses alchimistisches Axiom herausstellen. Nach der Superstringtheorie ist die Symmetrie, die wir in unserem Universum beobachten, nur ein Überrest der Symmetrie, die in einem vollkommenen zehndimensionalen Raum zu beobachten wäre.

»Jove arbeitet nur deshalb an diesen Superstrings, weil sie ihn an Spaghetti erinnern«, sagte Signora Rossetti.
»Mama!« kreischte Jove und vergaß völlig, daß er erwachsen, distinguiert, wichtig, angesehen und fast kahl war.

Mama hatte ihre Sachen schon vor langer Zeit gepackt und sich eine Villa in Positano und eine Wohnung in Rom gekauft. Sie wollte, daß auch Jove nach Hause kam und wieder Italiener wurde. Aber trotz all seiner Träume von Basilikumpflanzen auf einer sonnigen Fensterbank hatte Jove New York im Blut. New York war, wo er hingehörte. Er stritt sich mit seiner römischen Mama, mochte aber den Spitznamen, den sie ihm gegeben hatte, Jove, der König der Götter. Er konnte sich nie dazu überwinden, überhaupt nicht daran zu glauben, noch konnte er ganz vergessen, daß sein richtiger Name Giovanni lautete, wie in *Don Giovanni*, seiner Lieblingsoper. Mozart, 1787.
Er sagte: »Wer sind die berühmtesten Verführer der Welt?«

1 Lothario. Ein fiktiver Charakter, der die Bühne erstmals 1703 betrat.
2 Casanova. Real/fiktiv. Geboren 1725. Der Mann, für den Schokolade und Muscheln Aphrodisiaka waren und eine halbe Zitrone (korrekt eingeführt) ein Verhütungsmittel.
3 Don Juan/Giovanni. Fiktiv/real. Niemand weiß, ob er wirklich existierte oder nicht. Jeder weiß, daß dieses lebenslang gezogene Schwert für seine Sünden in der Hölle brät.

Purché porti la gonnella, Voi sapete quel che fa.
»Wenn sie nur einen Rock anhat, Ihr wißt schon, was er dann macht«, sang Jove in seiner Duschoper.
Jove/Giovanni, ein Mann mit zwei Reputationen, die er schützen wollte: sein Primat und seine Potenz. Eine Geliebte war für ihn so unverzichtbar wie ein Teilchenbeschleuniger. Er hatte einen dazu passenden Witz.
Was ist der Unterschied zwischen einer Geliebten und einem Teilchenbeschleuniger?
Ein Teilchenbeschleuniger kostet dich nur 12 Milliarden Dollar.
Was ist der Unterschied zwischen einem Teilchenbeschleuniger und einer Geliebten?
Ein Teilchenbeschleuniger weiß, wann Schluß sein muß.

Wie alle Affären spielte sich auch unsere in einem *vas hermeticum* ab: einem versiegelten Gefäß, abgeschlossen von der Welt. Damit konnte sie nach ihren eigenen Gesetzen kochen und abkühlen.
Was erhofften wir uns, wenn wir uns immer wieder von neuem auf absurde Temperaturen erhitzten? Wenn Materie erhitzt wird, unterliegt sie nachweisbaren Veränderungen. In unserem Gefäß brodelnd, würden unsere Wassermoleküle allmählich auseinanderbrechen und uns damit auf elementaren Wasserstoff und Sauerstoff reduzieren. Würde uns das helfen, uns so zu sehen, wie wir wirklich sind?
Noch weiter erhitzt, würde unsere atomare Struktur auseinandergerissen werden. Er und sie wieder als Plasma, der allgemeinste Zustand der Materie im Universum. Würde uns das einander näherbringen?
Bei etwa einer Milliarde Grad Kelvin, plus minus ein, zwei Hochöfen, könnten er und sie sich allmählich für das Innere eines Neutronensterns ausgeben und dann unmittelbar zu subato-

maren Teilchen weitererhitzt werden. Du wärst ein Quark, und ich werde ein Lepton.

Wenn wir den Mut hätten, uns bei einer Quadrillion Grad zu kochen, wäre das Spalten, das Teilen, das Reißen und Wehtun vorbei. Bei dieser Temperatur sind schwache Kraft und elektromagnetische Kraft vereinigt. Noch ein bißchen heißer, und die elektroschwache und die starke Kraft schließen sich zusammen, und GUT-Symmetrien tun sich auf.

Und zum Schluß? Wenn Schwerkraft und GUTs sich vereinen? Du hörst es: Das eine spielt die Laute und das andere die Harfe. Die Strings schwingen, und aus der Sphärenmusik entsteht ein vollkommenes Universum. Der Klang vereinigt Liebende und Geliebte. Sie gehen ineinander über.

*

»Und ich sah einen neuen Himmel und eine neue Erde.« Großmutter las aus der Bibel vor, einem Kind, das die Worte kaum verstand, aber seltsame, großartige Ahnungen hatte.

*

Jove und ich spazieren in Vermont durch die wirbelnde Fülle der Blätter. Unter dem Rot, unter dem Orange, Rot in unseren Taschen, Orange in Heiligenscheinen um unsere Köpfe, Adern aus Gold auf dem Elfenbein unserer Körper.

Die skeptische Welt knietief in Schichten aus gefallenem Feuer. Und nach den Symmetrien des Herbstes die Symmetrien der Kargheit. Die dürre Schönheit des nackten Winters, Rippe und Rückgrat. Sein Rücken scharfknochig, meine Hände, die ihn blattbreit bedecken, Muster auf ihn zeichnen. Wir, die wir uns in der Kälte des Jahres auf dem Blätterteppich lieben.

Geh mit mir. Geh durch das Skelett der Zeit. Geh über die weiße Krümmung von Adams Rippe. Weiß, das die wenigsten

Lichtstrahlen absorbiert, reflektiert die meisten, ein Rausch von Licht am Totpunkt des Jahres.
Geh mit mir. Geh durch die Vorgeschichte seines Körpers, aufgezeichnet in Quasaren, ausgebrochen in Licht. Küsse ihn, und ich küsse ihn ganz und seinen Staub. Berühre ihn, wo er fest ist, und meine Hand fährt durch ihn hindurch in den leeren Raum. Liebe ihn, und ich liebe diesen Mann, diesen Körper. Liebe ihn, und ich liebe Sternenstaub und Licht.

Geh mit mir. Geh die 6.000.000.000.000 Meilen, die das Licht gereist ist, die Lichtreise eines einzigen Jahres, Seemeilen unter dem glühenden Kiel. Im langanhaltenden Frost klart der Himmel auf, und der Rand der Erde ist durchstochen von scharfen Sternen. Nach dem Fallen der Blätter das Fallen der Sterne, das winterliche Abwerfen von zuviel Licht. Geh durch das Gesehene und das Ungesehene. Durch das, was sichtbar gemacht werden kann und was nicht.

Der Wind hat sich in der Morgendämmerung erhoben, und die Blätter wirbeln in Windböen, und die Vögel fliegen in die windgetriebenen Blätter, so daß ich im schwachen Licht nicht sagen kann, wo die Blätter aufhören und die Vögel anfangen. Ich versuche sie auseinanderzuhalten, aber im entscheidenden Augenblick stürzt der Raum zwischen den sorgfältig getrennten Objekten ein, und auch ich werde gegen meinen Willen mit in den Derwischtanz der Materie hineingerissen. Die Schwierigkeit ist, daß jeder feste Schritt, den ich dem Chaos abgewinne, ein Schritt ist in Richtung auf … mehr Chaos. Ich werfe eine Seilbrücke aus, hieve mich über den Abgrund, ducke mich auf einem kleinen Vorsprung zusammen und betrachte, vorläufig in Sicherheit, die Aussicht. Was sehe ich? Einen weiteren Abgrund, eine weitere Wasserfläche.

*

Der Wind in der Dämmerung. Wir wollten leicht wie Luft sein, er und ich, uns gegenseitig über die Schwere des Lebens hinausheben. Weil wir wußten, daß die Schwerkraft immer Teil der Gleichung ist, versuchten wir, sie zu überwinden. Leichter als Licht in der Atmosphäre unserer Liebe.
Es war ein flüchtiges Experiment, das sich schon bald in der Gewohnheit verfing, gegen die wir angetreten waren. Auf unseren alchimistischen Verwandlungen lastete, wie bei den Alchimisten vor uns, zunehmend die Niedrigkeit des gewöhnlichen Lebens. Lügen, Geheimnisse und Schweigen, die gängige Münze des Betrugs.
Sagt man »Alchimie«, antworten die meisten Leute: »Metall in Gold verwandeln.« Doch Paracelsus und die Alchimisten wollten aus sich selbst lebendes Gold machen. Einen Schatz ohne Verrottung oder Rost, den reinen Geist (*pneuma*).
Sagt man den Menschen in fünfhundert Jahren »theoretische Physik«, werden vielleicht die meisten sagen: »Bomben und Zerstörung.« Wie soll man erklären, daß das, was wir kurz und verschwommen sahen, ein neuer Himmel und eine neue Erde war? Muß die Grobheit unweigerlich siegen? Anders leben, anders lieben, anders denken, oder es doch zumindest versuchen. Ist die Schönheit so gefährlich, daß das Leben ohne sie besser ist (das Standardmodell)? Oder soll man sich ihr in die Arme werfen, Feuer zu Feuer? Es gibt keine Entdeckung ohne Risiko, und was man riskiert, offenbart, was man am meisten schätzt. Im Innern des Grauens von Nagasaki und Hiroshima liegt die Schönheit von Einsteins $E = mc^2$.
Ein Mann von langsamer Sprechweise und sanftem Wesen. Welche Muster bilden die Zahlen, die sich in den Wassern seines Geistes brechen?

Und du? Jetzt, da ich dich entdeckt habe? Schön, gefährlich, entfesselt. Immer noch versuche ich, dich zu halten, obwohl ich weiß, daß dein Körper von Messern starrt.

Als Jove auf mich aufmerksam wurde, war ich so glücklich wie ein junger Hund. Wie alle Hunde überall war ich der festen Überzeugung, daß mein Mann der beste und daß Liebe genug sei.

»Machen wir einen Spaziergang?«

Wuff.

»Hunger?«

Wuff.

»Komm auf meinen Schoß.«

Wuff.

Ich sperrte mich gegen ihn, wie alle streunenden Hunde sich gegen ein neues Zuhause sperren; für mindestens zwei Tage. Aber selbst als ich »Nein« sagte, kläffte mein Herz »Ja«.

Bei meinem Vater war es dasselbe gewesen. Sein Interesse an mir pendelte zwischen heißer Intensität und kühler Gleichgültigkeit hin und her. Auf Wochen der Nähe folgten Monate der Distanz. Dann fing er wieder an, mich zu umwerben, und jedesmal war ich fest entschlossen, Widerstand zu leisten. Er wußte das. Er wartete. Genau wie Jove.

Ich dachte, durch ihn würde ich ein vollständiger Mensch. Ich sah uns nicht als Mann und Hund.

Als Jove mich an die Leine nahm, erweiterte er sein Gesichtsfeld. Mit einem Hund kann man an Orte gehen, die man allein nicht aufsuchen kann. An seiner Seite sorgte ich für Beifall und Neid (Was für ein Prachtstück. Wo hast du die bloß her?). An meiner Seite war er jung und sexy (Wirst du ihn heiraten?). Er sagte mir, daß er sich scheiden lassen würde. Wenn ich zum Hund geworden war, dann war er schon immer ein *dark horse* gewesen.

Als ich Erklärungen forderte, sagte er: »Ich brauche Zeit.«

*

Zeit.

Newton stellte sich die Zeit als einen Pfeil vor, der auf sein Ziel zufliegt. Einstein verstand Zeit als einen Fluß, der sich vorwärtsbewegt, machtvoll, zielgerichtet, aber auch gewunden, gekrümmt, manchmal unterirdisch, der nicht endet, sondern sich in ein größeres Meer ergießt. Ein Fluß kann nicht gegen die Strömung fließen, aber im Kreis; seine Wirbel und Strudel unterbrechen immer wieder sein Vorwärtsdrängen. Der Flußlauf ist unberechenbar, immer besteht die Gefahr, auf Querströmungen zu stoßen, auf Zeitschleifen, die uns ohne Vorwarnung an einen Ort zurückbringen, den wir längst passiert zu haben glaubten.

Wer das erlebt, der klammert sich an die Uhr; die Stunde wird vergehen, wir werden uns ganz sicher weiterbewegen. Dann merken wir, daß die Uhr weder Floß noch Schwimmweste ist. Die horologische Illusion des Fortschritts versinkt. Die Vergangenheit begleitet uns wie ein Schleppnetz voller Fische. Wir ziehen es den Fluß hinunter, Menschen und Dinge, Gefühle, die Bewohner der Zeit, wurden nicht in weiter Ferne am Ufer zurückgelassen, sondern schwimmen immer noch ganz in unserer Nähe.

Ein Strudel wirbelt uns herum, und plötzlich haben wir uns in dem Netz verfangen, das wir selbst gemacht haben, dem, was sich in einem ganzen Leben dicht unter der Wasseroberfläche angesammelt hat. Was waren das für Geschichten über Städte am Grunde eines Flusses? Verlorene Königreiche, lockend sichtbar, wenn das Wasser ruhig ist? Es ist bekannt, daß Meerjungfrauen durch die dunkle See huschen, um wie Lachse stromaufwärts zu schwimmen.

Das Unbewußte, so scheint es, gibt nicht preis, was es gehortet hat. Die Vergangenheit begleitet uns und bemächtigt sich gelegentlich der Gegenwart, so daß die Unterscheidungen, von denen unsere Sicherheit und Seelenruhe abhängt, aufgehoben werden. Vergangenheit. Gegenwart. Zukunft. Wenn das eintritt, sind wir uns nicht mehr sicher, wer wir sind, oder vielleicht können wir einfach nicht mehr so tun, als seien wir uns sicher, wer wir sind.

Wenn die Zeit ein Fluß ist, werden wir alle ertrinken.

VERMISSTE VERMUTLICH TOT.

Eine Yacht, die in der Nähe von Capri unterwegs war, wurde zuletzt am Sonntag, dem 16. Juni, um 18.00 Uhr gesichtet. Das Boot befand sich sichtlich in Schwierigkeiten. Heftige Stürme vereitelten 24 Stunden lang alle Rettungsversuche. Das Boot treibt möglicherweise führungslos auf dem Wasser.

Wir hatten einen gemeinsamen Segelurlaub geplant, Jove und ich. Drei Wochen salziger Abgeschiedenheit auf dem glitzernden Meer. Ich wollte mich mit ihm abkapseln, wollte in unserer gefährdeten Welt nur ihn und mich. Und die Welt selbst nichts als die befahrbare See.

Auf einem Boot gibt es kein Entkommen. Ich wollte kein Entkommen. Ich war von Jove annektiert worden. Was als gutes Einvernehmen souveräner Staaten begonnen hatte, hatte mit einer Invasion geendet. Er war einmarschiert, aber wer wollte über Grenzen streiten? Ich störte mich nicht weiter daran, daß Gemeinsamkeit sich inzwischen Gefangenschaft schrieb. Intellektuell war ich emanzipiert. Emotional lebte ich noch in einem Serail. Ich hatte auf meinen Prinzen gewartet.

Ich hatte bei Jove Erleichterung gefunden und stellte sie nicht in Frage. Erleichterung von der Last, die ich mir selber war. Hier war ein allgemein anerkanntes Muster, in dem noch Raum für mein kleines Teil des Puzzles war. Meine Einbuchtungen und Auskerbungen paßten jetzt irgendwohin. Ich war verbunden, Teil eines Ganzen, nicht auffällig, nicht hervorragend. Der Mantel der Unsichtbarkeit, der auf Paare fällt, sorgte dafür, daß ich nicht mehr Alice war, sondern Alice und Jove. Wir waren jetzt zwei, mit denen man rechnen mußte. Zwei Namen auf der Einladung.

Und dann waren es drei.

Seine Frau, seine Geliebte trafen sich.

BUBE DER KELCHE

Ich traf Stella im Algonquin Hotel. Das Algonquin Hotel: Dorothy Parker, James Thurber, der *New Yorker*, mein Vater im Jahr 1957. Er hatte dort gewohnt, weil es so englisch war. Als er mich als Kind zum ersten Mal nach New York mitnahm, hatte er im Algonquin Hotel reserviert.
Er hatte sein altes Zimmer gebucht und sogar eine Krawatte eingepackt, die er damals getragen hatte. Rote Seide mit kleinen weißen Pünktchen. Er wollte nie sagen, wer sie ihm geschenkt hatte.
»Sprich nie von allen deinen Lieben.«
Wie meine Großmutter hatte er Geheimnisse, so wie andere Leute Fische haben. Sie waren ein Hobby, faszinierend, seine Unterwassersammlung seltener, wunderbarer Dinge. Gelegentlich trieb etwas an die Oberfläche, unerwartet, unerklärt.
Mutter sagte: »Wieso hast du mir nie davon erzählt?«
Vater sagte: »Es gab nichts zu erzählen.«

Ich bin die Tochter meines Vaters.

Sie und ich würden uns dem Hotel von entgegengesetzten Seiten der Stadt nähern. Ich stellte sie mir vor, wütend, selbstsicher, bereit, es mit mir aufzunehmen und mich mit meinen eigenen Waffen zu schlagen. Das hier war der große Kampf, und Jove war der Preis. Als ich ihm erzählte, daß sie mir geschrieben

hatte, beschloß er, das Wochenende bei Freunden zu verbringen.
Ich hatte ihren Brief in der Tasche. Die sorgfältige Handschrift. Die Anweisung, die keinen Widerspruch duldete. »Ich werde Sie am Mittwoch, dem zwölften, um 18 Uhr 30 in der Bar des Algonquin Hotel treffen.«
Wieso hatte sie sich für das Algonquin entschieden?
Hier war es.
Noch fünf Minuten. Die Grausamkeit der Zeit.
Ich ging als Kriegerin: schwarz vom Ausschnitt bis zur Sohle, offenes Haar, dicke goldene Ringe in den Ohren, Kriegsbemalung. Ich hatte meiner Rivalin gegenüber einen Vorteil von zwanzig Jahren und war entschlossen, jeden einzelnen Monat zu nutzen.
Ihr Haar würde ergraut, ihr Gesicht faltig, sie selbst würde übergewichtig und schlampig gekleidet sein. Sie würde poetisch auf Socken und Sandalen gewandelt kommen, die Augen hinter Glas wie Ausstellungsstücke im Museum. Ich sah sie vor mir: Haare und Fleisch schwindend, alle Hoffnung im Innern gefangen. Ich würde ihr das Wasser abgraben.

Nichts von ihr zu sehen. Die Bar ein Schachbrett aus Paaren, die Martinis tranken, und Kellnern, die Chromtabletts in der Luft balancierten. Ich zog wie der schwarze Springer seitwärts über die Felder, aber abgesehen von ein paar interessiert blickenden Geschäftsleuten schien niemand von mir Notiz zu nehmen.
Natürlich war sie nicht gekommen. Natürlich würde sie nicht kommen. Das Ganze war ein Nervenkrieg gewesen, und ich hatte gewonnen. Ich hatte schreckliche Nackenschmerzen. Ich bestellte mir einen Drink und fiel unter einer Topfpalme in einen Sessel.
»Darf ich mich setzen?«

»Bitte. Sie müssen Engländerin sein.«
»Wieso?«
»Zu höflich für eine Amerikanerin.«
»Sind Amerikaner denn nicht höflich?«
»Nur wenn man sie dafür gut genug bezahlt.«
»Briten sind nie höflich, egal wieviel man ihnen zahlt.«
»Dann müssen Sie und ich Flüchtlinge sein.«
»Durchaus möglich. Mein Vater kam oft hierher. Er liebte New York. Er sagte, es sei die einzige Stadt der Welt, in der ein Mann er selbst sein kann, während er sich abrackert, um ein anderer zu werden.«
»Und wurde er das?«
»Was?«
»Wurde er ein anderer?«
»Ja. Ja, das wurde er.«
Wir schwiegen. Sie sah zur Tür. Ich sah sie an. Sie war schlank, drahtig, ein Körper wie ein Windhund, jetzt leicht nach vorn gebeugt, die Linien ihres Rückens zeichneten sich unter ihrer weißen, teuer aussehenden Bluse ab. Ihr linker Arm sah aus wie das Schaufenster von Tiffany's. Ich begriff nicht, wie eine Frau so viel Silber tragen konnte, ohne nach einer Seite überzuhängen.
Ihre Haare waren dunkelrot, hartriegelrot, lederrot, locker und geschmeidig, teils Natur, teils Ergebnis einer Anstrengung. Ihr Aussehen war ebenso kunstvoll, wie es kunstlos wirkte.
»Warten Sie auf jemanden?« sagte ich.
»Nicht mehr«, sagte sie mit einem Blick auf ihre Uhr. »Sind Sie Gast hier im Hotel?«
»Nein. Ich lebe in New York. Ich arbeite am Institute for Advanced Studies. Ich bin hier, um jemanden zu treffen …«
Treffen: sich von Angesicht zu Angesicht gegenüberstehen. Miteinander bekannt werden. Vorgestellt werden. Finden. Er-

fahren. Empfangen. Die Ankunft erwarten. Begegnen. Im Konflikt begegnen.
»Ich bin hier, um jemanden zu treffen …«

Ein Wind heulte durch den Raum, der den Trinkern die Drinks entriß, hinter der Bar die Flaschen durcheinanderwarf wie Korken, die Möbel vom Boden hob und gegen die benommene Wand schmetterte. Bedienung und Bediente wehten wie Fetzen durch die Tür. Nichts blieb im Raum zurück, nur sie und ich, hypnotisiert voneinander, unfähig zu sprechen, wegen des Winds.

Sie suchte ihre Sachen zusammen, und gemeinsam verließen wir den verwüsteten Raum. Ich mußte ihr folgen und verlor bald jedes Gefühl dafür, wo wir waren. Das rechtwinklige Raster von Manhattan hatte sich verflüchtigt. Die Stadt war ein Gassengewirr, und sie war die bessere Ratte.
Schließlich erreichten wir ein kleines Lokal in einem heruntergekommenen Stadtteil. Sie rauschte durch die Tür, und wir setzten uns an einen bedrohlich netten Tisch mit karierter Tischdecke, zwei Nelken und ein paar Grissini. Ein Junge brachte uns eine Karaffe Rotwein und eine Schale Oliven und reichte uns die Speisekarte, als wäre dies ein gewöhnliches Essen an einem gewöhnlichen Tag. Ich war den Borgia in die Hände gefallen, und jetzt wollten sie, daß ich aß.
Ich warf einen Blick auf die Speisekarte. ESSEN SCHMECKT BESSER AUF ITALIENISCH.
»Hier hab ich ihn kennengelernt«, sagte sie. »1947. An dem Tag, an dem ich geboren wurde …«

Der kleine Junge hatte geschlafen. Durch seine Träume näherte sich ein Schlitten, beladen mit Pelzen, und dahinter, zu Fuß, eine Horde wilder, dunkler Männer, die geduckt dahineilten und eine

Sprache sprachen, die er nicht verstand. Er hörte ein Bellen und Weinen und von unten das empörte Wasser, das durch gefrorene Leitungen in den Durchlauferhitzer gepumpt wurde. Er wurde wach und lief nach unten. Stühle und Tische waren an die Wand gerückt worden, und die Doppeltür zur Straße stand offen. Durch den blauen Kältevorhang zogen sechs Wölfe einen Schlitten in das orangefarbene Licht. Das erste Paar kam wenige Zentimeter vor seiner Brust und auf ihrer Höhe zum Stehen. Einer der Wölfe leckte ihm mit seiner braunrosa Parmaschinkenzunge über das Gesicht. Gleich würde er gefressen werden.

»*Mama! Mama! Mama! Il lupo mi mangiera!*«

»*Eccola, Romulus*«, sagte Signora Rossetti, und der kleine Junge wurde hoch über die grinsenden Hunde gehoben und erfuhr, daß Romulus und Remus, die ausgesetzten Zwillinge, von einer Wölfin gesäugt und auf diese Weise gerettet worden waren, um die große Stadt Rom zu gründen.

Da sie sich nicht ausstechen lassen wollten, fingen die Ältesten alle zugleich an, Geschichten von hebräischen Helden und ihren tierischen Helfern zu erzählen: Abrahams Widder, Balaams Esel, Jakobs Löwe, Samsons Bienen. Hiobs gesamte Menagerie, das Roß eingeschlossen, das ruhelos stampft und, so oft die Trompete erklingt, »Hui!« ruft.

»Nicht zu vergessen unser Erlöser«, sagte Signora Rossetti, deren Beitrag allgemein mit einem eisigen Blick quittiert wurde, kälter als die Luft draußen.

Aber dies war keine Nacht, sich zu streiten, und bei Polenta und Kirsch einigte man sich darauf, daß Jesus doch dazugezählt werden konnte, weil er schließlich Jude gewesen war und Esel, Schafe und Hunde ihm bei seiner Geburt beigestanden hatten. Der kleine Junge hatte noch nie ein Baby gesehen, das so rosa wie eine Wolfszunge war.

*

Während sie ihre Geschichte erzählte, vergaß sie mich völlig. Ich hatte als Feindin angefangen, war Publikum geworden und schien jetzt nur noch Rampenlicht zu sein. Die Bühne gehörte ihr, und wenn sie überhaupt für jemanden auftrat, dann für sich selbst.

Sie war eine ausgezeichnete Darstellerin, verfiel abrupt ins Jiddische, ins Italienische, ins Deutsche, akzentuierte und gestikulierte, verwandelte sich jetzt in ein Grüppchen alter Juden, jetzt in einen verängstigten kleinen Jungen. Ich mußte meine Distanz, meine Abneigung fahrenlassen. Als sie das Roß imitierte, das, so oft die Trompete erklingt, »Hui!« ruft, war ich wieder bei Großmutter, war wieder bei den wöchentlichen Besuchen und den absurden Pantoffeln und der riesigen, bodenlangen Schürze, deren Tasche mit Pfefferminzbonbons und einer abgegriffenen Bibel vollgestopft war.

Vielleicht war es der Ernst unseres Treffens, der uns beide zum Lachen trieb, denn extreme Gefühle schlagen so leicht in ihr Gegenteil um. Aber es war eine Erleichterung für uns, ein menschliches Gesicht hinter der Maske des Monsters zu finden: der Monsterfrau, der Monstergeliebten, und was war mit dem Monstermann?

»Er war schon damals ein Charmeur«, sagte Stella. »Er flirtete mit Mama, die eine Schwäche für dunkle Haare und dunkle Augen hatte, sogar bei einem siebenjährigen Jungen.«

»Aber Jove ist jünger als Sie.«

»Hat er Ihnen das erzählt?«

»Sie sind 1940 geboren. Er 1947.«

»Umgekehrt.«

Und sie erzählte mir, wie sie und ihre Mutter die ganzen nächsten elf Jahre einmal die Woche, immer am Samstag, in das kleine Lokal gegangen waren. Es mußte der Samstag sein. Der jüdische Sabbat. Papas Verzückung. Mamas Trotz. Ihre Tochter war

keine Jüdin. Das Jüdische wird über die weibliche Linie weitergegeben. Mama würde ihre Tochter auf keinen Fall Papas Leidenschaft ausliefern.
Mutter und Tochter, ungläubig, abgesondert. Papa, der die Kleine in unbeobachteten Augenblicken zu sich winkte, sie mitnahm in sein geheimes Zimmer, ihr Symbole und kostbare Steine zeigte. Sie hatte die feindlichen Gewässer ihrer Eltern mit kindlichem Takt befahren, hatte gelernt, die Geständnisse des einen vor dem andern geheimzuhalten. Hatte gelernt, Liebe zu verbergen.
Als sie elf war, starb Papa. Drei Monate später bestiegen Mutter im kleinen schwarzen Kostüm und Kind im warmen schwarzen Mantel ein Schiff nach Hamburg und ließen sich in Berlin nieder. Die Bücher und die Buchhandlung waren verkauft worden, und das geheime Zimmer war leer.

Während sie redete, fragte ich mich, wieso Jove mich wollte. Mörderisch modisch war ich zu dieser Begegnung erschienen und wurde von ihr beiläufig ermordet. Meine Selbstachtung ist ein Puzzle, das mir nicht gelingen will. Ein Teil des Bildes ja, aber der Rest liegt in Stücken. Ich habe den Verdacht, daß es gar kein Bild gibt, nur Fragmente. Andere Leute scheinen es irgendwie zusammenzukleben und sich weiter keine Gedanken zu machen, daß sie Teile aus verschiedenen Schachteln verwendet haben. Wie lautet also die Antwort? Ist Identität eine Täuschung, eine Notlösung, und sollten wir uns beeilen, irgendein Muster zusammenzusetzen, um überhaupt etwas zu haben? Oder gibt es einen Zusammenhang, vielleicht sogar eine Schönheit, wenn wir sie nur finden könnten? Ich würde mich gern von mir selbst überzeugen, kann es aber nicht. Am besten sind die Tage, an denen das Puzzle selbst Bedeutung annimmt und es mir nicht mehr wichtig ist, welches Bild daraus entsteht. Damit meine ich, daß ich keine Angst vor dem Unerwarteten habe. Falls Schönheit entsteht, wird sie mich überraschen. Denn berechnen kann man sie am wenigsten. Ich sagte, daß ich den Verdacht habe, daß es gar kein Bild gibt. Ich hätte sagen sollen, daß das Bild, wie immer es aussehen mag, nicht das auf der Schachtel ist.

ICH: Es tut mir leid.
SIE: Es ist nicht das erste Mal.
ICH: Ich weiß.
SIE: Das wissen sie alle.
ICH: Ich dachte, ich wäre vielleicht die eine.
SIE: Das denken sie alle.
ICH: Sie könnten ihn verlassen.
SIE: Und ihn Ihnen überlassen?
ICH: Sich selbst.
SIE: In Büchern ist das einfach.
ICH: Nicht in Ihren.
SIE: Worte, nur Worte, sagt er.
ICH: Zahlen sind sicherer.
SIE: Sogar die Haare auf deinem Haupt sind gezählt …
ICH: Und ich bin Nummer …?
SIE: Fünf.
ICH: Eine Glückszahl.
SIE: Soll gut sein gegen den bösen Blick.
ICH: Ich dachte, Sie wären der böse Blick.
SIE: Kleine runde Brille?
ICH: Socken und Sandalen.
SIE: Fett, bierbäuchig?
ICH: Weltfremd.
SIE: Geben Sie mir Ihre Hand.
ICH: Was?
SIE: Ich werde sie für Sie lesen.

ICH: Was sehen Sie?
SIE: Schönheit und Angst.
ICH: Sie sehen ja gar nicht hin.
SIE: Das habe ich immer zu Papa gesagt.
ICH: Und was sagte er?
SIE: Was du siehst, ist nicht das, was du zu sehen glaubst.
ICH: Solide Wissenschaft.
SIE: Kommt das nicht auf den Wissenschaftler an?
ICH: Ich würde mich auf den Wissenschaftler nicht verlassen …
SIE: Wenn ich Sie wäre?
ICH: Das ist keine Warnung.
SIE: Eine Drohung?
ICH: Sehe ich aus wie eine Drohung?
SIE: Sie sehen genauso aus wie die vier vorigen Drohungen.
ICH: Was werden Sie jetzt tun?
SIE: Was wäre Ihnen denn am liebsten?

Genau das hatte Jove vor ein paar Monaten gesagt und dabei mein Handgelenk festgehalten, zu fest, über einen Restauranttisch hinweg. Sie hielt immer noch meine Hand, und was ich tat, lag außerhalb von allem, was ich mir vorgestellt hatte.
Ich beugte mich über den kleinen Tisch und küßte sie.

SIE: Frauen auch?
ICH: Nein.

Feigheit ist ein Bettgenosse der Arroganz. Ich hatte Angst und wollte mich mit einem Bluff aus der Affäre ziehen. Der Kuß war eine Rauchbombe, die Verwirrung stiften und die Aufmerksamkeit ablenken sollte. Ich dachte, sie würde mich ohrfeigen. Ich dachte, sie würde aufspringen und weglaufen. Tatsächlich tat sie nichts. Stellte ihre Frage und tat nichts. Ich fing wieder an, meine kalte Pasta zu essen. Am liebsten wäre ich auf den Teller geklettert und hätte mir die Muschelsauce über den Kopf gezogen.

ICH: Ich arbeite über Antiquarks.
SIE:
ICH: Das sind Antiteilchen, die den Quarks entsprechen.
SIE:
ICH: Man hat sie noch nicht entdeckt.
SIE:
ICH: Das macht es ziemlich schwierig, mit ihnen zu arbeiten.
SIE:

(Sag was, bitte sag was.)

ICH: Wußten Sie, daß ich auf einem Schlepper auf dem Mersey geboren wurde?
SIE:
ICH: Mein Vater wollte mich Mersey nennen, aber meine Mutter hat es verhindert.
Mein wirklicher Name ist Alluvia. Ich habe ihn zu Alice abgekürzt.
SIE: Alluvia?
ICH: Das, was ein Fluß anschwemmt.
SIE: Soll ich Sie Moses nennen?
ICH: Wenn ich mir einen Bart wachsen lasse.
SIE: Jove nennt Sie Rivelleto.
ICH: Kleiner Fluß?
SIE: Ich nenne ihn Mamser.
ICH: Mamser?
SIE: Jiddisch. Schlagen Sie unter Bastard nach.
ICH: Ich weiß.
SIE: Kommen Sie.

Geh mit mir. Geh durch die zerbrochene Vergangenheit, benannt und unbenannt. Geh über die zersplitterte Planke, Chaos zu beiden Seiten, geh durch das Entdeckte und das, was nicht entdeckt werden kann. Geh durch den unsicheren Frieden zwischen uns.
Geh mit mir, durch die Nacht, die Nachtluft, die atmenden Partikel anderer Leben. Atme ein, atme aus, ganz ruhig jetzt, nicht zu schnell mit den Lungen voll Gas. Ich wollte nicht, daß meine Worte dich vergiften.
Geh mit mir, lauf es runter, das überschüssige Fett von Elend und Angst. Zuviel, um es im Herzen mit herumzutragen. Geh und sei frei davon.

Sie hatte einen ausgreifenden Schritt, obwohl ich größer war als sie. Bald waren wir an der Battery.

Valet de Coupe. Ein junger Mann starrt besorgt in einen verzierten Kelch, dessen Inhalt verborgen ist. Vielleicht gibt es keinen Inhalt. Trotzdem hält er den Kelch fest in den Händen. Trägt ihn bei sich, während er geht.
Bube der Kelche. Der junge Hoffnungsvolle des Tarot. Meine Identitätskarte.

Als Stella mich küßte, dachte ich: »Das darf sie nicht.« Ich war froh über den Nebel und die Dunkelheit, weil ich wußte, wenn jemand uns sah, würde die Totalität unserer beider Leben – Geschichte, Komplexität, Nationalität, Intelligenz, Alter, Leistung, Status – zusammenschrumpfen auf das, was unser Kuß suggerierte. Wer immer uns sah, würde sagen: »Da stehen zwei …«, und dieser Kuß, zögernd, zwiespältig, würde zu Schloß und Riegel werden.

Ich hatte gesehen, wie es anderen passierte. Ich wollte nicht, daß es mir passierte.
Gleichzeitig wußte ich, wie absurd es war, etwas an einem Kuß festmachen zu wollen.
Gleichzeitig wußte ich, daß ich gerne noch viel mehr küssen wollte, wäre es nicht so kompliziert gewesen.
So kompliziert. Mein erstes ernsthaftes Gefühl empfand ich für einen verheirateten Mann. Meine erste Erfahrung eines echten Begehrens machte ich mit einer verheirateten Frau.
Ich wollte sie küssen, verstehen Sie? Das war es, was mich am meisten überraschte.
»Ich verstehe, warum er dich mag«, sagte Stella, während sie mit ihren Fingern meinen Nacken erforschte.
»Und tust du das deswegen?«
»Ich weiß nicht, was ich tue.«
Das sehe ich anders.
Sie nahm mich mit nach Hause, machte kein Licht, zog sich aus, zog mich neben sich auf ein anscheinend sehr schmales Bett. Ich wollte sie berühren. Das Spiegelbildliche einer Frau mit einer Frau ist verführerisch. Ich genoß es, sie auf eine Weise anzusehen, die mir verboten war. Diese Doppelung, dieses begehrende und begehrte Selbst hatte eine Unmittelbarkeit, die ich noch nie hatte entdecken dürfen. Indem ich sie begehrte, spürte ich, wie begehrenswert ich selbst war. Ich übte Macht aus, aber nicht Macht über sie. Ich war meine eigene Eroberung.
Ihre Brüste wie meine Brüste, ihr Mund wie mein Mund waren mehr als Narziß, den sein eigenes Ebenbild hypnotisiert. Jeder weiß, welche Wendung die Geschichte nimmt, als er das Wasser aufrührt. Ich rührte das Wasser auf, und das vollkommene Bild zerbarst. Sehen Sie, ich hätte neben ihr liegen können, vielleicht für immer, es fühlte sich an wie für immer, eine spiegel-

gleiche Verwirrung aus Körpern, ununterschieden, sie in mir, ich in ihr und nicht mehr erschöpft durch die Gestalt eines anderen Menschen über meiner. Und ich hatte nicht erwartet, daß der körperliche Genuß so intensiv sein würde.
Warum rührte ich dann die Oberfläche auf?
Ich verliebte mich nicht in mich selbst, sondern in sie.

Das aufgerührte Wasser ist jetzt tiefer. Was für Muster ergeben die Zahlen? Eins plus eins ergibt nicht notwendig zwei. Ich zähle zusammen, und die Antwort ist ein beginnendes Drittes. Drei Zweierpaare: Jove und Stella, Jove und Alice, Alice und Stella, und unter der Oberfläche jeden Paares der Kopf des dritten.
Ich will fühlen, aber mit dem Fühlen kommt der Schmerz. Ich könnte mir selbst raten, mich aus Komplikationen herauszuhalten, und ich werde nicht so tun, als hätte ich in dieser Sache keine Wahl gehabt. Mir ist aufgefallen, daß man seine Wahl offenbar trifft, bevor man weiß, was da gewählt wird. Die zeitliche Lücke zwischen dem bestimmenden Willen und dem bestimmten Ereignis macht es leicht, Kausalitäten zu leugnen. In der Raumzeit gibt es immer eine Lücke zwischen Vorhersage und Reaktion (Synchronität ist ein Phänomen höherer Dimensionen, wo die Gesetze der Raumzeit nicht gelten), manchmal ein paar Sekunden, manchmal Jahre, aber wir programmieren Ereignisse weit mehr, als wir uns vorstellen. Ich sage nicht, daß das bewußt geschieht, normalerweise tut es das nicht, und genau da liegt die Schwierigkeit. Ich habe gesehen, wie mein Vater die Welt schob, ohne jedes Bewußtsein davon, was ihn vor sich herschob. Er glaubte nicht an das Unbewußte, hielt es für eine Suppe aus Phantasie und halb Erinnertem, die im Schlaf für Unterhaltung sorgte. Anzunehmen, wie ich es tat, daß der Geist ein selbstregulierendes System ist, in dem Bewußtes und Unbewußtes wie Flaschenzüge die Lasten ausgleichen, machte ihn

so wütend, daß ich vermuten mußte, auf etwas Wichtiges gestoßen zu sein. Ich setzte meine Lektüre fort: Paracelsus, Jung, Einstein, Freud, Capra, und obwohl ich immer noch nichts weiß, glaube ich nicht mehr an das Schicksal.

Schicksal. Ein Drehen am Rad des Schicksals, und ich stolperte Jove vor die Füße. Eine weitere schwindelerregende Runde, und da wartet Stella, um mir herunterzuhelfen. Aber wer dreht das Rad? Ehrlich, Herr Richter, ich war ganz woanders.

Mein Vater sagte immer, ich hätte einen Oktopuskomplex. »Mußt du denn immer versuchen, acht Dinge auf einmal zu tun?« Ich stellte mir einen Kraken vor, mit tiefliegenden Augen, uralt, der in den trägen Wassern meines Körpers trieb, die Arme ausstreckte, dunkel und blind, seine Tentakel benutzte, um zu erkunden, was außerhalb von ihm war. Die Analogien versagen, aber ich bin in der Lage, mich wie ein achtarmiger Kopffüßer zu verhalten, während meine beiden Hände auf dem Tisch ihre Unschuld bezeugen.

Ich trage einen weißen Kittel, binde mir die Haare zusammen und nehme gegenüber dem, was ich mein Leben nenne, eine korrekte Haltung ein. Ich untersuche es, aber unter der Oberfläche regen sich dunkle Dinge. Was würde passieren, wenn ich plötzlich dem, was ich bin, Auge in Auge gegenüberstünde? Ich denke, daß genau das eingetreten ist, aber weil ich mich selbst nicht erkenne, sage ich, daß jemand anderes verantwortlich ist, er, sie, sie alle. Verantwortlich für mein Erschrecken. Jedes einzelne Möbelstück im Zimmer ist zerstört.

Ich wachte in der verwirrrten Wohnung auf. Neben mir auf dem massakrierten Bett die Ordnung und Schönheit ihres Körpers. Auf dem Tisch daneben eine amputierte Lampe. Auf der anderen Seite des Zimmers ein Schneeköniginnenspiegel, seine Scherben Fragmente der Verzweiflung. Ich kroch unter den zer-

schnittenen Decken hervor ins Badezimmer. Sein Weiß und Chrom ein Schrein für Chanel. Ein Platz für alles, alles an seinem Platz. Frieden.
Ich schnupperte an den Fläschchen. Hier waren die Geheimnisse von unwiderstehlicher Haut und Salzgerüche nach Perlen und Austern. Zitrone, Salzlake, Seetang, Sandelholz, Moschus, Zistrose, Weihrauch und Myrrhe. Nicht vertreten waren die blumigen Noten der Frau mit hoher Oktavzahl. Ich bewundere Sopransängerinnen, nicht aber Sopransprecherinnen. Hohe Stimmen sind genau wie hohe Absätze etwas Gekünsteltes. Leider werden nur die Schuhe nachts abgestreift.
Sagte ich das? Nein, sie. Manchmal denke ich, daß meine Persönlichkeit wie ein Atoll vor dem Bug eines Truppentransporters ist: hereinmarschiert!

Erzähl die Geschichte so, wie sie sich zutrug.
Alluvia: die Ablagerungen, die der Fluß sammelt und deponiert.

Wir machten in den Resten der Bratpfanne Frühstück und aßen im Stehen, den Blick durch das Fenster auf den Park gerichtet.
»Jeden Tag mit Papa«, sagte sie. »Durch den Park zur Amsterdam Avenue. Wenn ich aus diesem Fenster sehe, sehe ich in die Vergangenheit. Es ist eins von diesen Wurmlöchern, von denen du und deinesgleichen ständig reden, eine Membran zwischen jetzt und damals. Ein Energietunnel. Ich arbeite an diesem Fenster und hole die Vergangenheit ein wie Rapunzel das Seil ihrer Haare.«
Ich wollte sagen, daß Wurmlöcher nur eine theoretische Möglichkeit sind. Aber Stella hörte mir nicht zu.
»Was glaubst du, wie ich an den Jackson Pollock gekommen bin?«

(Meinte sie die riesige Leinwand in wilden Farben, im einfachen Holzrahmen?)
Ich sagte: »Erzähl es mir.«

*

Central Park. New York. Papa, der jeden Morgen in die eine Richtung ging, während Miss Peggy Guggenheim jeden Morgen in die andere Richtung chauffiert wurde. Papa war ein gutaussehender Mann und zog seinen Hut vor der großen Dame, die so gerissen wie reich war, Mäzenin von Malern, Sammlerin von Vermögen und bereit, sie wieder auszugeben.
Vielleicht war Papa in sie verliebt, wie manche Leute sich in Filmstars verlieben. Jedenfalls liebte er es, über sie zu sprechen, mit den Straßenkehrern und Müllmännern, die alles wissen, da sie in der Intimität menschlicher Abfälle leben.
Einer dieser Männer, Macy, schmal wie eine Schaufel, hart wie eine Hacke, sammelte moderne Kunst. Das heißt, nach getaner Arbeit ging er an den Washington Square, wo zahlreiche Künstler ihre Ateliers hatten, und übernahm für eine Zeichnung oder ein kleines Gemälde Gelegenheitsarbeiten. Natürlich gab es immer Rohre zu reparieren, Dächer auszubessern, und inzwischen war Macy mit seiner Werkzeugtasche in der einen und einer großen Mappe in der anderen Hand eine vertraute Erscheinung.
Er war es, der Papa zu Jackson Pollock mitnahm.
»Er schüttet das Zeug eimerweise drauf«, flüsterte Macy, als Pollock Farbe auf eine am Boden befestigte Leinwand kippte und sich der Länge nach darüber wälzte. Papa dachte an die Verzückung Davids, der vor dem Herrn tanzte.
»Sind die Bilder teuer?«
»Teufel, nein«, sagte Macy. »Gib ihm einfach das Geld für die Farbe.«

*

1947. Das Jahr, in dem ich geboren wurde, und das Jahr, in dem der in Wyoming geborene seltsame Pollock seine Action Paintings in New York zeigte. Papa nahm mich mit zur Eröffnung, und es war kein Nachteil, daß ich noch nicht scharf sah. In seinem langen schwarzen Mantel und dem hohen Hut hielt er meinen Kopf hoch über die Menge, während der kleine Körper darunter baumelte. Es war ein Sabbat des randalierenden Lichts. Als Pollock 1956 bei einem Autounfall ums Leben kam, war er berühmt.

Mama wollte, daß Papa das Bild verkaufte, das immer noch zusammengerollt war und nie gerahmt wurde, aber er weigerte sich und versteckte es vor ihr. Als ich 1970 nach New York zurückkam, befand es sich beim Rest seiner Habe, mir hinterlassen, im vergilbten Büro seines Notars. Wir rollten es gemeinsam auf, und sogar der Staub leuchtete.

»Es ist nicht versichert. Ich kann mir die Prämien nicht leisten.« Sie lächelte. »Jove wollte nicht, daß ich es aufhing, solange er nicht wußte, was es wert war, und als er wußte, was es wert war, sagte er, wir könnten es unmöglich aufhängen.«

Jove. Der Name hing zwischen uns.

SIE: Bist du in ihn verliebt?

ICH: Ja. Nein. Bin ich das?

SIE: Ich bin nicht deine Mutter, obwohl er alt genug ist, dein Vater zu sein.

ICH: Ich dachte, du und er, ihr hättet eine Regelung getroffen.

SIE: Haben wir auch. Er regelt die Sachen und erzählt es mir dann.

ICH: Ich verstehe das nicht.

SIE: Du kennst ihn nicht.

ICH: Nein?

SIE: Ein Mann ist mehr als sein Penis. Nicht viel mehr, aber doch etwas.

ICH: Ist mir da etwas entgangen?

SIE: Ich bin seit vierundzwanzig Jahren mit ihm verheiratet.

ICH: Dann muß es aber was sein.

SIE: Das hatte ich verdient.

ICH: Möchtest du, daß ich gehe?

SIE: Nein. Nein, ich will, daß du bleibst.

ICH: Bei wem?

SIE: Manchmal frage ich mich, wer wer ist. Wo ich anfange. Wo er aufhört.

ICH: Du liebst ihn.

SIE: Zu einfach.

ICH: Wegen letzter Nacht …

SIE: Schon Vergangenheit?

ICH: Das hab ich nicht gemeint.

SIE: Wir haben über Jove geredet.

ICH: Erzähl.

Als Mama und ich nach Berlin gingen, sollte Jove mit dem Studium in Chicago anfangen. Er war neunzehn, der dunkle, jugendliche Held eines Mädchens in altmodischen Kleidern, das von James Dean träumte. Wir gingen in die Trattoria, um uns zu verabschieden. Mama war traurig, konnte aber nicht verbergen, daß ihre Füße Flügel bekommen hatten. Ich, die ungeflügelt war, verbarg mein lahmes Herz.

Wir feierten ein Abschiedsfest, und Raphael kam mit den zwei einzigen verbliebenen Hunden, und Signora Rossetti weinte wie der Tiber und sagte, das gute, glückliche Leben sei ausgepustet worden wie eine Kerze und das elende, schmutzige Leben habe die Oberhand gewonnen. Es gab viele Leute, die das so empfanden und der Meinung waren, daß es trotz Krieg und Börsenkrach früher besser gewesen war. Vielleicht war das der Einfluß von Senator McCarthy. In den Fünfzigern lernte jeder Außenseiter, egal auf welche Weise er außen stand, Angst vor dem Anderssein zu haben. Es war ein Jahrzehnt, das in das Loch zwischen einer früheren Unschuld und einer späteren Toleranz fiel. Mama sagte, sie habe nicht ihr Leben riskiert, um einer Tyrannei zu entgehen, bloß um dann in einer anderen zu ersticken. Viele Europäer dachten zum ersten Mal an Rückkehr. Wir alle kannten jemanden, der seinen Job verloren hatte oder wegen unamerikanischer Umtriebe im Gefängnis gelandet war.

Jove, Giovanni, wie er damals noch hieß, war als Student zweimal von einem Mann angesprochen worden, den er noch nie zuvor gesehen hatte und der ihm Geld für Informationen über andere Collegestudenten anbot, die vielleicht Kommunisten waren.

»Wir sind keine Spitzel«, hatte Signora Rossetti gesagt, als ihre beliebten Polenta-Abende Aufmerksamkeit erregt hatten.

Als eine, die von Geburt an beschattet worden war, konnte ich nicht verstehen, worüber sich alle so aufregten.

Ich küßte Giovanni, der mir einen Dollar und ein furchterregendes Bowiemesser schenkte.

»Verteidige deine Jungfräulichkeit«, sagte er wie ein Mafioso.

»*Alla Vostra Salute*!« Alle tranken auf unsere Gesundheit, und dann waren wir weg.

*

Stella drehte sich zu mir um und zerknüllte mein Herz in ihrer Hand.

»Verliebst du dich oft?«

Ja, oft. In eine Aussicht, in ein Buch, in einen Hund, eine Katze, in Zahlen, in Freunde, in völlig Fremde, in gar nichts. Es gibt Kinder, die so aufwachsen, wie ich aufwuchs, in denen die Liebe

tief drinnen vergraben und festgemacht ist und die später überhaupt nicht lieben können. Und dann gibt es die anderen, die sich selbst zum Narren machen, ihre Liebe weithin verstreuen, unterschiedslos, und dabei vergessen, daß sie nur versuchen, sich selbst an einen besseren Ort zurückzulieben.
Ich liebte meinen Vater auf inzestuöse Weise. In einer anderen moralischen Umgebung hätte ich mich mit ihm gepaart. Er wollte meine Liebe, aber außer bei sehr kleinen Kindern machte jede Liebesbezeugung ihn verlegen. Nein, es war nicht immer so, aber wenn die Liebe einmal frei geflossen ist, ist es womöglich noch schlimmer, sie plötzlich eingedämmt zu finden. Als er sich veränderte, veränderte ich mich mit ihm und trug ein Halsband und eine Leine, um zu lernen, daß die Liebe kein Hündchen ist.
Manche Menschen träumen in Farbe, ich fühle in Farbe, in leuchtenden Farbtönen, die ich zur Beruhigung derer, die mehr zum Pastell neigen, dämpfe. Beige und Magnolie und ein Hauch von Pink sind die Farben, die ein geschmackvoll ausgestattetes Herz trägt; wer will schon mein Blutrot und Adernblau?
Lüg nicht.
Lüg nicht. Du weißt, daß du gern schaust, aber nicht gern kaufst. Ich habe festgestellt, daß ich kein Ort bin, an dem andere Leute leben möchten. Wenigstens nicht, ohne erst zu renovieren und zu dekorieren. Und ich bin halsstarrig: Ich will nicht das hübsche kleine Häuschen anderer Leute sein. Ich sah mich in der zerstörten Wohnung um. Ich antwortete, aber nicht auf Stellas Frage: »Ich bin nicht in dich verliebt.«

Wie wäre es, zu lieben? Wäre es eine Wiese im Regen, das frische Grasgrün? Wäre es die Luftströmung, die der Vogel findet? Wäre es der Fuchs und der Fuchsbau? Wäre es überhaupt natürlich? Wäre es ein Glückstreffer oder ein Zaubertrick? Ein vergrabener

Schatz oder das Kunststück eines Taschenspielers? Wäre ich der Zauberer oder die Verzauberte? Wäre es ein Bannspruch oder ein Lied, das ich singe?
Wenn ich eine Wunde wäre, wäre die Liebe meine Heilsalbe?
Wenn ich sprachlos wäre, wäre die Liebe ein Mund?

Ich will dir meine Liebe nicht erklären wie gestern um Mitternacht. Ich will mich nicht gefangennehmen lassen, und ich will dir keine honigtriefende Pistole an den Kopf halten. Ich will nicht den Rest meines Lebens als freiwilliges Mitglied des FBI zubringen. Wo warst du, mit wem hast du dich getroffen, was hast du heute gemacht, Liebes? Ich würde dich lieben, wie ein Vogel das Fliegen liebt, wie Fleisch Salz liebt, wie ein Hund die Jagd liebt, wie Wasser seinen eigenen Pegel findet. Oder ich würde dich gar nicht lieben.

Wäre es natürlich? Du bist nicht von meinem Klan, bist nicht von meiner Art, es gibt keine biologische Notwendigkeit, dich zu wollen. Überlebensinstinkte des Stammes gelten hier nichts. Ich will mich nicht reproduzieren, noch brauche ich dein Geld. Du wirst mir nicht zu einem höheren Status verhelfen. Du wirst mein Leben nicht einfacher machen. Die Fähigkeit zur Liebe in ihren höheren Formen scheint den Menschen eigentümlich zu sein, obwohl sie selbst für Menschen eigentümlich ist. Diese Liebe läßt darauf schließen, daß es etwas gibt, was über das Eigeninteresse hinausgeht. Die Genetiker werden die Nase rümpfen, und da ich genausowenig beweisen kann, daß sie sich irren, wie sie beweisen können, daß sie recht haben, will ich nur sagen, daß Naserümpfen keine sehr wissenschaftliche Vorgehensweise ist.
Übe ich meine Argumente ein? Ja. Mein Ankläger nähert sich.

ER: Du warst mit meiner Frau im Bett?
ICH: Mit Stella, ja.
ER: Was für ein Spielchen soll das sein?
ICH: Jedenfalls nicht Schach.
ER: Ich glaub es einfach nicht!
ICH: Es war Sex, kein Wunder. (Es war ein Wunder.)
ER: Wie konntest du?
ICH: Ich hatte das nicht geplant.

Jove kam auf mich zu, entfernte sich von mir, umkreiste mich wie ein Hai eine Blutspur im Wasser. Dann rief er Stella an und brüllte ins Telefon, auf italienisch, geschlagene zwei Stunden und sechzehn Minuten ohne Absetzen. In den folgenden drei Monaten benahm er sich wie ein Charakteramalgam aus Blaubart und Coco dem Clown. Wenn er nicht tobte oder drohte, riß er Witze über den Mann, der eigentlich Junggeselle bleiben wollte und plötzlich mit zwei Frauen dastand. Jove und ich arbeiteten nach wie vor zusammen, Stella und ich schliefen miteinander, und einmal die Woche trafen Jove und Stella sich zum Essen. Von Natur aus emotionale Artisten, übten beide den Lutz; beim Eislaufen ein Drehsprung von der äußeren hinteren Kante des einen Schlittschuhs auf die äußere hintere Kante des anderen. Die Eisfläche war mein Herz.
Im Rahmen dieser förmlichen Boheme trafen wir uns einmal im Monat zu dritt. Jove führte den Vorsitz über die Vollversammlung, während wir über einem chinesischen Essen zum Abholen die Feinheiten unserer dreieinigen Romanze durchdiskutieren sollten.
Tatsächlich war es so, daß Jove die Rechnungen zerriß, die Stella ihm vorlegte. Ich gab Jove die dreißig Liebesbriefe zurück (einen pro Tag), die er mir seit unserer letzten Vollversammlung geschrieben hatte, und Jove brüllte (dieses Mal an mich gerichtet):

»Warum zum Teufel sagst du nichts?«

Jove war gebürtiger Italiener, in New York aufgewachsen. Stella war jüdisch. Nicht einfach nur irgendwie jüdisch, sondern jüdisch aus dem Hause David. Sie war königlich-jüdisch, biblisch-jüdisch, jüdisch in Silber und Kohlschwarz. Wie Jove war auch sie eine Meisterin der Doppelzüngigkeit. Nicht etwa, daß die beiden verlogen gewesen wären, aber wenn ein Streit sie langweilte, wechselten sie die Seiten schneller als ein Söldner, dem das Doppelte geboten wird. Gerade wenn ich mir ihre Ausführungen aufmerksam angehört und mich entschieden hatte, wie ich abstimmen würde, katapultierten sie sich übereinander hinweg, landeten auf genau entgegengesetzten Seiten und warfen am Ende bitterböse Blicke auf mich. Am Ende meiner Nerven, hörte ich mich dann selbst fragen …

»Möchte vielleicht jemand Kaffee?«

Ich muß aufhören, das zu fragen. Der Dritte Weltkrieg steht vor der Tür, und ich schiebe den Servierwagen durch die Gegend.

Stella verdrehte die Augen, spreizte die Finger, schüttelte die Reifen an ihrem Arm klirrend nach oben. Sie blickte tief in die Wüste ihrer Vorfahren, in die Zähigkeit, die ihr Volk groß gemacht hat. Sie war aus den Zedern des Libanon geschnitzt und mit kostbaren Steinen verziert. Was interessierten sie kleine Erfrischungen?

Jove starrte ins Leere, den Kopf zurückgeworfen, die englischen Schuhe unter den Tisch gestreckt. Er hatte die Arme vor der Brust verschränkt und musterte mich wie eine Art Spore, ein einzelliges, ungeschlechtliches, reproduktives Ding. Hatte er unrecht? Jeden Monat bot ich dieselbe Tasse Kaffee an. Ich hatte jede Spur einer eindeutigen Sexualität verloren, die ich vielleicht einmal besessen hatte. Ein Mann. Seine Frau. Die Geliebte von beiden. Wenn ich den Mund nicht aufbekam, dann weil Jove und Stella mich geknebelt hatten.

Das Protokoll der Sitzung, wie von mir aufgenommen, liest sich wie folgt:

1 Jove pocht auf die Rechte seines Penis. Das heißt, er hat Stella und Alice gefickt und sollte das Recht haben, dies auch weiterhin zu tun.

2 Stella sagt, daß alle ehelichen Rechte durch eine Affäre verwirkt werden.

3 Jove sagt, daß er nicht der einzige ist, der eine Affäre hat.

4 Stella ist anderer Ansicht, weil:

a) Jove keine Affäre mehr hat. (Ich nicke.)

b) Sie, Stella, keineswegs eine Affäre hat. Sie erkundet die Möglichkeiten einer alternativen Beziehung.

(Hier tritt für gewöhnlich eine Pause ein, in der die beiden die Reste der Frühlingsrollen dazu benutzen, die Pflaumensauce aufzutunken.)

5 Jove sagt, daß er sich durch unsere Beziehung nicht bedroht fühlt.

Stella klappert mit ihren Armreifen.
Jove sagt, er würde gern wieder zurückziehen. Dies ist sein Zuhause.
Stella schiebt einen Stapel unbezahlter Rechnungen über den Tisch.
Jove sagt: »Soll ich gehen und meine Sachen holen?«
Stella sagt: »Nein.«
Jove zerreißt die Rechnungen.
Stella sagt: »Wieso fragst du nicht Alice, wie sie sich fühlt?«
Jove sagt: »Wie fühlst du dich, Alice?«
An dieser Stelle gerate ich in Panik. Es ist, als wäre ich wieder in der Schule und der Direktor mit der haarigen Nase und dem in

Tweed gekleideten Körper hätte gerade zur ganzen Klasse gesagt: »Alice wird uns die Antwort verraten.«
Nach fünf Minuten sagt Jove: »Warum zum Teufel sagst du nichts?«
Stella sagt: »Warum sollte sie mit dir reden, du Tyrann?«

ZWEITE RUNDE.

Jove pirscht durch die Wohnung und wirft Sachen in eine Tasche aus Segeltuch. Stella umkreist ihn und fischt sie wieder heraus. Das Ganze ist rein symbolisch. Jove will, daß sie weiß, daß alles ihm gehört, sie will, daß er einsieht, daß alles ihr gehört. Schließlich …
»Wir sollten uns scheiden lassen.«
Immer benutzt einer der beiden, egal wer, diesen Spielzug auf die Minute genau um neun Uhr. Das Essen ist gegessen, der Inhalt der Wohnung wurde ein- und wieder ausgepackt.
»Ich bin ein vernünftiger Mann«, sagt Jove.
»Ich habe genug gelitten«, sagt Stella.
Welcher Richter würde schon gegen sie befinden, mit ihren Kamelen und ihren Zelten im Rücken? Daraufhin erklärt Jove, daß er eine ganze Zahl ist, anders ausgedrückt, eine Zahl, die gleich der Summe ihrer aliquoten Teile ist, anders ausgedrückt, daß er groß genug für uns beide ist. Wenn er das sagt, kann er sich ein Grinsen und einen Blick auf seine Körpermitte nicht verkneifen. Wie die meisten Männer ist er besessen von der Größe seines Glieds. Ich störe mich nicht weiter an dieser Eitelkeit, finde aber, daß er einmal ein Lineal benutzen sollte. Sein priapischer Optimismus reizt Stella zu einer Runde harter Physiologie. Nein, er ist nicht der größte Mann, den sie je kannte. Nein, und auch nicht der zweitgrößte. Zu meinem Entsetzen sehen die beiden jetzt

mich an, Joves Männlichkeit hängt an einem seidenen Faden. Dies ist der Augenblick, der schreckliche Augenblick, in dem ich die schmutzigen Teller an mich reiße wie einen schützenden Talisman und in den Luftschutzbunker der Küche flüchte.

»Möchte vielleicht jemand Kaffee?«

An dieser Stelle folgt ein Kriegsgesang Joves, der olympisch sein soll, aber mehr nach Gondoliere klingt. Venedig-Besucher werden sich an den heiteren Machismo des Tenor/Bariton erinnern, der quer über die Kanäle schreit, an sein »Mit wem hast du es letzte Nacht getrieben?« Wie es heißt, sollen die fröhlich gestreiften Stangen, an denen die Boote auf dem Canale Grande festgemacht werden, gleichzeitig auch als Kerbhölzer fungieren. Am Ende der Saison bekommt der Gondoliere, dessen Steven es am weitesten gebracht hat, von seinen Kollegen ein Essen ausgegeben.

Ich hatte nichts dagegen, einer von Joves Kanälen zu sein, wollte aber nicht bloß Teil eines ganzen Kanalsystems sein. Jove brüllte Frauennamen wie Richtungsangaben. Vielleicht waren wir genau das für ihn: ausgetüftelte Wege, um sich selbst zu finden.

Wenn dieser Teil vorbei war und unsichtbare Schönheiten sich zur Unterstützung ihres Gottes in der ganzen Wohnung niedergelassen hatten, pickte Jove für gewöhnlich aufs Geratewohl ein oder zwei Beispiele heraus und tischte uns die Details der Affäre auf. Die sexuellen Details. Wogende Busen, runde Hinterteile, Baby-Doll-Seufzer, enorme Erektionen. Gliedmaßen und Geräusche wurden uns mit der Ernsthaftigkeit eines fahrenden Pornokinos pantomimisch vorgeführt. Jove hätte gute Chancen als Kasperle des Unterleibs gehabt. Vielleicht lag es an der *Commedia dell'arte* in seinem Blut. Wir mußten ihn gewähren lassen, weil es die einzige Möglichkeit war, ihn zu erschöpfen. Während seines Auftritts machte ich den Abwasch, und Stella löste das Kreuzworträtsel.

Einmal, Monate später, hob Stella den Kopf von ihrem Rätsel und sagte zu Jove: »Bevor ich dich kennenlernte, hatte ich jede Nacht einen anderen Mann.«
»Jetzt, wo ich mit dir fertig bin, könnte ich jede Nacht eine andere Frau haben.«
Ich stand in dem türlosen Rahmen der Küchentür, sah die beiden an und hatte das mulmige Gefühl, nichts weiter als ein Spannbalken zu sein, ein Balken, der das untere Ende zweier Dachsparren verbindet, damit sie sich nicht voneinander lösen können.

(Hier eine Pause für das monatliche Wortspiel der beiden. Jove beschuldigt, Stella kontert zu ihrer Verteidigung.)

ER: Angeberin.
SIE: Geschichtenerzähler.
ER: Lügnerin.
SIE: Erfinder.
ER: Phantastin.
SIE: Fabulierer.
ER: Wahnsinnige.
SIE: Dichter.
ER: Irregeführte.
SIE: Irreführer.
ER: Heuchlerin.
SIE: Illusionist.
ER: Zauberlehrling.
SIE: Homunculus.
ER: Schizophrene.
SIE: Dämon.
ER: Doppelzüngig.
SIE: Wankelmütig.

ER: Kauderwelschlerin.
SIE: Runenkritzler.
ER: Taschenspieler.
SIE: Wortklauber.
ER: Falstaff.
SIE: Prospero.
ER: Spottdrossel.
SIE: Diva.
ER: Potpourristin.
SIE: Alchimist.

Jove drehte sich zu mir um. »Das alles ist deine Schuld.«
Stella zu Jove: »Natürlich ist es nicht Alices Schuld. Sondern deine.«
Jove zu mir: »Hör nicht auf sie, sie will dir nur schaden. Was sie dir auch erzählt, es ist nicht wahr. Was erzählt sie dir?«
Alice zu Jove: »Sie erzählt mir, wie ihr euch kennengelernt habt …«

Jove zu Alice: »Ach, das schon wieder, ich kann es nicht mehr hören … wie wir zusammen aufwuchsen, wie sie nach Berlin ging, wie sie in die Trattoria zurückkam, wie ich mit gebrochenem Herzen aus dem Fenster starrte, gutaussehend, einsam, und mich fragte, ob mein Leben überhaupt noch einen Sinn hatte, und wie sie …«

Nach New York zurückkam, mit einem Koffer voller Hoffnungen und wenig Geld, noch eine, die sich auf die winzige Insel flüchtete, deren Länge und Breite die ganze Welt umspannt. Sie wußte, daß New York nicht existieren konnte; daß es eine erfundene Stadt war, die nur im Geist ihrer Bewohner existierte, ein gehißter Traum.

Sie war so aufgeregt, daß sie den Lift zur Spitze des Empire State Building nahm und Ausschau hielt nach der Stadt, die ihre Eltern durch den Dampf der Schiffe erblickt hatten.

»In allen Städten dieses Jahres
sehnte ich mich nach der anderen Stadt.«

Ihre Mutter hatte ihr dieses Gedicht oft vorgelesen und dabei an Berlin gedacht. In Berlin hatte das Mädchen das Gedicht gelesen und an New York gedacht.

»In allen Zimmern dieses Jahres
betrat ich nur ein rotes Zimmer.«

Das Haus, in dem sie gewohnt hatten, war abgerissen worden, aber die eiserne Feuerleiter war noch da, irrwitzig, verdreht, ins Nichts führend. Sie kletterte hinauf und öffnete die verlorene Tür, die in das unsichtbare Zimmer führte, in Mamas rote Küche, wo die Diamanten waren. War es hier? Hier, wo sie beide, unzertrennliche Komplizen, sich weggeschlichen hatten von den Plagen Sodoms und durch eine Nacht von Graphit gewandert waren, so schwarz, wie der Diamant in ihrem Innern rein war. Kohlenstoff: elementare vierwertige Materie, Kohlen und Diamanten aus ein und derselben Quelle.
Der Wind rüttelte an der unbefestigen Eisenkonstruktion, und als sie vorsichtig wieder herunterkletterte, sah sie in der Ecke des Grundstücks, in der üblichen respektvollen Entfernung, die dunkelgekleidete Gestalt, die auf sie wartete.

*

ESSEN SCHMECKT BESSER AUF ITALIENISCH.
Nicht für Giovanni, gutaussehend und auf den Tag genau dreißig. Er stocherte in seinen Spaghetti alla Vongole herum und dachte darüber nach, welche Selbstmordmethode am wenigsten schmerzhaft, dafür aber am dramatischsten wäre. Man darf ihm daraus keinen Vorwurf machen. Er war Löwe.
Ein geschiedener, arbeitsloser Löwe, dessen antiatomares Engagement ihn die Frau, das Kind und den Job gekostet hatte.
1961 war er zornig und entschlossen gewesen und hatte zu denen gehört, die draußen im City Hall Park geblieben waren, als die ganze Stadt angewiesen worden war, für den Atomkriegsfall zu exerzieren. Er galt als subversiv, weil er sich in den fünfziger Jahren geweigert hatte, an seinem College den Informanten zu spielen. In den Sechzigern stempelten der nukleare Wahnsinn und der Vietnamkrieg ihn zum Außenseiter. Nur das Kaliber seiner Arbeit hatte ihn vor Gefängnis und Einberufung bewahrt. Er wurde gebraucht. Seine Frau hatte ihn für einen Feigling gehalten.
Eine gutaussehende Frau mit einer Reisetasche betrat den karierten Raum. Es gab eine Menge freier Tische, aber sie setzte sich an den von Giovanni, lächelte und zog ein Messer. Er starrte sie mit müder Verwunderung und einer Art Erleichterung an. Wenn er ermordet wurde, brauchte er sich über Selbstmord keine Gedanken mehr zu machen.

SIE: Ich habe es getan.
ER: Was?
SIE: Meine Jungfräulichkeit verteidigt.

Ein paar Wochen später heirateten sie in der St.-Patrick's-Kirche. Geschiedene Katholiken können nicht noch einmal kirchlich heiraten, aber die Priester hatten jahrelang in der

Trattoria gegessen, und zwar umsonst. Gott ist gnädig, vor allem auf vollen Magen.
Es war eine glückliche Zeit, und keinem fiel auf, daß ein dunkelgekleidetes Gemeindemitglied nicht eingeladen worden war.

SIE: Weißt du noch, es muß 1958 gewesen sein, bevor ich nach Berlin zurückging, und du hattest mich ins Museum of Modern Art mitgenommen, um Papa zu treffen, und ein Feuer war ausgebrochen und hatte eins von Monets Seerosenbildern beschädigt, und ich hatte Angst und dachte, ich hätte Papa im Feuer gesehen, und du hast mich festgehalten und mir versprochen, daß kein Feuer mir je etwas anhaben würde. Sagst du das immer noch?

»Natürlich«, sagte Jove, Jupiter, Hüter des Blitzes.

Ich beobachtete, wie sie sich mit glänzenden Augen auf der Geschichte treiben ließen. Jemand hatte einmal zu mir gesagt: »Jove und Stella sind unzertrennlich.« Ich hatte damals leise in mich hineingelächelt und mich für das Objekt der Begierde gehalten und nicht für das Opfer, das ihr gebracht wurde.
Was sagen die Alchimisten? *Tertium non datur*. Ein Drittes gibt es nicht, was immer es auch ist, das zwei Gegensätze versöhnt. Wenn ich hier war, um sie zu versöhnen, planten sie dann, mich über Bord zu werfen, sobald die Arbeit getan war? Pirat Stella? Korsar Jove? Alice unter der Totenkopfflagge ihrer Liebe?

Der Segelurlaub, den Jove und ich geplant hatten, sollte jetzt auch Stella einschließen.
»Nein«, dachte ich, »nein«, aber wie immer bei Jove, sagte ich ja.
Ich besaß die Fachkenntnisse, um eine Yacht ohne Besatzung

chartern zu können. Ich hätte gern wenigstens einen Schiffsjungen mitgenommen, aber davon wollte Jove nichts wissen. »Nein, nein, nein. Wir fahren, um über unsere Zukunft zu entscheiden, nicht um uns von einem geilen Mafioso ausspionieren zu lassen.«

Am Tag bevor wir losfliegen sollten, bekam ich einen Anruf von Mutter. Vater hatte einen Schlaganfall gehabt. Konnte ich sofort nach Hause kommen? Sie hatte mir schon einen Platz in der Abendmaschine reserviert.
Ich packte mit einer Hand, während ich mit der anderen verzweifelt versuchte, Jove und Stella anzurufen. Ich erreichte keinen von beiden. Zum Schluß fragte ich mich in Panik, wieso die Welt immer dann am gleichgültigsten ist, wenn wir am verzweifeltsten sind, und schickte Jove ein Fax ans Institut, in dem ich ihm mitteilte, was passiert war, und ihm meine Nummern in England hinterließ. Was konnte ich Stella schon sagen, in den dreißig Sekunden, die ihr Anrufbeantworter mir gab?

*

Erst zwei Tage später versuchte ich wieder, die beiden zu erreichen. Ich erfuhr, daß sie wie geplant geflogen waren und die Yacht genommen hatten.
Mir wurde bewußt, daß Jove meine Segelscheine benutzen und sich für mich ausgeben konnte. Ich unterschreibe absichtlich mit »Dr.«, um die Aufdringlichkeit von »Mrs. oder Miss?« auszuschließen, als hätte mein Familienstand auch nur das geringste mit dem Rest der Welt zu tun. Wenn andere Anhaltspunkte fehlen, wird grundsätzlich angenommen, daß ich ein Mann bin. Immer.
Es wäre nicht das erste Mal, daß Jove und Stella die Grenze verwischten, an der ich begann und sie endeten. Ich mochte den

spielerischen Streit der Liebenden: wer bist du und wer bin ich? Wer von uns ist wer? Mochte es weniger, als die erotische Zwillingsnatur sich zu gefälschten Briefen und nachgemachten Unterschriften auswuchs.

Es hatte als Spiel begonnen. Postkoitaler Ludus, mit Champagner eingeschäumt. Übersprudelnd vor Liebe, hatte ich Jove gezeigt, wie er sich kalligraphisch für mich ausgeben konnte. Wenn er sein Handgelenk in meines verwandeln konnte, würde er vielleicht ich werden, würde er mich vielleicht befreien. Wenn er in mir aufgehen konnte, konnte ich mich vielleicht in einem anderen Ich verströmen. Vielleicht würde er mich verdrängen, wie ein fester Körper Wasser verdrängt.

Damals fand ich diese Analogie nicht bedrohlich.

Es waren einmal zwei Freunde, die fanden einen dritten. Da es auf der ganzen Welt niemanden gab, den sie lieber hatten, schworen sie, in einem Palast zu leben, auf einem Schiff zu segeln und jedes Gefecht mit drei Armen zu bestreiten.
Nach drei Monaten beschlossen sie, auf die Gralssuche zu gehen.
»Was sollen wir denn suchen?« fragten sie sich gegenseitig.
Der erste sagte: »Gold.«
Der zweite sagte: »Frauen.«
Der dritte sagte: »Das, was nicht gefunden werden kann.«
Alle waren sich einig, daß das letzte das beste war, und prachtvoll herausgeputzt machten sie sich auf den Weg.
Nach einer Weile kamen sie an ein Haus, das Decken feierte und Fußböden leugnete. Als sie durch die Haustür traten, konnten sie sich nur mit knapper Not davor retten, in eine tiefe Grube zu stürzen. Während sie sich entsetzt an die Täfelung klammerten, hoben sie den Blick und sahen über sich Kronleuchter, blitzend wie Schwerter, die den riesigen Raum erhellten, in dem Gäste auf und ab gingen. Alles war zum Essen vorbereitet, Tische und Stühle hingen an schweren Ketten, ein Arsenal Messer und Gabeln lag bereit für den Fall, daß die Gäste aus Versehen einen Teil ihres Bestecks in den Abgrund fallen ließen.
Eine Trompete erschallte, und weitere Gäste betraten den Raum durch eine Falltür in der Decke. Manche wurden an Drähten herabgelassen, andere wandelten über Seile so schmal wie die Jugend. Auf diese Weise gelangten sie zu ihren Plätzen. Als alle saßen, erschallte die Trompete noch einmal, und die Gastgeberin sah nach unten und fragte die drei Freunde: »Was ist es, was ihr sucht?«
»Das, was nicht gefunden werden kann.«
»Hier ist es nicht«, antwortete sie, »aber nehmt dieses Gold«, und jeder der Tischgäste warf einen Teller aus massivem Gold herunter, etwa so wie der Doge von Venedig sein Geschirr in den Kanal warf, um zu zeigen, wie sehr er weltliche Dinge verachtete.
Unsere drei Freunde verachteten weltliche Dinge keineswegs und

fingen so viele Teller auf, wie sie konnten. Beladen mit Schätzen, setzten sie ihren Weg fort, wenn auch langsamer als zuvor.
Schließlich kamen sie in die Türkei und in den Harem von Mustafa dem Gesegneten CIXX. Gesegnet war er tatsächlich, so überhäuft mit Frauen, daß nur noch sein Zeigefinger hervorsah. Er krümmte ihn, winkte die Freunde heran und erkundigte sich mit erstickter Stimme:
»Was ist es, was ihr sucht?«
»Das, was nicht gefunden werden kann.«
»Hier ist es nicht«, ächzte er wie ein Schloßgespenst, »aber nehmt euch ein paar Frauen.«
Die Freunde waren entzückt, nahmen jedoch eingedenk des Schicksals von Mustafa nicht allzu viele. Jeder von ihnen nahm sich sechs und lud ihnen die goldenen Teller auf.
Holterdipolter durch die Jahre setzten die Freunde ihre Reise fort, durchquerten historische und geographische Kontinente, sammelten aufs Geratewohl die Summe der Welt, so daß nichts fehlte, was zu haben war.
Endlich kamen sie an einen Turm mitten im Meer. Ein Mann mit dem Gesicht von Jahrhunderten und der Stimme des Windes öffnete ein schmales Fenster und rief:
»Was ist es, was ihr sucht?«
»Das, was nicht gefunden werden kann ... kann ... kann«, und der Wind trug ihre Stimmen davon.
»Es hat euch gefunden«, sagte der Mann.
Hinter sich hörten sie ein Geräusch wie von einer Sense, die das Wasser durchschnitt, und als sie sich umblickten, sahen sie ein Schiff, schmal wie eine Klinge, auf sich zukommen. Die Gestalt ruderte es im Stehen, mit nur einem Ruder, aber es war gar kein Ruder. Sie sahen die Krümmung des blitzenden Metalls, erst auf dieser Seite, dann auf jener. Sie sahen, wie der Ruderer seine Kapuze zurückschlug. Sie sahen, wie er ihnen winkte, und die Welt stürzte um. Das Meer floß davon.
Wer sind sie, mit den Fischen und Seesternen im Haar?

DER TOD

8. *Juni 1960. Liverpool, England. Sonne in den Zwillingen.*
Mein Vater am Ruder der *Godspeed.* Ich selbst geboren und blutig im Pelzmantel meiner Mutter. Die kreosotimprägnierte Kabine, die Paraffinlampe. Geruch nach Öl, Teer, Sardinen und Gin.
Ich landete in London Heathrow, und als der Zollbeamte fragte, ob ich etwas zu erklären hätte, sagte ich: »Mein Vater liegt im Sterben.«
Ich nahm einen Anschlußflug nach Liverpool und ein Taxi zum Haus meiner Großmutter, demselben alten Reihenhaus mit seinen zwei Zimmern oben, zwei unten, in der Nähe der stillliegenden Hafenkais.
Großmutter war mir immer fabelhaft alt vorgekommen, einhorn-alt, eine seltsame Gestalt außerhalb der Zeit. Jetzt war sie biblisch alt, hochaufgerichtet wie ein Prophet, scharfzüngig wie die Schlange persönlich. Sie öffnete mir die Tür, als wäre es der Eingang zum Jüngsten Gericht. Vielleicht war sie es.
»David schläft«, sagte sie. »Deine Mutter ist betrunken.«

Ich ging hinein und nach hinten durch bis in die Küche. Sie war tapeziert, gekachelt, kunststoffbeschichtet und verglast worden, und neben dem alten Kohleherd stand ein eingebauter Gasherd. Ich sah mich nach dem Kaninchen um. Weg.
»Das Sozialamt«, sagte Großmutter und sprach es aus wie KGB.

»Sie haben gesagt: ›Entweder Sie renovieren, oder Sie kommen ins Heim. Nicht als menschliche Behausung geeignet.‹ Ich habe gesagt, ich bin ein Mensch und hause hier seit sechzig Jahren.«
Wir setzten uns an etwas, was Kücheneinrichter eine Frühstückstheke nennen.
»Ich sollte tot sein«, sagte Großmutter. »Ich sollte tot sein, nicht David.«

Ich hörte mir an, was passiert war, ließ die Geschichte im Geist bis dahin zurücklaufen, wo sie angefangen hatte. Ich hatte gesehen, wie mein Vater sein strahlendes Ich ab- und statt dessen die Kleider toter Männer anlegte, den Druckanzug und Taucherhelm des normalen Lebens. Als er dann von Kopf bis Fuß nach Art der Welt gekleidet war, hatte er den Anzug mit einem Übermaß an Ehrbarkeit aufgepumpt. Er hatte sich vor sich selbst geschützt. Sein Druckanzug bewahrte ihn vor den zerstörerischen Kräften der Tiefe.
Gleichzeitig begann er im Innern zu verrosten. Seine erste Krise, als ich neun war und wir nach London zogen, um beim Untergang der Reederei auf ein anderes Schiff zu springen, weckte noch einmal all seine Energie. Er wurde zur Karikatur seines positiven Ichs. Er schleppte sich aus dem Schatten heraus und hinein in einen Vierundzwanzigstundentag. Er hatte den Übergang von den alten Werten der Nachkriegswelt zur Überspanntheit des modernen Lebens erfolgreich vollzogen. Er war bewundernswert, mein Vater, bewundernswert und tapfer, und unfähig zu sehen, daß der Schatten, den er so fürchtete, sein eigener war.
Während dieser scheinbaren Sonnenjahre wurde sein Schatten immer länger. Den Blick starr geradeaus gerichtet, tat mein Vater so, als merke er nichts davon. Und wirklich merkte er nicht, daß die Sonne auf der Sonnenuhr eine andere Geschichte erzählte als die, die er sich selbst erzählte. Er mußte der Held

unter einem gleißenden Mittagshimmel sein. Das Licht durfte nicht schwach werden oder schwinden. Er vergaß, daß die Zeit alles verändert. Fatalerweise vergaß er auch, daß die Zeit aufgrund der Schleifen in ihren eigenen Gesetzen sich selbst voraus sein kann. Mein Vater wurde gleichzeitig älter und jünger. Während er nach außen hin immer senatorenähnlicher wurde, randalierte der wilde Junge in ihm, der Junge von den Docks, mein Schlepperkapitänsvater, wenn auch tief unter der Schutzschicht des Bewußtseins.

Er fing an, über Zuckungen zu klagen. Der Arzt gab ihm Tabletten. Auf Vorstandssitzungen, in seinen gebieterischsten Augenblicken, wenn er den Oberbefehl über brave Männer in Grau führte, zuckte er. Seine eine Seite blieb würdevoll und aufrecht. Seine andere Seite zuckte wie unter Strom. Man riet ihm, eine Pause einzulegen. Er weigerte sich.

Auf der Jubiläumsfeier von Cunard schüttete mein zuckender Vater eine ganze Flasche Krug über Seine Königliche Hoheit, den Herzog von Edinburgh.

»Ein Grieche«, sagte meine Großmutter und sprach es aus wie »ein Niemand«.

Der Vorstand versetzte ihn in den Ruhestand. Das war keine Schande. Er hatte die Sechzig längst überschritten und hätte auf eigenen Wunsch aufhören können. An seinem letzten Nachmittag als er selbst holte sein Chauffeur ihn ab und fragte wie gewöhnlich: »Wohin, Sir?«

»Nach Liverpool«, sagte mein Vater.

Während der Jaguar die Autobahn unter seinen Reifen abspulte, fragte sich mein Vater, wieso die Straße nicht immer weiterführen konnte. Was war sein Ziel? Wer fuhr? Am Steuer saß die altvertraute Gestalt. Er selbst auf dem Rücksitz, in dem Glau-

ben, alles unter Kontrolle zu haben. Aber er hatte sich zum Passagier seines eigenen Lebens gemacht.
Er beugte sich vor, um ans Glas zu klopfen. Er wollte dem Fahrer sagen, daß er lieber aussteigen und zu Fuß gehen würde. Dann ließ er sich zurücksinken und schüttelte den Kopf. Aussteigen und zu Fuß gehen? Er war auf dem Weg nach Liverpool! Was war bloß los mit ihm?
»Sei jemand. Sei jemand.« Die Worte seiner Mutter, eintätowiert in seinen Körper, seine heimliche Haut, getragen unter einem teuren Anzug.
»Ich bin jemand«, sagte er laut. »Aber wer?«

Wie er das kleine Reihenhaus mit seinen zwei Zimmern oben, zwei unten gehaßt hatte. Wie er seinen ungehobelten, mißtrauischen Vater gehaßt hatte. Wieviel schuldbewußte Erleichterung er empfunden hatte, als sein Vater torpediert wurde.
Ein Jahr vor seinem Tod war dieser Vater nach einem Gasunfall in seinem Unterseeboot nach Hause gekommen. Was ein Sauerstoffbehälter hätte sein sollen, hatte seine Lungen in einen Aufruhr von Schleim und Blut versetzt. Er erholte sich wieder, aber seine linke Seite blieb auf Dauer geschädigt. Nerven und Haut hingen an ihm als eine Pantomime des Lebens, die nicht Leben war. Das Auge mit dem herabhängenden Lid, der herunterhängende Mund, der verwüstete, zuckende Arm und das Bein in dem Stiefel, der so fest zugeschnürt war, als sollte er das Bein festhalten.
David erinnerte sich, daß er sich auf die Knie seines Vaters setzen und in den toten Taschen nach Bonbons suchen mußte.
Dann wurde sein Vater vom Amtsarzt der Marine, der ihn wieder auf dem Unterseeboot haben wollte, gesund geschrieben. Am Abend vor seiner Abreise kam er, ein Tuch vor das Gesicht gebunden, zu David ins Zimmer, der schlafend im Bett lag, beug-

te sich über ihn und flüsterte: »Es ist in der Luft, Junge, es ist in der Luft. Riechst du es nicht? Es ist in der Luft.«
David roch es. Die dicke, durchnäßte Uniform, besudelt von Blut und Urin. Das abgestandene Wasser. Den Geruch von Tod und Zerstörung. Den Geruch einer Tragbahre und einer schmutzigen roten Decke. Wenn das Grauen in einem ist, wie bekommt man es wieder heraus?
In dem kleinen Reihenhaus lernte David, nicht zu atmen.

Als sein Vater tot war, spürte David frische Luft in seine Lungen strömen. Er atmete so tief ein, daß er Angst bekam, seine Nasenlöcher könnten sich mit Schränken und Stühlen füllen. Seine Blasebalglungen öffneten sich so weit, daß die Nase sie nicht mit genügend Luft versorgen konnte. Würde er sterben, weil jedes einzelne Möbelstück im Haus seine Atmungsorgane verstopfte? Er beugte sich aus dem Fenster und versuchte, den ganzen Himmel einzuatmen. Am nächsten Morgen waren die Gartenpflanzen seiner Mutter von einem gewaltigen Wind entwurzelt worden.

Er liebte seine Mutter. Er würde jemand sein.

David stieg aus dem Jaguar, steckte seinem Chauffeur 1000 Pfund in bar zu, schüttelte ihm die Hand, bedankte sich bei ihm und ging, hochaufgerichtet und nicht zuckend, auf die Gebäude zu, die früher einmal Trident Shipping gewesen waren. Sein Chauffeur wendete schnell und fuhr davon. Der Wagen mußte noch am selben Abend frischgewaschen und poliert für Davids Nachfolger bereitstehen.
David betrat die alten Gebäude, die seine Mutter von 1928 bis 1978 geputzt und in denen er selbst 1947 zu arbeiten begonnen hatte. Die Schuppen, Speicher, Kaianlagen und Büros hatten

sich in eine Kunstgalerie, ein Theater und ein Vegetarier-Café verwandelt. David ging über die blinkenden Fußböden und schüttelte den Kopf über eine Installation aus Maschendraht und lebensechten Plastikfischen. Völlig deplaziert zwischen den Jeans und den Baseballmützen, bestellte sich der Mann im Savile-Row-Mantel ein Stück Karottenkuchen und eine Tasse starken Tee. Ein paar Studenten sahen zu ihm herüber.

»Was die wohl glauben, wer ich bin?« fragte er sich. »Ein dummer, reicher alter Mann.« Und er lachte, weil er ärmer gewesen war als sie alle und klüger dazu.

»Das hier war früher das Kontor«, sagte er laut. (Die Studenten sahen auf und gleich wieder weg.) »Wir waren zu zwölft. Wir nannten es die Apostelschicht. Jede Woche zog uns die Gesellschaft einen Schilling vom Lohn ab, als Rate für die Anzüge, die wir trugen.« (Er hielt inne.) »Einen Schilling! Ich könnte genausogut sagen, eine Dublone. Alles Vergangenheit. Geschichte, nehme ich an.«

Er dachte darüber nach. Alt zu werden war etwas, womit er nicht gerechnet hatte. Er hätte gern gefragt: »Wieso bin ich alt?«, und obwohl er wußte, daß die Frage keine Bedeutung hatte, war sie doch keineswegs bedeutungslos für ihn. Sein Körper und sein Verstand, die so lange Zeit Verbündete gewesen waren, hatten angefangen, sich zu streiten. Und seine Seele? Wo war seine Seele an dieser neuen Weggabelung? Er glaubte nicht an Gott, hatte aber gelegentlich das unbehagliche Gefühl, daß Gott an ihn glaubte.

»Ich bin ein dummer alter Mann«, dachte er.

Er zog sein Buch hervor. *Andere Menschen: Ein Buch mit sieben Siegeln.*

Es war der Titel gewesen, der ihn angezogen hatte, denn er fand, daß andere Menschen geheimnisvoll waren, unbekannt. Er mogelte sich durch, indem er Vermutungen über sie anstellte, sie mogelten sich durch, indem sie Vermutungen über ihn anstellten. Wieviel davon war wahr? Die Studenten hatten ihn angesehen und den Blick wieder abgewandt. Sie glaubten zu wissen, was er war, falls er für sie überhaupt etwas war. Auch er hatte sich ein Bild von ihnen gemacht: faul, seicht, ungepflegt, stumpf. *Er* war nicht auf der Universität gewesen, und was hatte er nicht alles erreicht. Sollten sie gucken.

»Ja«, dachte er. »Laß sie gucken. Warum auch nicht? Es sagt uns sowieso nichts, was wir wissen müssen.« Er wäre gern zu ihnen gegangen, um mit ihnen zu reden. Er hätte gern gesagt: »Ich bin nicht der Mann, den ihr in der Ecke sitzen seht. Mein Name ist David.«

Er sah auf seine Füße unter dem Tisch und sah weder die polierten Oxfords noch die dunklen Wollsocken, sondern dicksohlige Stiefel mit Eisenbeschlägen, die Hacken um die Füße eines hohen Kontoristenhockers gehakt. Ein flauschiger Baumwollmop stieß seine Füße in die Gegenwart zurück.

»Füße hoch, bitte.«

»Mutter?«

»David.«

Er sah sie mit gerunzelter Stirn an. Sie arbeitete schon seit zwanzig Jahren nicht mehr hier. Was war bloß mit ihm?

Aber es war tatsächlich seine Mutter, die in ihrem rosa Overall aussah wie eine Dörrpflaume im Speckmantel.

»Ich putze hier.«

Sie setzte sich ihm gegenüber, KGB in der Stimme.

»Tu so, als würdest du mich nicht kennen.«

Die Studenten stießen sich an, und ein Mädchen kicherte.

»Was machst du hier?« fragte sie. »Du machst mir nur Schwierigkeiten.«

»Ich bin heute pensioniert worden«, sagte er, und die Worte klangen weit entfernt. Wie die Stimme von jemand anderem.

»Aber ich arbeite noch, und wenn sie rauskriegen, daß du mein Sohn bist, bin ich meinen Job los.«

»Wieso?« Er verstand nicht.

»Sieh dir doch an, wie alt du bist. Ich hab gesagt, daß ich einundsechzig bin.«

Einundsechzig. Einundsechzig. Sie war fast neunzig. Jeder konnte sehen, daß sie fast neunzig war. Ihr Bauch war auf die Schenkel gerutscht. Ihre Brüste auf den Bauch. Der Hals verschwand im Unterhemd, das Kinn im Hals, und die Augen hatten sich so tief in den ausgemergelten Schädel zurückgezogen, daß sie unter der Tarnung ihrer dünnen Haare eigentlich in der Lage sein müßte, nach hinten zu gucken.

»Du siehst nicht im entferntesten wie einundsechzig aus.«

Sie lächelte geziert und errötete. »Du warst immer ein guter Sohn.«

»Ich bringe dich nach Hause.«

»Wenn du warten willst, gerne. Ich bin um sechs Uhr fertig.«

Sechs Uhr. Er stand in dem trostlosen kleinen Umkleideraum für die Angestellten, während seine Mutter den pinkfarbenen Overall in einen grauen Metallspind hängte. Sie setzte ihren Hut auf, zog ihren Mantel an und hakte sich bei ihm unter. Gemeinsam gingen sie in Richtung Wasser. Sie schlug den Weg über die Hafenkais ein. Das Licht einer Straßenlampe fiel auf den milchigen Fluß und ließ ihn orange aufleuchten. Er dachte daran, wie seine Mutter die Messingschilder poliert und er einmal geglaubt hatte, ihren Glanz zu sehen, vor langer Zeit, im Hafen von New York. Seine Sekretärin, Uta, hatte ihm erzählt, wie ihre eigene Seele einmal über das Wasser auf sie zugeglitten sei. Er war überrascht gewesen. Das war nicht die Frau, die sie zu sein schien; so praktisch, so beherrscht. Schön in den Augen eines jungen Mannes, der von zu Hause weg war. Er hatte ihr Geschenke gemacht, Kleider, Parfüm. Und dann kam ein Abend, da ... Er schob die Erinnerung beiseite. Nachdem er aus New York weggegangen war, hatte sie ihm eine Krawatte geschickt. Seide. Rot mit weißen Tupfen. Sie war ganz verschlissen, er hatte sie so viele Jahre getragen. Aber er hatte sie noch, in der Schublade mit seinen Taschentüchern. Ein Stück abgetragene Zeit.

Arm in Arm gingen David und seine Mutter, so wie sie früher gegangen waren, als er darauf gewartet hatte, daß sie mit der Arbeit fertig wurde und ihm Bücklinge briet, die sie von ihrem Gestell im Kamin herunterangelte. Er konnte sie schmecken, und sein Glücksgefühl dazu, beides warm in seinem Mund.

»Wo willst du wohnen?« fragte sie.

»Bei dir?«

Sie gingen. Gingen langsam an den verrosteten Ringen vorbei, an denen die Schiffe festgemacht wurden. Gingen vorbei an den Packhäusern, die leer waren wie Kathedralen. Sie gingen an der Kneipe mit dem Pianola vorbei. Gingen vorbei an den neuen Geschenkeläden, sie verkauften Kerzenhalter, die aus der Reling abgewrackter Schiffe gemacht waren. »Menschen sind nicht recycelbar«, dachte er. »Ich würde gern in etwas Neues umgeschmolzen werden.« Für den Bruchteil einer Sekunde griff sein Geist leuchtend voraus in die Zukunft. Dann nahm er sich zusammen, wie er es immer tat. Nichts. Nichts. Nichts. Der Abend war dunkel.

Sie betraten das Haus. Er empfand ein Gefühl der Erleichterung und der Verantwortungslosigkeit. Das hier war das Zuhause seiner Kindheit. Das Haus seiner Mutter. Seine Bootsstiefel standen noch im Schrank, der erschöpfte Gummi dünn wie Haut. Seine Matrosenjacke hing hinter der Tür. Niemand würde hier nach ihm suchen.

Er fand seinen blauen Rollkragenpullover, der überhaupt nicht zur Hose seines Anzugs paßte, aber er zog ihn trotzdem an. Seine Mutter beobachtete ihn, während sie Kartoffeln stampfte.

Er aß mit aufgestützten Ellbogen. Aß mit der Gabel in der rechten Hand. Sie schenkte ihm ein Glas Guinness ein.

Während sie ihr eigenes Mahl verzehrte, beantwortete sie sich stumm ihre eigene Frage. »Nein, du wärst nicht glücklicher gewesen, David, wenn du mit den anderen Männern hiergeblieben wärst.«

Das erzählte sie mir später, fast als müßte sie sich verteidigen. Ich nahm ihre Hand. Wäre mein Vater nicht von einer imaginären Vergangenheit verfolgt worden, dann von einer imaginären Zukunft. Im Stillstand hätte er sich nach Bewegung gesehnt. In der Bewegung sehnte er sich nach Stillstand. Er war kein unzufriedener Mann, aber einer, der den Text, den er sich selbst geschrieben hatte, nie hundertprozentig lernen konnte. Selbst wenn er von einer Rolle hellauf begeistert war, konnte ein Teil von ihm nie vergessen, daß es eine Rolle war. Er wußte nicht, wie er in einer dieser Rollen aufgehen sollte. Ein bißchen weniger Bewußtsein, oder ein bißchen mehr, hätte ihn vielleicht gerettet. So aber litt er.

Er schämte sich dafür, daß er litt. Reiche Leute hatten kein Recht zu leiden. Wenn sie es taten, kam es zu einer Art öffentlicher Hinrichtung vor der Geschieht-ihm-recht-Fraktion der Menge. Er fragte sich beiläufig, ob es nicht vielleicht eine Regierungsrichtlinie dafür geben sollte, wieviel Geld ein Mensch auf der Bank haben durfte, ohne das Recht zu leiden zu verlieren.

Er war ein Mann, der es aus eigener Kraft zu etwas gebracht hatte. Er war ein Arbeiterjunge, der maßgeschneiderte Anzüge trug. Er sah sich selbst als einen Mann aus der Arbeiterklasse, was andere Leute natürlich absurd fanden. Die Gesellschaft, in der er verkehrte, bestand aus gutsituierten Sprößlingen gutsituierter Sprößlinge. Sie saßen an den Schaltstellen der Macht. Sie erbten Führungspositionen, wie Adlige Titel erbten. Die richtige Herkunft, die richtigen Schulen, die richtigen Verbindungen, die richtigen Erwartungen. Das alles wurde belohnt, und wenn ein Mann wie er durchs Fenster einstieg und seinen Platz am Tisch einnahm, mußte er doppelt so gut sein, und trotzdem spielten sie seine Leistungen herunter. Konnten nicht glauben, daß ein Straßenjunge mit einem Stipendium einen stärkeren Willen und mehr Ehrgeiz hatte als sie alle zusammen. Sie taten, als wäre es nur ein Zufall, daß nicht mehr Leute seiner Art in denselben Positionen saßen wie so viele Leute ihrer Art. Und manchmal deuteten sie an, daß er es leicht gehabt hatte. Und manchmal nannten sie ihn, und zwar ganz offen, einen Ganoven. Er besaß Energie, das konnte niemand abstreiten, und etwas Missionarisches, das fanden sie offengestanden vulgär. Sie wollten ihn mögen, aber er war kein liebenswerter Mann. Zu hölzern, zu kantig, zu arrogant, zu stolz. Komisch, daß er so gut mit der Belegschaft zurechtkam.

Er war einsam. Keiner von seinen Freunden, von seinem eigenen Schlag, von seinem eigenen Typ, hatte es so weit gebracht wie er. Er war aus jenem Leben fortgesegelt, und jetzt gab es keine Rückkehr mehr. Wenn er Leute traf, die er früher gekannt hatte, überschlugen sich die allerärmsten Schlucker fast vor Ehrfurcht, und die Mittelschicht-Versager behandelten ihn von oben herab. Er hatte natürlich Glück gehabt. Natürlich. Und jetzt war er eine einsame Insel, die man anlief, um Nahrung und Wasser aufzunehmen.

Seine Frau war Alkoholikerin. Seine Schuld, wie er wußte. Seine Kinder waren mit den richtigen Schulen, den richtigen Verbindungen, den richtigen Erwartungen aufgewachsen. Sie kamen kaum je zu Besuch. Und Alice, die er liebte, war am Ende doch bei den Besten und haßte ihn, dachte er, für das, was aus ihm geworden war.

Es war jetzt vorbei, das Leiden und Streben. Er hatte sein Testament geändert und seiner Frau das Haus und mehr als genug Geld hinterlassen. Den Rest, seine Aktien, seine Anteile, sein ganzes Kapital, hatte er in eine Stiftung gesteckt, die mittellosen Kindern Stipendien bewilligen sollte. Vielleicht würde ja einem von ihnen gelingen, was ihm nicht gelungen war: die Widersprüche zu verstehen.

Er wusch seinen Teller ab, küßte seine Mutter und ging nach oben in das kleine Zimmer, in dem er früher geschlafen hatte. Es war kalt, aber das störte ihn nicht. Er lag im Bett und hörte, wie seine Mutter die Töpfe und Pfannen wegräumte. Seine rechte Seite fühlte sich schwer und taub an. Seine linke Seite leichter, freier. Normalerweise hielt er sie ganz starr, aus Angst vor dem Zucken. Sie war ein Hund, dem er einen Maulkorb anlegen mußte.

Er schlief, und in seinen Träumen stand er wieder am Ruder der *Godspeed*. Seine Frau hatte ihm eine Tochter geboren, und er hatte den Fluß mit Leuchtpatronen rot gefärbt. Weiter zurück, war er wieder in New York und stand mit seiner Sekretärin auf der Fähre nach Staten Island. Er hatte ihre Hand gehalten, und später hatten sie sich in einem Kinderzoo geliebt. Noch früher, und er machte seiner eigenen Frau den Hof, schwarze Haare, blaue Augen, irisches Grün in ihrem Witz. War das er, verwegen, ungepflegt und voller Versprechungen? Er hatte versprochen … er hatte gelogen.

Trident Shipping. Ein junger Mann mit roten Wangen, der sich auf einem Bürosessel nie ganz zu Hause fühlte. Ein junger Mann, der die Sommerabende damit verbrachte, zusammen mit seinen Kumpeln die Schiffe zu beladen. Sam! Ted! Er rief nach ihnen, aber sie hörten ihn nicht. David! Sein anderes Ich drehte sich nicht um. Er versuchte, David nach Hause zu folgen, aber der Mann war gar nicht er, es war ein Junge von elf oder zwölf Jahren,

in einer schicken Uniform, auf dem Weg in eine Schule, die Schulgeld kostete. David wartete den ganzen Tag auf den Jungen und sah ihn endlich niedergeschlagen und verwirrt zurückkommen, mit einem Riß über dem Auge. Der Junge küßte seine Mutter, warf seinen Ranzen in die Ecke und rannte wieder hinaus, um zu spielen. »Deine Uniform, David! Deine Uniform!« Ihre Stimme verlor sich. Der Junge lag jetzt im Bett, atmete ruhig und gleichmäßig, atmete ein, atmete aus, atmete durch die Zeit.
In der Nacht hatte David einen Schlaganfall. Am Morgen war seine rechte Seite gelähmt. Er konnte nicht rufen. Er konnte nicht sprechen.

Ich saß am Bett meines Vaters, hielt seine Hand, dachte ihn, fühlte ihn, wußte nicht, wie ich sonst kommunizieren konnte. Er war nicht tot, aber er hatte kein Leben. Das hier war das Zimmer, in dem ich in den Jahren der Partynächte immer geschlafen hatte. Ich hatte nicht damit gerechnet, meinen Vater im selben schmalen Bett zu sehen.
»Er wird dich nicht erkennen«, sagte Großmutter. Würde er mich tatsächlich nicht erkennen? Sein Verstand und sein Körper sprachen jetzt unterschiedliche Sprachen, und sie hatten keinen Dolmetscher. Wenn ich mit ihm sprach, würde er verstehen?
Ich fing an, ihm eine Geschichte zu erzählen. Eine Geschichte von Spiegeln und Taschentüchern, vom Winter und von New York. Von einem Mann, den ich hatte heiraten wollen, von seiner Frau, die ich liebte. Von Spaghetti und Zahlen, von Gemälden und vom Algonquin Hotel. Vom Narrenschiff und von ihm und mir an Bord.
Ich hätte mir die Geschichte gefälliger gewünscht, straffer, im Tempo eines Krimis und mit den Aufregungen eines Liebesromans. Was ich hatte, waren Fragmente aus farbigem Glas, die

ins Licht gehalten wurden … Das hier ist mein Signal, das über die Wellen auf dich zugleitet.
Es war ein seltsamer Beichtstuhl. Mein Vater war so unsichtbar und ungreifbar wie ein Priester. Was ich ihm im Leben niemals hätte erzählen können, erzählte ich ihm in dieser Abwesenheit von Leben. Ich goß mein überfließendes Herz in den ungeheuren Raum, der er war. Tränen quollen unter seinen geschlossenen Augenlidern hervor und füllten die Rinnsteine seiner Wangen. Seine Tränen, sein flüssiges Ich. Mein Vater zurückgespült in den Fluß, der ihn geschaffen hatte. Das Wasser erhob endlich Anspruch auf ihn. *Rheingold.* Das Gold in ihm schmolz wie Sonne auf Wasser. Ich meinte, uns wieder Hand in Hand zu sehen, wie wir im angeschwemmten Treibgut herumstöberten. Wir konnten sprechen, mein Vater und ich. Es aussprechen und vergeben.
Er starb im Oval seiner Tränen.

Meine Mutter bestand darauf, daß das Beerdigungsmahl im Hotel Ra-Ra (Ausstattung: Merseyside-Ägyptisch) stattfand. Das Hotel, das in besseren Tagen die ganze Schiffsbranche versorgt hatte, hielt sich jetzt mühsam mit Motivations-Wochenenden für Geschäftsleute und Marketing-Tagen für die Tiefkühlfischindustrie über Wasser. Es war daran etwas Trauriges, das auch durch die großartigen Marmorstufen und die Lalique-Lampen nicht gemildert wurde. Sein Kitsch-Anubis lag erschöpft im Foyer, und seine Nachbildung der Nadel der Kleopatra war mit Alufolie ausgebessert worden. Unser Büffet war im Pharaonensaal aufgebaut. Drinks gab es in der Pyramidenbar.
»Früher gab es nichts wie das hier«, sagte meine Mutter.
Früher? Sie kannte genug Hotels, um zu wissen, daß es nie etwas wie das hier geben konnte. Seine Tiefkühlfisch-Beziehungen nutzend, servierte das Hotel mumifizierte Garnelen, an deren

Kadavern noch Eis klebte, als warteten sie auf ihre Auferstehung im nächsten Jahrhundert. Nach den Garnelen kamen die Sandwiches. Begräbnis-Sandwiches auf extra geordertem schwarzem Roggenbrot. Ich sah mir die Liste an. Ei. Ei und Tomate. Ei und Kresse. Ei-Mersey. Als ich die Kellnerin nach Ei-Mersey fragte, erklärte sie mir mit der Arroganz einer Nofretete, es sei Ei ohne Dotter.

»Hartgekochtes-Eiweiß-Sandwiches?«

»Wenn Sie so wollen.«

Als ich mich weiter am Büffet entlangschob, fand ich die verschwundenen Eidotter. Jeder Dotter war in der Mitte durchgeschnitten worden und stand mit der Wölbung nach oben auf einer Platte. Die Komposition nannte sich »Eiergipfel«.

»So viel Ei«, sagte ich zu niemandem im besonderen.

»Eine Verwechslung«, sagte Nofretete. »Mir wurde gesagt, daß Sie die Glücklichen Glucken sind.«

»Die glücklichen Glucken?«

»›Englands Erstklassigste Eier‹. Morgen ist ihre Konferenz.«

»Und heute ist die Beerdigung meines Vaters.«

Ich ließ sie verwirrt und bekümmert stehen und ging zu meiner Großmutter hinüber, die allein unter einer bräunlichen Palme saß. In der Hand hatte sie einen Teller mit Begräbnis-Sandwiches und ein Glas Sherry.

»Es tut mir leid«, sagte ich.

»Macht nichts.«

Nein, es macht nichts. Begräbnisse sind für die Lebenden, nicht für die Toten. Mein Vater hätte sich amüsiert, hätte er die schuldbewußten grauen Männer in der Pyramidenbar um meine Mutter herumscharwenzeln sehen.

»Es kommt noch schlimmer«, sagte sie.

Sie meinte das Testament. Sie hatte mir erzählt, was mein Vater getan hatte. Meine Schwestern, die reich geheiratet hatten,

erwarteten, noch reicher zu werden. Wie alle Jane-Austen-Heldinnen waren sie mit Liebe parfümiert, rochen aber nach Geld. Morgen würden wir zur Testamentseröffnung nach London fahren müssen.
»Gehen wir nach Hause.«

Wir schoben uns im Rückwärtsgang durch die Feuertür hinter Großmutters Stuhl. Draußen waren die Straßen voller bummelnder Einkäufer, und es waren weder die marktschreierischen Glasscheiben noch die Absurditäten des Hotel Ra-Ra, die mich so schwindlig machten, sondern der Raum dazwischen. Der alles verschlingende Raum zwischen flacher Erde und gekrümmter Erde. Der Raum, in den ich fallen und wo ich zwischen ihren Leben und meinem schweben konnte.
Der Tod war ein Enthüller. Wenn er seine Kapuze zurückschlägt, was deckt er dann auf? Sein Gesicht oder unseres? Unsere Gesichter, die gewöhnlich hinter Anmaßung und Selbstgefälligkeit voreinander versteckt bleiben. Unsere Gesichter, voneinander abgewandt, selbst wenn unsere Körper sich einander zuwenden. Will ich dich ansehen, obwohl ich Angst vor dem habe, was ich sehen könnte? Ich ziehe es vor, durch dich hindurchzusehen, um dich herum, mit dir zusammen, alles, nur um die Intensität eines einzelnen Gesichts zu vermeiden. Und wirst du mich ansehen, mit zurückgeschlagener Kapuze, verletzlich? Sie taten es, neugierig, irritiert, und sahen schnell wieder weg. Irgend etwas an dieser Frau war nicht in Ordnung. Sie sahen mich ohne Maske. Sie zogen ihre eigenen Kapuzen enger. Tod, der Enthüller, starrte aus meinem feuchten Blick.

Geh mit mir. Hand in Hand durch den Alptraum der Erzählung. Ich muß eine Geschichte erzählen, wenn es keine Geschichte zu erzählen gibt. Geh über den sicheren Boden zur offenen Falltür.

Planke um Planke dorthin, wo das Meer beginnt. Das hier ist eine Meeresgeschichte, eine Wellengeschichte, eine Geschichte, die sich bricht und verebbt, das Boot auf den Strand schleudert und es wieder hinauszieht, bis es nur noch ein winziger Fleck ist. Leben, das auf seinen eigenen Tränen segelt.
Geh über die Planke. Den rauhen, federnden Untergrund meiner Gefühle. Das »Ich«, das ich bin, subjektiv, zögernd, von hinten angetrieben, voller Angst vor dem, was vor ihm liegt, vor dem Fall, dem Raum, der Kluft zwischen den anderen und mir. Hör mich. Sprich mit mir. Sieh mich an.

»Sieh mich an«, sagte Großmutter. Ja, man brauchte sie nur anzusehen. Stachelig wie ein Jujubenbaum, süß wie ein Julep, Jiu-Jitsu-entschlossen mit einem jubelnden Herzen. Die Energie, Arbeit und Hitze ihrer Joules. Ein Wendehals, eine plötzliche Drehung des Kopfes. Ein Specht an der Weltenesche.

Wir gingen nach Hause. Alle anderen spielten den samstäglichen Packesel, Tragekörbe rechts und links, mit Gemüse und Fleisch beladen. Die Schlangen an der Bushaltestelle, die Neonbeleuchtungen der Läden, die nacheinander ausgeschaltet wurden, das Dröhnen der Müllabfuhr, die Wälder aus Pappe wegkarrte. Das alles vertraut und weit weg. Ich hatte das Bedürfnis, etwas zu kaufen, so wie ich das Bedürfnis habe, meine Finger zu bewegen, wenn sie kalt sind. Noch da? Alle noch da? Alles normal, und ich ein Teil davon. Wenn all diese Leben genauso sind wie zuvor, wieso ist es dann meines nicht?
Ich blieb stehen und kaufte an einem Zeitungskiosk zwei Mars.
»Die alte Dame scheint Hunger zu haben«, sagte der Verkäufer. Ich dachte, er meine die Schokolade, und warf Großmutter, die wie ein Fragezeichen neben mir stand, einen schnellen Blick zu. Ich hielt ihre Hand, und in der anderen Hand hielt sie den Teller

mit Begräbnis-Sandwiches aus dem Hotel Ra-Ra. Sanft stellte ich ihn auf den Bürgersteig, und wir gingen weiter.

Mein Vater mochte Zaubertricks. Sein liebster war, ein Glas Wasser mit einem roten Seidentaschentuch abzudecken und es dann ins Publikum zu werfen. Wenn die Leute erschrocken zurücksprangen, um dem erwarteten Wasserschwall auszuweichen, flatterte ihnen das Taschentuch harmlos vor die Füße, keine Spur von luftgetragenem H_2O.

Wie machte er das? Mein Vater führte seinen Trick nur vor, wenn er hinter einem Schreibtisch oder einem Tisch stand, an dem er vorher umsichtigerweise eine Servante befestigt hatte. Eine Servante ist eine Art Beutel, der, allen Blicken verborgen und auf einer Höhe mit den Hoden des Zauberers, die Überreste des letzten Tricks und die wesentlichen Bestandteile des folgenden aufnehmen soll. Während mein Vater viel Aufhebens darum machte, das Taschentuch über dem Glas zurechtzuzupfen, ließ er das Glas selbst in die Servante fallen. Der Umriß des verschwundenen Glases wurde von einem Metallring vorgetäuscht, ähnlich einem großen Penisring, der in den doppeltgenommenen Stoff des Taschentuchs eingenäht war. Für den Beobachter stellt dieser Ring den Rand des Glases dar, und wenn das Taschentuch durch die Luft gewirbelt wird, scheint das Glas verschwunden.

Er versetzte meine Mutter in Angst und Schrecken, indem er darauf bestand, das Tischtuch vom fertig gedeckten Tisch zu reißen. Wir Kinder liebten diese mephistophelische Mißachtung der Ordnung, die schockierten Teller und Tassen, die trotz der plötzlichen Bewegung unter ihnen stehen- und liegenblieben. Manchmal behauptete mein Vater, er habe den Tisch fortgezaubert und die Teller, Messer, Gabeln und Becher, die an ihrem angestammten Platz standen und lagen, hätten nur noch das Tischtuch, um sich darauf zu stützen.

Vielleicht hatte er recht. Vielleicht gibt es keinen Tisch. Vielleicht ist die feste Oberfläche der Ordnung und der Stabilität ebenso eine Illusion wie ein seidenes Taschentuch über einem nicht existierenden Glas. Glas und Tisch sind seit langem verschwunden, aber ihre Form überzeugt uns noch immer. Wenigstens bis wir dahinterkommen, wie es gemacht wird.

Wenn die Superstringtheorie richtig ist, gibt es keinen Tisch, keinen grundlegenden Baustein, kein festes stabiles erstes Prinzip, auf dem man den Rest ruhen lassen kann. Die Tassen und Teller hängen in der Luft, das Tuch unter ihnen schwebt, der Tisch selbst ist hypothetisch. Wir würden uns unbehaglich fühlen, wenn wir unser Essen ohne ihn essen müßten, aber in Wirklichkeit ist er eine Schwingung, genauso körperlos wie wir selbst.

Wo ist mein Vater? Bedeutungslose Frage, würde er sagen, aber sie hat Bedeutung für mich. Ich habe begraben, was ich für ihn hielt, sein körperliches Ich. Die feste Oberfläche meines Vaters, auf der wir alles ruhen ließen. Die Statue von Atlas, der die Welt trägt, aber wer trägt Atlas, wie die alte Scherzfrage lautet.
Mein Vater war sein eigener Zaubertrick: die Illusion von etwas Solidem, nachdem das Solide längst verschwunden war. Er war zu seinen Kleidern geworden. Er war zu seiner Arbeit geworden. Es war, als hätte er sich durch einen Tunnel in ein anderes Leben gebohrt, ohne jemandem etwas davon zu sagen, nicht einmal sich selbst. Ich stelle ihn mir vor, energisch, unbekümmert, an einem wilderen Ort. Ich stelle mir vor, daß er uns hier mit der Maske seiner Ehrbarkeit hinters Licht führt, seine geschminkte Totenmaske durch die Straßen fahren läßt, während er sich auf der anderen Seite der Mauer wieder zusammengesetzt hat. Stoff für Science-fiction? Falls es parallele Universen gibt, hätte mein

authentischer Vater in jedem von ihnen leben können, während er uns hier sein verzerrtes Ich zurückließ.
Unendliche Gnade. Unendliche Möglichkeit. Die Gnade des Universums, das sich in seinen eigenen Gesetzen ausdehnt. Nach der Quantentheorie gibt es nicht nur zweite Chancen, sondern vielfache Chancen. Der Raum ist nicht einfach kontinuierlich. Die Geschichte ist nicht unveränderlich. Das Universum selbst ist gegabelt. Wenn wir wüßten, wie wir die Raumzeit manipulieren könnten, so wie die Raumzeit sich selbst manipuliert, würde die Illusion unseres einen linearen Lebens zusammenbrechen. Und wenn unser Leben hier nicht total ist, wird unser Tod hier nicht endgültig sein.
Ich spiele mit diesen Dingen, um mich vom gesunden Menschenverstand zu befreien, der mir unter anderem sagt, daß ich die Erde als flach wahrnehme und meinen Vater als tot. Vielleicht ist er jetzt weniger tot, als er es die letzten dreißig Jahre war. Der altmodische religiöse Trost eines Lebens nach dem Tod, dem meine Großmutter anhängt, ist vielleicht nicht so schwachsinnig, wie manche denken. Als Salon-Atheistin stolpere ich über Gott, sobald ich aufstehe und gehe. Ich weiß nicht, was Gott ist, aber ich benutze ihn als Wertmaßstab.
Gott = höchster Wert. Kraft und Freiheit des denkenden Universums. Das mechanische Modell des Universums hat keine faktische Grundlage. In einem Quantenuniversum sind Himmel und Hölle einfach parallele Möglichkeiten. In unserer jüdisch-christlichen Mythenwelt aß Eva den Apfel. In einer symmetrischen Mythenwelt gleich nebenan tat sie es nicht. Das verlorene Paradies. Das unverlorene Paradies. Einwände dagegen sind logisch, aber die Quantenmechanik ist nicht an unserer Logik interessiert. Jedes Quantenexperiment hat mit niederschmetternder Boshaftigkeit wieder und wieder gezeigt, daß Teilchen Positionen einnehmen können, die gleichzeitig und gegensätzlich sind.

Robert Oppenheimer: »Fragen wir zum Beispiel, ob die Lage des Elektrons dieselbe bleibt, so müssen wir mit Nein antworten. Fragen wir, ob das Elektron seine Lage im Lauf der Zeit ändert, müssen wir ebenfalls mit Nein antworten. Fragen wir, ob das Elektron in Ruhe ist, müssen wir wieder mit Nein antworten. Und fragen wir schließlich, ob es in Bewegung ist, müssen wir auch antworten: Nein!«

Wo ist mein Vater? Seine Überreste sind begraben. Unmöglich, daß er gleichzeitig lebendig und tot wäre. Die Quantentheorie sagt, daß es für jedes Objekt eine Wellenfunktion gibt, an der sich die Wahrscheinlichkeit bemißt, dieses Objekt an einem bestimmten Punkt in Raum und Zeit zu finden. Bis die Bestimmung vorgenommen worden ist, existiert das Objekt (Teilchen) als Summe aller möglichen Zustände. Die Schwierigkeit zwischen der logischen Welt des gesunden Menschenverstands und dem komplexen, unberechenbaren Universum ist, daß Materie auf einer subatomaren Ebene nicht mit Sicherheit an definitiven Orten existiert, vielmehr hat sie *die Tendenz, zu existieren*! Auf subatomarer Ebene löst sich unsere scheinfeste materielle Welt in wellenähnliche Wahrscheinlichkeitsmuster auf, und diese Muster repräsentieren nicht wahrscheinliche Dinge, sondern wahrscheinliche Verbindungen. Atlas 0 Ariadne 1. Die harten, stumpfen Bausteine der Materie, mit denen die klassische Physik spielte, müssen jetzt als unendliches Netz von Beziehungen dargestellt werden. Welche Beziehung gewählt wird und warum, ist immer noch unbekannt.

Eine Wellenfunktion breitet sich unendlich aus, obwohl sie an ihrem entferntesten Punkt infinitesimal dünn ist. Theoretisch wäre es immer möglich, wenn auch unwahrscheinlich, meinen Vater jenseits des Sonnensystems zu finden, seine gebündelten Energien sonstwo. Naheliegender schien, daß mein Vater hier war, so wie Sie und ich hier sind, aber auch wir können als Wellenfunktionen gemessen werden, unbegrenzt von unseren Körpergrenzen. Was die Physiker als unsere Wellenfunktion identifizieren, mag das sein, was traditionellerweise als Seele bezeichnet wird. Mein Vater mag im Augenblick seines körperlichen Todes einfach an einen alternativen Punkt seiner Wellenfunktion übergewechselt sein. Was meine Großmutter glaubt und worüber ich spekuliere, das scheint nur ein terminologischer Unterschied zu sein. Sie hofft, daß er im Himmel ist. Ich hoffe, daß er die Energie gefunden hat, weiter der Bahn seiner eigenen Möglichkeit zu folgen.

Skeptisch? Die Gesetze der Physik befassen sich mit dem, was möglich ist, nicht mit dem, was praktisch ist.

Die Eigenschaften von Materie und Licht sind sehr eigentümlich. Wie können wir uns damit abfinden, daß alles gleichzeitig eine im Volumen begrenzte Einheit (ein Teilchen) und eine Welle sein kann, die sich über riesige Regionen des Raums ausbreitet? Dies ist eins der Paradoxa der Quantentheorie oder, wie die hinduistischen Mystiker es vor Jahrhunderten ausdrückten, »kleiner als klein, größer als groß«. Wir sind unsere Körper, und wir sind es nicht.

Wenn wir mit Stephen Hawking annehmen, daß das ganze Universum als Wellenfunktion anzusehen ist, die sowohl einen spezifischen Ort hat als auch unendlich ist, dann ist diese Funktion die Summe aller möglichen Universen, tot, lebendig, vielförmig, simultan, interdependent, koexistent. Mehr noch, »wir« und das totale Universum können nicht im Sinne der alten kartesianischen Dialektik in »Ich« und »Welt« zerlegt werden. Beobachter und Beobachtetes sind Teil desselben Prozesses. Was sagte Paracelsus? »Die Milchstraße verläuft durch den Bauch.«

Woraus bestehst du? Aus den Toten, der Zeit, den Lichtmustern von Jahrtausenden, dem expandierenden Universum, das sich in deinen Eingeweiden öffnet. Durch kein Volumen mehr begrenzt, ist mein Vater frei, seine eigene Ausdehnung zu wählen. Ist er das, zwischen den Sternen und Seesternen anderer Himmel?

So erkläre ich es mir. Meine Mutter trinkt, meine Großmutter liest die Bibel, meine Schwestern betäuben sich mit einem exzessiven Familienleben. Jedem sein eigenes Narkotikum. Es lindert den Schmerz, aber der Schmerz selbst bleibt, das dumpfe Weh, irgendwo weit unten, als sei mir das Rückgrat gebrochen worden und nicht richtig wieder verheilt. Vielleicht wäre es besser, auf seinem Grab zu liegen wie ein Hund. Die schlichte Tatsache herauszujaulen, daß es keinen Trost gibt, keine Erleichterung, daß der Kummer ertragen werden muß, bis er sich an mir erschöpft hat. Mein Geist wiederholt seine Übungen wie ein Schulbuch. Immer und immer wieder dieselbe Leier, Erinnerungen, Glück, das Gesagte und das Ungesagte, die letzten Stunden, die Hilflosigkeit der Lebenden, die Autonomie der Toten.
»Er ist nicht tot«, sage ich zu mir selbst und verwerfe das Wort, weil es mir nicht präzise genug ist.
»David ist tot«, sagt meine Großmutter, immer und immer wieder, so endgültig wie eine Glocke.
Wir sahen einander an, hatten Angst zu sprechen, unsere Gefühle in Worte zu fassen. Die Worte könnten ja bersten und brechen. Ich klebte meine Zunge an den Gaumen. Nur nicht nachgeben. Ein Riß, und die Wand ist durchbrochen. Ich muß jetzt endlich und abgegrenzt sein, um zu verhindern, daß dieser bakterielle Kummer sich teilt und vermehrt, bis er die ganze Welt aufwiegt. Bakterien: Agenten der Verwesung. Der Zerfall meines Vaters ist auch in mir. Zehrt man von dem, was lebendig ist, zehrt man es aus. Ich schwinde. Es wächst. Von den Därmen bis zum Hirn, dieser Schmerz. Welche Worte? Welche Worte könnten wohl dieses zerbrechliche Herz übersetzen?

Schnür sie ab, das Herz und die Worte, gib dem Schmerz nichts, was ihn nähren kann. Still jetzt, mein stilles Herz. Ich werde mich tot stellen, so wie mein Vater sich lebend gestellt hat. In dieser Kontinuität finden wir uns.

Großmutter und ich saßen uns an der grabplattenförmigen Frühstückstheke gegenüber. Normal und selten, sich so gegenüberzusitzen. Normal, daß Menschen es tun, selten, daß sie sich dabei verstehen. Jeder spricht seine ganz private Sprache und nimmt an, daß es die Lingua franca ist. Manchmal legen die Worte irgendwo an, und im Hafen herrscht Jubel, und Fracht wird entladen, und alle sind erleichtert, daß die Reise die Mühe wert war. »Du verstehst mich also?«

Ich wollte, daß sie mich verstand. Ich wollte ein Wort finden, wenigstens eines, das für uns beide dieselbe Bedeutung hatte. Ein Wort, das nicht in unseren ganz persönlichen Wörterbüchern gebunden und versiegelt war. »Wenn ich mit Menschen- und Engelszungen redete und hätte der Liebe nicht ...«

»Ich liebe dich.«

Sie nickte. »Meinst du, wir werden das alles irgendwie los?«

Sie meinte die Küche. Die Frühstückstheke zu demolieren war einfach, und ich schraubte all die bequemen Einbauschränke aus Sperrholz und Kunststoff auseinander und stapelte sie im Hof. Dann ging ich und kaufte einen Sack Kohlen, und wir machten den alten Herd an, dreckig, schwarz, rauchig, unhygienisch, und sein rotes Auge lachte uns an. Wir trugen den oft gescheuerten Ahorntisch herein und den großen Vorratsschrank. Unter dem Acrylboden lagen die polierten Steinfliesen.

»Sie werden dich in ein Heim stecken«, sagte ich.

»Das hier ist mein Heim, und es war Davids Heim, und es wird deines sein, wenn ich sterbe.«

Wenn ich sterbe. Die Worte laufen vorwärts in die Zukunft. Für den Augenblick ist es noch ihr Heim, ihre Art zu leben. Es war schon zuviel weggenommen worden.

»So will ich es haben«, sagte sie. »Damit ich mich erinnern kann.« Sie kroch unter den Spülstein und brachte das Formaldehyd-Kaninchen zum Vorschein. »David hat es eingelegt.« Wir stellten es an seinen alten Platz, und seine Ohren knickten am Deckel ab.

Die Liebe verträgt alles, sie glaubet alles, sie hoffet alles, sie duldet alles. Die Liebe höret nimmer auf.

DER MOND

VERMISSTE VERMUTLICH TOT.
Eine Yacht, die in der Nähe von Capri unterwegs war, wurde zuletzt am Sonntag, dem 16. Juni, um 18.00 Uhr gesichtet. Das Boot befand sich sichtlich in Schwierigkeiten. Heftige Stürme vereitelten 24 Stunden lang alle Rettungsversuche. Das Boot treibt möglicherweise führungslos auf dem Wasser.

Bin ich tot? Wie in begraben. Wie in vergessen. Wie in unter der Erde. Wie in mausetot, dahingerafft. Wie in aus und vorbei. Wie in hingegangen?
Wir hörten die Durchsage, als unser Kurzwellengerät spuckend zum Leben erwachte. Durch das Knistern und Rauschen drang die Nachricht von unserem Tod. Jove mit seinen Kopfhörern und seinem Schraubenzieher versucht seitdem, eine Nachricht zurückzuhämmern, aber der Sender ist gestört. Wir können zwar empfangen, uns aber nicht bemerkbar machen. Heute morgen habe ich ein paar Takte Mozart gehört: »*Madamina, il catalogo è questo/Delle belle che amò il padrone mio.*« (Mein liebes Fräulein, dies ist die Liste der Schönen, die mein Herr geliebt hat.)
Tot wie in tot in seinen Armen? Vor unserer Abreise hatte ich von Alice die Nachricht erhalten, daß sie uns in ein paar Tagen im Hafen treffen würde. Sie kam nicht. Jove setzte mir so lange zu, bis ich zustimmte, für die Charter zu unterschreiben. »Was ist schon dabei?« sagte er. »Ist doch nur ein Ruder und eine Maschine.«

Zuerst ging alles glatt. Schaukelndes Boot. Blaue Lagune. Fischen, Kaffeetrinken, beruhigende Küsten in Sichtweite und andere Boote, die uns grüßten. Als das Meer die Farbe von geronnenem Blut annahm, weil die untergehende Sonne hineinblutete, beobachteten wir, wie normalerweise unter der Oberfläche schwimmende Fische im tieferen Wasser verschwanden. Wir verstanden nicht, daß sie dort Schutz suchten. Das Meer sah jetzt wie ein See aus, glatt genug, um darauf zu wandeln, ein Wundermeer, und wir zwei Pilger in unserem kleinen Boot.

»Eine Selbst-Entdeckungsreise«, hatte Jove gesagt. Aber was ich entdeckte, als das Boot sich wie eine Rakete aufbäumte und die Schwerkraft uns im Stich ließ, war, daß Jove Alices Brief geschrieben hatte. An den am Boden festgeschraubten Herd geklammert, bat er mich, ihm zu verzeihen. Ihm war eingefallen, daß er katholisch war, und er wollte nicht mit einer Lüge am Hals in den Tod gehen.

»Du Schwein!« schrie ich, während Geschirr auf mich herunterprasselte. »Du blödes, egoistisches Schwein.« Und ich erfuhr, daß Alice weggefahren war, weil ihr Vater im Sterben lag. Mein Herz brach.

Kommt so das Ende? Als Papa starb, hatte Mama eine Affäre mit einem Mann, für den sie arbeitete. Ich sollte nichts davon wissen. Papa sollte nichts davon wissen. Mama glaubte nicht an ein Leben nach dem Tod, sie wollte ein Leben vor dem Tod. Sie haßte den begrenzten Raum, in dem sie sich wie ein angekettetes Tier bewegte. Ihr Zorn. Papas Kummer. Sein Tod, als sein Herz für seinen Körper am Ende zu abgenutzt war.

»Such nach mir«, sagte er. »Wie du es immer getan hast, und laß dich nicht von einer Gestalt täuschen, die du nicht mehr erkennst.«

»Ich will frei sein«, sagte Mama, aber es war Papa, der entkam.

»Wie ist er gestorben?« hatte Alice mich gefragt, als wir unsere Lebensgeschichten aufstapelten wie ein Bollwerk gegen die Welt. Das, was wir miteinander teilen. Das, was du nicht teilst.

»Er ist verblutet.«

Als Papa den Kardiologen aufsuchte, erfuhr er, daß sein Zustand höchst ungewöhnlich war. In den meisten Fällen verfettet das versagende Herz. Das Blut, ein mürrisches Rinnsal, fließt nur noch langsam und verzögert den pumpenden, auswechselnden, reinigenden Prozeß, den der Körper für seine Selbstregulierung braucht. Die Lösung des Herzens besteht darin, härter zu arbeiten. Irgendwann wird die Anstrengung zu groß. Bei Papa hatte sich der normale Herzkreislauf von vierundsiebzig Umläufen pro Minute verdoppelt. Sein Blut, dünn und wild, stürzte mit Wasserfallgeschwindigkeit durch seinen Körper. Die Ventile des Herzens und der großen Gefäße öffnen und schließen sich entsprechend dem Druck, der in den Herzkammern herrscht. Papa hätte explodieren müssen. Sein Herz arbeitete zu hart, aber aus Gründen, die den üblichen gerade entgegengesetzt waren. Papas System aktivierte unmenschliche Kapazitäten. Sein Blutdruck, die Kraft, die vom Blut auf die Gefäßwände ausgeübt wird, zwischen denen es fließt, war so hoch, daß wir sehen konnten, wie das Blut durch Arterien und Adern toste und Papa hin und her riß.

Man kann den Puls als wellenförmiges Anschwellen der Adern beschreiben. Ausgelöst wird es durch die Kontraktion der linken Herzkammer, die etwa 90 Milliliter Blut in die bereits volle Aorta pumpt. Wenn ich die Finger auf Papas Handgelenk legte, um seinen Puls zu messen, fühlte es sich an, als hämmerte jemand gegen meine Hand. So heftig war dieser Pulsschlag, daß ich meinen Daumen benutzen mußte, um zu verhindern, daß meine Finger vom Gelenk wegsprangen.

»Der Nibelung«, sagte Mama und dachte an Wagners Zwerge, die im *Ring* unter der Erdoberfläche hämmern.

Ich begleitete Papa hinauf in sein Zimmer der Schals und Kapseln und kostbaren Steine, und er erzählte mir, er habe Experimente angestellt, um die Drehzahl seines Körpers zu erhöhen. Er wollte die Illusion der Materie transzendieren. In den zwanziger und dreißiger Jahren, bevor er aus Österreich geflohen war, hatte Papa mit vielen Wissenschaftlern korrespondiert, die mit Hilfe der Quantentheorie verstehen wollten, wie die Welt in Wirklichkeit aussah. Er hatte Werner Heisenberg nahegestanden, dessen eigentümliche Vorstellungen von der gleichzeitigen Abwesenheit und Anwesenheit der Materie Papa zu eigenen Forschungen angeregt hatten. In den Paradoxien der Kabbala fand er die Paradoxien der neuen Physik wieder. Als Heisenberg ihm sagte, daß jedes Objekt als Punkt (endlich, begrenzt, spezifisch) und als Wellenfunktion (unendlich, doch in unterschiedlicher Konzentration sich ausbreitend) verstanden werden kann, wollte Papa herausfinden, ob er sich seiner eigenen Wellenfunktion entsprechend bewegen konnte oder nicht, und zwar während er in seinem Körper lebte. Wenn grobe Materie auf ihre Atome reduziert werden kann und das Atom selbst unendlichen Teilungen unterworfen ist, dann ist die Wirklichkeit der Materie nur ein Begriff. Die Kabbala will das Individuum aus einer begrifflichen Ordnung befreien, die immer nur vorläufig ist. Konnte Papa sich selbst durch sich selbst entkommen? Konnte er seine eigene Pforte sein?

Und so begannen die Jahre des Gemurmels und des Gesangs, der Gebete und der Meditation, der Edelsteine und der staubigen Bücher, der Kochtöpfe von Mama und der nächtelangen Diskussionen. Wo besser als in New York, Stadt der Erfindungen und Neuerfindungen, der Immigrantenautobiographie, die sich als Fiktion neu schreibt? Der Fiktionen, die die dünnen Wände der Realität durchdringen und eine andere Art Wahrheit annehmen. New York, das vollendete Paradoxon. Stabil und labil, heruntergekommen und triumphal. Eine Scheherazade von einer Stadt, voll erzählter und zu erzählender Geschichten, eine Stadt aus Beton und Glas, die von ihren Träumen lebt.

Der Arzt hatte Papa gesagt, er würde bald sterben. Nach allen geltenden Maßstäben war er schon tot. Sein Körper wirtschaftete zügellos. Zu aufgeblasen, um das Leben halten zu können, war er nach allen Voraussagen und Indikatoren tot. Den einzigen Einwand gegen diese Analyse bildete Papa selbst.

Während wir über den von Schnee erfüllten Winter meiner Geburt redeten, über seine Studien, über Mama, begriff ich, daß er sich von mir verabschiedete. Ich war ein Kind, ich wußte nicht, wie ich ihn aufhalten, wie ich mit ihm reden sollte. Ich war genauso hilflos wie damals, als Mama mich zur Tarnung zum Rendezvous mit ihrem Geliebten mitnahm. Die Welt der Erwachsenen war mir fremd. Ich war kein Teil von ihr.

Dann schickte er mich nach Hause, fort aus der Buchhandlung und zurück in unsere Wohnung. Mama war ärgerlich, weil ich zu spät zum Essen kam und sie ausgehen wollte.

Die ganze Nacht hindurch quälten mich Bilder, Fragmente von Bildern, und ich schien bei Papa zu sein und ihn auf seinen nächtlichen Streifzügen zu begleiten. Wir waren allein, und die Stadt war rot.

Am Morgen, als Mama in die Buchhandlung ging, fand sie Papa vollständig ausgeblutet in der verzinkten Badewanne, die in seinem Zimmer stand. Er war so blaß wie eine Gipsbüste, sein zerschlagener Körper weiß vor Stille. Er hatte gelesen, während sein Leben, wie wir es kannten, aus ihm herausströmte. Mama hob das Buch auf. Es war die neue Gedichtsammlung einer Lyrikerin, die er bewundert hatte: Muriel Rukeyser, *Der erwachende Körper*, von 1958. Ich sah auf die aufgeschlagene Seite.

DER BERG DES KÖNIGS

In allen Städten dieses Jahres
sehnte ich mich nach der anderen Stadt.

In allen Zimmern dieses Jahres
betrat ich nur ein rotes Zimmer.

In allen Zukünften, die vor mir lagen,
sah ich eine, die ich kaum benennen kann.

Doch die Straße, auf der wir fahren,
führt von hier in ein anderes Land.

Ich sah weiße Anfänge,
ein stilles Meer ohne Glanz oder Hast,
ein unruhiges Land im müden Tanz.

Dies ist Nebelland. Milch. Land der Zeit.

Ich sehe deine gequälte Farbe, die Front deines Sturms,
sie bricht sich unter grenzenlosen Profilen.

Die Form der Wellen in der Kreuzsee,
sie wandern, eine neblige Fläche über nebligem Grund.
See-Hügel, langsam fließend. Farbe. Sturzpunkt der Luft.

In allen Bedeutungen dieses Jahres
wird die farnige Bedeutung enthalten sein.

Sie erhebt sich neigend und grün, strömt durch Sternengeflecht;
wenn das letzte Kliff, von Wellen untergrabenes Silber,
die Grenzen unserer Liebe vergessen hat,
lösen die Ströme und Höhlen sich auf, und die Säulen
der Länder lösen sich in die Zukunft, in eine neue Form.

Und Mama weinte, heftig und traurig, den Rücken an die blutschwere Wanne gelehnt, Papas Hand in ihrer. Das war er, ihr dunkler, vom Feuer berührter Mann, und sie hatte ihn geliebt, sie erinnerte sich, daß sie ihn geliebt hatte, und die Liebe war so stark wie ihre Erinnerung daran, war in ihren Adern und in seinen. Ein Teil von ihnen, den das Leben genommen hatte, kehrte im Tod zurück. Die gequälte Farbe war verschwunden, und die Grenzen ihrer Liebe. Sie erinnerte sich, daß sie ihn geliebt hatte und daß ein Teil von ihr selbst erlöst war.

*

Jove und ich lagen auf den Decksplanken und hörten uns das Ende der Oper an. Don Giovanni, der reuelos in die Hölle hinabgezerrt wird. Bewundern oder verabscheuen wir ihn? Lügner, Betrüger, Mörder, Verführer. Soweit ich wußte, hatte Jove noch nie jemanden umgebracht.

ICH: Jove, Alice lebt doch noch, oder?

ER: So wie du und ich, bloß mit besseren Chancen.

ICH: Du hast sie doch nicht umgebracht, oder?

ER: Warum sollte ich sie umbringen?

ICH: Um sie zu bestrafen. Um mich zu bestrafen. Um dich selbst zu bestrafen.

ER: Ich glaube nicht an Strafen.

ICH: Natürlich tust du das. Du bist Katholik.

ER: Ein abgefallener.

ICH: Gestern nacht hattest du aber einen plötzlichen Glaubensanfall.

ER: Ich wollte mit reinem Gewissen sterben.

ICH: Der Brief war deine Beichte?

ER: Meine einzige Beichte.

ICH: Und all die anderen Frauen?

ER: Was glaubst du, weshalb ich das mache?

ICH: Weil du zwanghaft, neurotisch, infantil und egoistisch bist.

ER: Weil ich allein bin.

ICH: Du bist mit mir verheiratet.

Er rollte sich herum und setzte sich auf. Er sah alt und geschlagen aus.

ER: Ich will auch weiter mit dir verheiratet sein.

ICH: Es ist zu spät.

ER: Wirklich? Wenn wir nicht miteinander leben können, können wir wenigstens miteinander sterben.

ICH: War das der Plan?

ER: Nein. Nein. Ein Witz.

ICH: Ein Mann mit Galgenhumor.

Er griff nach den Kopfhörern und fing wieder an, am Funkgerät herumzutüfteln. Ich ging unter Deck, um aufzuräumen und nachzusehen, wieviel wir noch zu essen hatten. Die Maschine und das Ruder waren im Sturm beschädigt worden. Wir hatten zwar ein Segel, aber wir wußten beide nicht, wie man es hissen, und erst recht nicht, wie man es in den Wind stellen mußte. Wir trieben einfach dahin, und unsere einzige Hoffnung war, daß wir von jemandem gesichtet wurden. Wir hatten genug Essen für etwa vier Tage und genug Wasser für eine Woche, wenn wir aufhörten, uns zu waschen. Und dann? Ich wollte an dieses Dann nicht denken.

Ich holte mir Papier und begann, an Alice zu schreiben. Ich hatte das seltsame Gefühl, daß, wenn ich nicht an eine Leiche schrieb, eine Leiche an Alice schrieb. Wer von uns war am Leben?

»Meine liebe Alice, ich weiß nicht, ob oder wann Du diesen

Brief bekommen wirst ...« Über mir konnte ich hören, wie Jove die gleichgültigen Armaturen verfluchte. Wenn wir offiziell tot waren, spielte es dann noch eine Rolle, daß wir selbst uns für lebendig hielten? Bei wem konnten wir gegen diese plötzliche Neubestimmung protestieren? Wann würden wir anfangen, sie zu akzeptieren? Jove und Stella. Amtlich gestorben.

»Wirst du verstehen? Ich bin mir nicht sicher, ob ich es selbst verstehe. Gib mir Deine Hand. Leg sie auf meine Lippen. Ich küsse Dich. Zunge, Zähne, Sprache. Meine Worte bilden Blasen unter Deinen Fingern. Wasser und Luft. Hoffnung. Ich will Dir sagen ... ich tauche nach Worten, bringe sie in glitzernden Netzen zurück, die über unsere Füße ausgeleert werden, während wir staunend am Meer stehen. Ich will Dir sagen, wie... dies sind die Worte, die für Dich aufgespießt, für Dich geschmeckt, eins nach dem anderen an Dich verfüttert wurden. Worte, die eingesalzen werden, wenn sie nicht frisch zu finden sind. Worte, die frisch gehalten werden, wenn sie nicht sauber zu finden sind. Die Worte liegen tief, tief unten, wo die Blutgefäße platzen, dieses schwere Summen im Kopf. Ich will die Worte finden, die knapp außerhalb der Reichweite liegen, jenseits meiner Hand: die Koralle, die Perle, den Fisch.

Bin ich eine Perlenfischerin? Die aus der stummen Muschel Beredsamkeit löst? Nimm das, löse es in Wein auf, trink es und sprich zu mir. Löst es Deine Zunge? Was für wundervolle Dinge wir sagen würden, wenn wir nur könnten. Was ist mit den Geschichten, die noch erzählt werden müssen? In Deinen Augen liegen Tausendundeine Nacht. Wenn wir in der Wüste sind, sprich das Wadi. Wenn wir im Erdbeben sind, dann sprich den Felsen. Leg die Hand auf meine Lippen. Küß mich. Zunge, Zähne, Worte. Schöpf die Worte und wasch dich darin. Wenn wir im Wasser sind, sprich salzige Tränen.

Ich will Dir sagen, wie sehr ... unsere ungehinderte Ausdehnung, ein Ausbreiten von Seevogelschwingen an Steuerbord. Sterne in Deinen Augen, Deine Unendlichkeit, die Galaxie meines Mädchens, das ich erkunde. Das Viele von Dir war mehr, als ich zu hoffen wagte. Ein Schatz ist Stoff für Legenden. Gold in Deiner Mine. Mein eigenes Gold. Ich dachte, Du wärst ein juwelengeschmückter Vogel von der Art, wie die byzantinischen Herrscher sie hielten. Selten, fabelhaft, etwas Erzähltes, aber nie Gesehenes. Gibt es Worte für ein Gefieder wie Deines? Überraschend wie Flügel war diese Liebe. Wir entkamen der Schwerkraft. Wenn ich zu nah an die Sonne flog, verzeih mir. Das Wasser fordert am Ende, was ihm gehört. Du warst es, die die Theorie des Fliegens verstand. Du warst es, die mich die Aerodynamik des Risikos lehrte. Ich hätte Dir vertrauen sollen. Es war mein Fehler, Alice. Nicht mein Schmerz, gesprochen, aber nichts gesagt zu haben. Nicht mein Schmerz der Worte, die im Hals splittern. Nenne jeden Fleck von mir beim Namen. Buchstabiere mich. Ich spreche Deinen Namen wie eine Zauberformel und hinterlasse meine letzten Worte hier für Dich. Ich will Dir sagen, wie sehr ich Dich liebe. Dich.«

Ich steckte den Brief in einen leeren Treibstoffkanister und tat ihn zu meinen Kleidern. Ich schrieb ihren Namen mit Kohle auf das Blech. Es gab nichts, was ich noch hätte tun können. Mit trockenem Herzen fing ich an, Spaghetti zu kochen. Essen schmeckt besser auf …

Als Jove und ich frisch verheiratet waren, lebten wir über der Trattoria und liebten uns im Rhythmus der gurgelnden und schlürfenden Espressomaschine und des sirrenden Schinkenschneiders. Unser Bett bestand aus einem Brett, das auf sechs riesigen Olivenölfässern balancierte, und der Raum dazwischen war vollgestopft mit Kartons von Signora Rossettis Pasta, die auf den Verkauf wartete. Manchmal kamen sie oder einer der Jungen die schiefe Treppe hochgerannt und schrien »*Pasta pronto*«, und ob wir schliefen oder wach waren, im Bett oder nicht, die Tagliatelle und die Linguine mußten unter unserer bebenden Matratze hervorgezerrt und über die Feuerrutsche auf den Lastwagen geworfen werden, der unten wartete.

Wenigstens brauchte ich nie zu kochen. Die Mahlzeiten wurden zusammen mit dem Rest der Großfamilie eingenommen, achtzehn im ganzen, plus zwei Priester, alle saßen um einen langen Tisch hinter dem Lokal. Jove hatte überhaupt kein Geld. Er hatte keine Arbeit, und seine Ersparnisse waren an seine geschiedene Frau und sein Kind gegangen. Ich finanzierte uns mit Deutschunterricht für Geschäftsleute und Nachhilfe in englischer Literatur für Schüler, die kaum wußten, wie man ein Buch richtig herum hielt. Abends arbeiteten wir beide in der Trattoria. Signora Rossetti hatte hitzige Auseinandersetzungen mit ihrem schwierigen Sohn, weil er die Tafel in der Küche benutzte, um seine Gleichungen daraufzuschreiben. Die Köchin, die nach den Nummern der bestellten Gerichte suchte, fand sie vermischt mit anderen Zahlen, die ihr zu verstehen gaben, daß sie Sardinen auf Spiegelei mit einer Sauce aus Erdbeermilch servieren sollte.

Zuletzt war es Papas staubigem altem Anwalt gelungen, die Formalitäten der Erbschaft zu erledigen, die mir mit der Volljährigkeit zustand, und obwohl es keine Reichtümer waren, war es doch genug, um uns eine eigene Wohnung leisten zu können und uns von den Spaghetti-Schachteln zu befreien.

Jove fand eine Stelle an der Universität. Ich hatte Zeit für meine Gedichte. Wir waren glücklich. Ich hatte keine Ahnung, daß er damals schon eine andere hatte. Später sagte er, es habe daran gelegen, daß ich den ganzen Tag zur Arbeit weggewesen sei. Noch später sagte Signora Rossetti, sie sei froh, die Mutter und nicht die Frau ihres Sohnes zu sein. »Er wird sich ändern«, sagte ich.

Als der Sturm das Boot schüttelte und ich von einer fallenden Paraffinlampe vorübergehend bewußtlos geschlagen wurde, kam ich in der Erwartung des Todes wieder zu mir. Das Boot würde jeden Augenblick leckschlagen, und ich würde ertrinken. Seltsamerweise war ich ganz ruhig. Es gab keine Möglichkeit der Kontrolle, der Aufopferung oder des heldenhaften Verhaltens. Ich war wieder ein Kind, größeren Kräften ausgeliefert. Ich klammerte mich an meine Koje, wie Jove sich an den Herd klammerte, und ließ mich auf der Brandung der Erinnerungen und der Erkenntnisse treiben, die an die Stelle des Denkens getreten waren. Ich sprach nicht mit ihm und hörte ihm auch nicht zu, obwohl er die ganze Zeit redete. Bis er Alices Namen nannte. Da war ich plötzlich wieder in meinem Körper, außerhalb des Todes, haßte ihn und wollte leben, damit ich ihn bestrafen konnte für das, was er getan hatte.

Nach vielen Stunden teilte sich der Sturm in zwei Hälften, raste nach Westen und Osten davon und ließ uns in der Lücke dazwischen zurück, auf sich langsam beruhigendem Wasser. Meine Arme waren starr vor Schmerzen. Als ich versuchte, die Koje loszulassen, konnte ich es nicht. Jove mußte meine Finger einzeln lösen und mir helfen, mich aufzusetzen, die Arme immer noch vor mir ausgestreckt wie eine Schlafwandlerin.

Als wir uns an die Atempause gewöhnten, uns wieder als warm und fest und atmend wahrnahmen, hörten wir die Funkmeldung. Offenbar waren Tage vergangen, zwischen Tod und Leben, den Klauen des Sturms. Die Ironie unseres Überlebens war, daß wir offiziell tot waren.

»Nicht ganz«, sagte Jove. »In ›vermutlich‹ stecken noch eine ganze Menge Möglichkeiten. Sie werden Hubschrauber losschicken, sobald die Wolken sich verzogen haben.«

»Nicht rot noch taub, wie Gottes Haupt,
erhob die Sonne sich.«

Ich hatte Coleridges *Der alte Seefahrer* auswendig gelernt, als Mama und ich auf dem Schiff zurück nach Hamburg waren. Ich hatte gedacht, es wäre Papa, der uns folgte wie der Albatros, jener freundliche Vogel, der Gutes verheißt und von dem rohen Seemann mit der Armbrust erschossen wird. Ich hatte Mama die Schuld an seinem Tod gegeben. Erst später verstand ich etwas mehr von ihrer schwierigen Liebe. An Bord des Schiffes war ich über die Decks gewandert und hatte Ausschau nach Papa gehalten, wie er es mir aufgetragen hatte.

Die Wolken lösten sich auf. Die Sonne kam zum Vorschein, hell, wie frisch gewaschen. Heute oder morgen würden wir gefunden werden.

Rette mich. Ich lehnte mich an den Mast, um den das Segel so straff gerollt war wie der Regenschirm eines Bankiers. Das Warten auf Rettung scheint der allgemeinste menschliche Zustand zu sein. Wirst du es sein? Wird es heute sein? Wird die Welt sich in leuchtenden Farben öffnen, geisterblau, anilinblau, in sattem Indigo oder im Ton eines unbewölkten Himmels? Sag, daß es so sein wird. Jeder ist die größte Angst des anderen. Jeder ist die einzige Hoffnung des anderen. Ich strecke die Hand aus und ziehe sie gleichzeitig zurück. Wie stehen meine Chancen, richtig zu wählen? Wir umwerben einander in raffinierten Masken und Ballkleidern. Ich kleide mich in Konversation, Geld, geistreichen Witz. Was immer dich gewinnen wird, das werde ich. Ich verkleide mich als deine Retterin, damit du mein wirst.
Unabhängig? So sagt man, aber zwei rudern schneller als einer, und ich wollte weg. Du auch. Jove, Alice. Du kannst jeden der

beiden Namen einsetzen. Immer Flucht. Ein neuer Anfang. Aus unserer Kleinlichkeit gerettet. Aus meinem ungeformten Leben.

Vielleicht kommt Jove besser mit der Wahrheit zurecht als ich. Damit, daß es keine Rettung gibt. Keine geben wird. Daß es nur Bootsfahrten aufs Meer hinaus gibt, denen eine unvermeidliche Rückkehr oder ein unvermeidlicher Untergang folgt. Er sagt, daß er allein ist. Er glaubt nicht, daß er gerettet werden wird. Er spielt dieses Spiel wie ein Süchtiger, rechnet aber nicht damit, daß er gewinnen wird. Er sagt, seine Lügen sind die einzig mögliche Ehrlichkeit. Ich könnte das respektieren, wenn er mich nicht geheiratet hätte.

»Ich mußte es versuchen«, sagte er. »Ich möchte es jetzt versuchen.«

An seiner Verzweiflung erkenne ich, daß er nicht wirklich glaubt, daß uns jemand finden wird. Mein Schweigen stößt ihn ab und fasziniert ihn. Er verbringt seine ganze Zeit damit, am Funkgerät herumzubasteln oder zu angeln oder an einem provisorischen Ruder zu zimmern. Dann läßt er sich aufs Deck fallen und möchte einen Kaffee, und ich serviere immer kleinere Tassen.

»Es liegt an meinem Kopf«, sagte ich ihm als Erklärung. Als ich von der fallenden Lampe getroffen wurde, hat sie, glaube ich, meine Gehörknöchelchen verletzt. Ich verliere leicht das Gleichgewicht und höre Stimmen. Er hat Angst, daß ich verrückt bin, aber ich bin nicht verrückt. Ich wurde verletzt, und er ist der Verletzer. Ich wurde beschädigt, und er hat mich beschädigt. Es ist für ihn leichter, mich für verrückt zu halten.

Ihm Vorwürfe machen? Nein, ich mache ihm keine Vorwürfe. Ich bin aus freiem Willen hier. All die Jahre des Betrugs waren mein eigener freier Wille. Was immer das ist.

Es ist Abend, und der Himmel verdunkelt sich zu bleiernem

Blau. Es ist Morgen, und er beginnt mit dem Blau von Magermilch. Die zähe Membran, die mich vor zuviel Wahrnehmung schützt, löst sich allmählich auf. Man muß ein wenig abgestumpft, ein wenig benebelt durchs Leben gehen, wie sonst sollte man auch nur einen Tag überstehen? Das Grauen und die Herrlichkeit würden mich überwältigen. Papa sprach oft über die Geschichte vom brennenden Dornbusch, in der Gott Moses als tosendes Feuer erscheint. Moses bittet darum, Gottes Angesicht zu sehen, und Gott sagt, wenn er ihn sähe, und sei es auch nur teilweise, und sei es auch nur für eine Sekunde, würde der Anblick ihn durch seine Schönheit und seine Macht töten. »Denn kein Mensch wird leben, der mich sieht.« Für Papa war dies das zentrale Paradoxon seiner Religion, denn es gibt kein Leben ohne Gott, und doch bedeutet eine Annäherung an Gott den Tod. Papa wollte die Tore der Wahrnehmung weiter machen. So viel sehen, wie innerhalb der Grenzen des Bewußtseins möglich war. Wie alle Mystiker benutzte er Fasten und körperliche Entbehrungen, um seinen Geist zu erweitern, indem er sein sterbliches Ich geißelte. Manche würden vielleicht sagen, daß seine Visionen und Ekstasen nichts weiter als krankhafte physiologische Effekte waren. Ich weiß es nicht, aber ich weiß, daß auch ich gelegentlich durch seine Reinheit hindurchsehen und die Freudenschauer des Universums sehen konnte. Ich sehe auch jetzt etwas davon, da meine Mauern gefallen sind, meine Abwehr durchbrochen ist. Wenn ich mich retten wollte, hätte ich Angst, aber mich retten zu wollen ist Teil der Vergangenheit. Wenn dies meine letzten Tage sind, sehe ich das Grauen und die Herrlichkeit lieber so, wie sie sind.

»Ich habe Angst«, sagte Jove in der Nacht.

Wir befanden uns in der bizarren Situation, das Land sehen, es aber nicht erreichen zu können. Ohne Ruder oder Maschine konnten wir nicht steuern, und wenn die Strömung uns so nah

ans Land heranbrachte, daß wir die vollständigen Umrisse einer Reihe von Buchten und Einschnitten erkennen konnten, trug sie uns ein paar Stunden später wieder zurück in unsere wäßrige Unschärfe.
Die Anspannung dieser küstennahen Existenz machte Jove zu schaffen. Er schlug vor, wir sollten schwimmen. Aber was, wenn das Land wüst und öde war und wir weder Nahrung noch Wasser fanden? Er schlug vor, das Segel zu benutzen. Aber was, wenn der Wind uns hinausdrückte?

ICH: Ich kann nicht so weit schwimmen.
ER: Dann mach ich's allein. Ich hol Hilfe.
ICH: Gut. Versuchs.

Dann tat er es doch nicht, zögerte an der Seite des Boots, versuchte, am Winkel des Mastschattens die Entfernung zur Küste zu berechnen.

ER: Irgendwer wird uns schon sehen.

Niemand sah uns. Es war, als wären wir über den Rand der Welt in ein Science-fiction-Meer gesegelt. Wir sahen keine anderen Boote, keine Flugzeuge, nicht die kleinste Bewegung auf den grausamen Klippen. Am Anfang unserer Fahrt waren wir an Fischerdörfern vorbeigetuckert, die vor Essen und Wein überflossen. Jetzt hatte der Sturm uns in eine Meereswüste geschleudert.
»Wie können wir nirgends sein?« sagte Jove. »Es gibt kein nirgends mehr.«
»Vielleicht sind wir durch eines deiner Wurmlöcher gesegelt und in einem parallelen Universum herausgekommen. In diesem Universum, das mit unserem identisch ist, gibt es keine Menschen.«

Er fuhr wütend herum. »Schwachsinn! Die Wahrscheinlichkeit liegt jenseits jeder Berechnung. Ein Quantensprung dieser Größenordnung ist praktisch unmöglich.«
»Praktisch?«

ER: Wir sind auf dem Meer, in Italien, in der Welt, im Hier und Jetzt, wir sind beide am Leben, und wir werden gerettet werden.

Er versetzte dem Funkgerät einen Tritt. Der Drehschalter fiel ab.
»Na und?« sagte Jove. »Das Ding war sowieso hinüber.«

Wir hatten unsere tägliche Wasserration halbiert. Wir waren von Sonne und Wind verbrannt, vom Salz aufgequollen, ausgetrocknet. Wir hielten abwechselnd auf Deck Wache. Ich an den Mast gelehnt, Jove entschlossen im Schneidersitz, so hoch wie möglich auf dem Dach der Kabine. Wir fingen beide an, uns Sachen einzubilden.

ICH: Wenn das ein Film wäre, müßten wir am Schluß gerettet werden.
ER: Es ist aber kein Film.
ICH: Nein.

Und zurück zu den schwierigen Zeiten des Schweigens.

ICH: Jove, wenn ich sterbe und du überlebst, würdest du dann etwas für mich tun?
ER: Was?
ICH: Ich habe einen Diamanten unten am Rückgrat. Er gehört dem Juden, den du im Hafen gesehen hast.
ER: Welchem Juden?

ICH: Dem Aschkenasi im langen Mantel.
ER: Du meinst den Mann in Schwarz?
ICH: Wenn ich sterbe, mußt du den Diamanten herausschneiden und ihm geben.
ER: Stella …

Er verstummte. Er sah mich mit dieser Leg-dich-hin-und-schlaf-Liebling-Nachsicht an, die er wie ein Fallgatter vor seiner Zunge benutzte. Jove hält mich für verrückt. Macht mich das verrückt? Die Behörden haben mich für tot erklärt. Macht mich das tot? Wo ist der Archimedische Punkt? Innen? Außen? Was ist die richtige Perspektive auf meine Existenz?

ER: Hilfst du mir angeln?

Ich nickte und ergriff die Leine wie ein Gartenzwerg. Ich scheine unter einer Art Apraxie zu leiden: der Unfähigkeit, gewollte, zweckgerichtete Bewegungen auszuführen. Wie Papa sitze ich und starre auf sichtbare und nicht sichtbare Welten.
Die goldene Scheibe der Sonne und die Wellenkurve. Sonne, die wie eine Kreissäge die blauen Laken des Meeres durchschneidet. Das sonnenzersägte Meer trägt das Boot. Das heitere Boot mit seiner zerlumpten Mannschaft.
Fliegende Fische eskortieren uns, schreiende Vögel sehen von oben zu. Nachts bildet unser weißes Deck im schwarzen Raum eine Landeplattform für den Mond. Mondlicht in den Bullaugen und Streifen auf unseren Kojen. Wir liegen darunter, die Augen wie Krater, monderfüllt.
La Lune. Karte XVIII des Tarot. Ein geheimnisvolles Licht über einer Wüstenlandschaft, zwei Hunde heulen zum Himmel. Davor reckt ein Krebs, uralt, bewaffnet, seine Scheren aus einem blauen Tümpel.

»Wir sind verloren, Jove.«

»Noch nicht. Sag es noch nicht.«

ER: Erinnerst du dich an den ersten Mann auf dem Mond?

ICH: Wir waren in Vermont.

ER: Keine Uhr, nur die Eiche, die sich über den Abend breitete.

ICH: Diese Eiche muß zweihundert Jahre alt gewesen sein.

ER: Du sagtest: »Sie wird noch mal zweihundert Jahre leben. Warum sollten wir uns beeilen?«

ICH: Seit der Unabhängigkeitserklärung hatten wir uns auf dem nackten Erdboden geliebt.

ER: Kriege und Weltreiche und der Untergang von Weltreichen hatten uns nicht gestört.

ICH: Es war, als hätten wir uns immer geliebt und würden uns immer lieben.

ER: Wir drehten uns um, um uns den Astronauten anzusehen, der in seinem idiotischen Anzug schwerfällig herumstapfte und Steine für die NASA aufsammelte.

ICH: Es war ein historischer Moment.

ER: Du warst nackt, und die Nacht war kühl.

ICH: Es war ein weiter Flug für ein paar Steine.

Wir lagen in unseren getrennten Kojen, seine Hand über den Rand nach mir ausgestreckt, sein vertrauter Arm, fest wie ein Anker. Seine Stimme ein Hafen.

ER: Die Geschichte riecht nicht.

ICH: Sehnen wir uns deshalb so danach?

ER: Einatmen, ausatmen. Die Vergangenheit stinkt nicht so wie die Gegenwart.

ICH: Waren wir glücklicher, oder tun wir nur so?

ER: Wir tun nur so.

ICH: Du hast gesagt, daß du meinen Geruch liebst.

ER: Die verborgene Welt der Pheromone.

ICH: Dieser Achselhöhlenverführer.

ER: Dieser Couch-Don-Juan.

ICH: Deine Mutter hatte Trüffeln aus den Wäldern vor Rom. Sie rochen nach Erde und Wurzeln und Schweiß.

ER: Sie haben jetzt Maschinen zum Trüffelsuchen.

ICH: Ein Schwein ist Schweinefleisch.

ER: Sie haben jetzt Maschinen zum Paaren von Paaren.

ICH: Liebe ist Geld.

ER: Ich weiß nicht, was Liebe ist.

ICH: Du hast nie lange genug gewartet, um es herauszufinden.

ER: Geduld gehört nicht zu meinen Lastern.

ICH: Nicht alle Experimente zeitigen ihr Ergebnis in einer einzigen Nacht.

ER: Wieso bringst du Liebe und Sex ständig durcheinander?

ICH: Wieso trennst du sie ständig?

ER: Sollen wir unsere letzten Stunden mit Streiten zubringen?

ICH: Ja.

Er lachte, schwang sich von der Koje und kniete sich neben mich. Im Mondlicht hätte ich ihn leicht für einen Ritter in schimmernder Rüstung halten können. Sein T-Shirt war neonbeleuchtet. Er hatte sich einen Bart wachsen lassen, oder, um ehrlich zu sein, auf seinem Gesicht war ein Bart gewachsen. Seine Augen und Zähne wirkten wölfisch. Er war ein Sinnbild für Sicherheit und Bedrohung, wie Ritter in schimmernder Rüstung es sind. Das Drama der Rettung verbirgt seine Implikationen.

ER: Wir haben nichts zu essen.

ICH: Nein.

ER: Möchtest du mich essen?

ICH: Was?

ER: Ich bin sicher, daß an mir bestimmte Teile sind, die du ohne weiteres abschneiden würdest.

ICH: Laß das.

ER: Nein, im Ernst, wir haben die Wahl. Mit beiden Beinen sterben oder mit einem überleben? Wieviel von mir könnten wir essen und mich doch noch als lebendig bezeichnen? Arme. Beine. Ein paar Scheiben Rumpf. Dein Großvater war Metzger. Probier mich.

Er griff nach dem gebogenen Filetiermesser, gab es mir und reckte den Hintern in die Luft. Sein Anblick im Mondlicht brachte mich zum Lachen, erst leise, dann, als der Schmerz in meinem Kopf immer stärker wurde, lauter und rauher. Auch er fing an zu lachen, wie zwei Schakale heulten wir geduckt den Mond an.
Das Boot lag still, bewegte sich kaum. Gemeinsam stolperten wir halb fallend, halb kletternd die Treppe zum Deck hoch. Er packte mich und steckte sofort seinen Schwanz rein, seine salzige Schwellung dreckig in meinen Dreck. Ich war trocken und wund, ungewaschen, eng. Ich hatte einen nässenden Ausschlag an der Innenseite meiner Oberschenkel.
Ich klammerte mich an ihn, klammerte mich an die Jahre dazwischen, die Jahre, die in seinen Rücken eingekerbt waren, sein Rückgrat, vierundzwanzig einzelne, bewegliche, ungleichmäßige Knochen, die Jahre unseres gemeinsamen Lebens.
Als sein Stoßen aufhörte, lagen wir beide still. Er legte den Kopf in die Beuge meiner Schulter, und ich spürte, daß er weinte. Nicht das salzige Meer, sondern diese wenigen Tränen brachten zum Kentern, was uns an Hoffnung noch geblieben war. Ich

dachte an Alices Hände, ihre langen, schmalen Finger, wie Adern eines Blatts. Ich dachte an die Blätter, die auf meinen Rücken gefallen waren, als ich ihn in Vermont geliebt hatte. Oder war das Alice gewesen? Oder war es doch Jove gewesen?
Fragmente aus farbigem Glas, die fächerförmig ausstrahlen, ein Erzittern des Gefühls, das durch mein Bewußtsein geht, das seine Schwimmweste verloren hat. Das beruhigende, auftriebgebende, gepolsterte Ding, das mich über Wasser hielt und abschirmte, ist mir weggerissen worden. Ich bin jetzt entblößt, und meine unterscheidenden Verstandesfunktionen sind nutzlose Werkzeuge in dieser See ohne festen Punkt. Wo ist der Anfang? Wo ist das Ende? Wo ist der Horizont? Wo ist das Land? Der Mond schwingt auf mich herab wie ein Haken. Das Boot ist eine Klinge, eine Schneide des Bewußtseins auf der bewußtlosen See. Was immer es ist, es ist tiefer. Was immer es ist, es ist unauslotbar. Der Punkt, der ich bin, das bestimmte, in der Zeit gebundene Ding, fängt an auseinanderzubrechen. Ich zerstreue mich durch meine bekannte Vergangenheit und meine unbekannte Zukunft. Die Gegenwart hat keine Bedeutung.
Lebt es? Lebt das alles? Ich weiß, daß andere Welten für mich verloren sind, so wie ich für andere Welten verloren bin. Ich weiß, daß das, was ich bin, diffus, gebrochen, fragmentarisch ist. Daß ich für das Licht bereits tot bin, mein kleiner Zeitkreislauf vollständig an seinen gekoppelt, an Seinen? Soll ich es Luzifer nennen, Herr der Lichtwellen? *Vite*, *Vite*, zu Gottes stetem Schritt?
In einen Körper gegossen, sehe ich meine lange Vergangenheit wie ein Fossil in Stein. Was war es, das sich mit solcher Entschiedenheit bewegte und zum Schluß in einem Basrelief versank? Der Farn ist erhalten, wird aber nicht mehr wachsen. Die Kreatur in ihrem zusammengerollten Zustand ist sicher und bleibt es auch. Welches Risiko? Und ohne Risiko, welche Bewegung? Ist es nicht besser, ich entlasse meine Knochen in diese

Wellen, als in einem steinernen Körper stillzuliegen. Er ist jetzt zu schwer für mich. Was wichtig ist, ist außerhalb von ihm. Ich kann meine Arme oder Beine nicht mehr so bewegen, wie ich will. Die geduldige Sicherung meines Schmerzes ist durchgebrannt. Mein Kopf ist ein Feuerwerk. Das Gefühl dafür, wer ich bin, wird gleichzeitig stärker und schwächer. Papa sagte: »Lerne, dich an dein wahres Gesicht zu erinnern.« Er sah nie in einen Spiegel. Ist das er, der auf mich zurudert, seine dunkle Gestalt aufrecht in einem vom Mond ausgeschöpften Boot?

Papa! Papa! Ja, er hat mich gesehen. Gleich wird er hier sein.

Alice. Meine Stimme gleitet in einer hellen Kurve über das Wasser, dahin, wo sie ist. Welche Entfernung? Welches Maß? Uns trennt nichts, außer dem Gedanken eines Augenblicks. Liebes Mädchen, es gibt so viel zu sagen. Entkorkte Worte plätschern über unsere Füße. Hast du meine Nachricht bekommen, hinausgeworfen aufs Meer, meine Nachricht an dich, daß wir ein einziges, klares Glück sind?

Wie einfach jetzt alles ist. Ich scheine über mich selbst zu fallen, bereit, aus dem Leib der Welt herauszudrängen. Meine Hände und Füße stemmen sich gegen seine warmen Wände.

In der Nacht, in der ich geboren wurde, war der Himmel von Sternen durchsetzt. Diamanten tief in der Erdkruste. Diamanten tief in der Sternenwand. Wie oben, so unten. Kohlenstoff vermittelte in meinem edelsteinstehlenden Körper. Wenn ein Baby geboren wird, ist die diamantförmige Fontanelle am Hinterkopf die letzte Naht, die sich schließt. Mit ihrem Widerstand gegen die Verknöcherung ist sie eine beredte Wunde. Was war, was sein wird, Sternenstaub, der wir sind. Sie trägt, allein und einzigartig, die Geschichte: diese verletzliche menschliche Zelle, aus dem Kosmos geschleudert.

RÄUBER DER MÜNZEN

Ich mußte es tun. Sie war tot. Sie war so gut wie tot, sonst hätte ich es nicht getan. Wenn ich es nicht getan hätte, wäre sie sowieso gestorben. Ich tat es, weil ich es tun mußte. Was hätte ich sonst tun können?

Nach dem Sturm fing sie an, über Kopfschmerzen und Schwindel zu klagen. Die unnatürliche Ruhe der See, unsere Isolation, schienen in ihrem Verhalten gebündelt und intensiviert. Während ich versuchte, alles zu tun, um uns zu retten, saß sie mit buddha-artiger Gelassenheit am Mast. Psychologen nennen so etwas *abaissement du niveau mental*. Es war, als hätte sie etwas überwältigt.

Was? In der Familiengeschichte meiner Frau haben Psychosen eine gewisse Kontinuität. Ihr Vater war ein Sonderling. Er schuf sich eine abgeschlossene Welt, ohne Bezug zur Realität, gefährlich losgelöst von den Wechselfällen des menschlichen Lebens. Als junger Mann frequentierte ich, wie jeder andere junge Mann auch, die Freudenhäuser rund um den Times Square. Die Mädchen waren sauber und billig. Es war eine Initiation. Meine Freunde und ich redeten über Politik, während wir auf unseren Einsatz warteten. Das war um die Mitte der fünfziger Jahre. Es hatte ziemliche Erschütterungen gegeben. Wenigstens fiel nächtliches Vögeln nicht unter unamerikanische Umtriebe.

Oft sah ich den Vater meiner Frau mitten in der Nacht den Times Square überqueren, eine Tasche unterm Arm wie ein Händler. Er führte Selbstgespräche, blieb manchmal ohne Grund wie angewurzelt stehen und achtete auf nichts und niemanden um sich herum. Oft schleppte er sein kleines Mädchen mit sich.

Er und die Mutter lebten in ihrer Wohnung in getrennten Zimmern. Die meiste Zeit aber verbrachte er in der Buchhandlung, mit der er seinen Lebensunterhalt verdiente. Selbst die Fenster schienen das Licht zu scheuen.

Die Mutter meiner Frau hatte eine Affäre mit einem Engländer, der geschickt worden war, um die Niederlassung einer Reederei zu leiten. Ich glaube, er hieß Pinkerton. Vielleicht aber auch nicht. Als er zu seiner richtigen Frau nach Hause zurückging, erlitt Uta einen Zusammenbruch. Kurz danach beging der Jude, der wilde Mann, ihr Ehemann, Ishmael, Selbstmord. Ich habe nie erfahren, wie. Oder vielleicht habe ich es vergessen.

Mutter und Kind gingen nach Berlin. Neun Jahre später, als Stella nach New York zurückkam, betrat sie mit einem Bowiemesser in der Hand unser Lokal. Ich mußte sie entwaffnen. Sie war zerbrechlich, sanft, hellwach in einer schlafenden Welt. Ich fühlte mich von ihrer Energie angezogen, ohne zu erkennen, daß es eine Art Verrücktheit war. Auch ihr Vater hatte mich schon angezogen. Manchmal war ich ihm die ganze Nacht gefolgt. Warum ich das tat?

Ich dachte, wenn Stella auf ganz normale Weise bei mir und meiner Familie lebte, würde sie das Gleichgewicht, das sie brauchte, zurückgewinnen. Schließlich war sie auf einem Schlitten geboren worden.

Wir alle haben Phantasien, Träume. Eine gesunde Gesellschaft kanalisiert diese Dinge in Sport, Heldenverehrung, harmlose Ehebrüche, Bergsteigen und Kino. Ungesunde Individuen verstehen ihre Träume und Phantasien als etwas Räumliches und Wirkliches. Eine alternative Welt. Sie wissen nicht, wie sie das zerstörerische Element in sich einer geregelten Ordnung anpassen sollen. Meine Frau glaubte, eine Art inneres Universum zu besitzen, das ebenso gültig und notwendig war wie ihre Alltagsexistenz in der Realität. Diese Unfähigkeit, Prioritäten zu setzen, diese Unfähigkeit, den Primat des Faktischen anzuerkennen, erklärte ihre zunehmend subjektiven Reaktionen. Sie weigerte sich, zwischen innen und außen klar zu unterscheiden. Sie hatte weder sich selbst noch sich selbst im Verhältnis zum Objekt richtig im Griff. Zuerst verwechselte ich diese Pathologie mit Weiblichkeit.

Ich mußte es tun. Sie war tot. Sie war so gut wie tot, sonst hätte ich es nicht getan. Wenn ich es nicht getan hätte, wäre sie sowieso gestorben. Ich tat es, weil ich es tun mußte. Was hätte ich sonst tun können?

Ich sympathisiere mit einer organischen Sicht der Natur; mit einer symbiotischen, partizipierenden Struktur, die in keinem Punkt Newtons Mechanik ähnelt. Jeden Tag stoße ich bei meiner Arbeit auf Überraschungen. Theorien, die eine Wahrheit suggerieren, aber mit den Fakten einfach nicht übereinstimmen, machen mich skeptisch. Die Physik kann Beweise nicht manipulieren, entweder ist sie eine ehrliche Wissenschaft oder gar keine. Nennen Sie es Alchimie, Astrologie, Löffelverbiegen, Wunschdenken – mit all dem gab meine Frau sich gerne ab, neben ihren mystischen Neigungen, die leider von einigen meiner Kollegen geteilt werden. Das Universum hat nichts Mystisches. Es gibt Dinge, die wir uns noch nicht erklären können. Das ist alles.

Materie ist Energie. Natürlich. Aber in jeder praktischen Hinsicht ist Materie Materie. Sie brauchen mir nicht unbesehen zu glauben. Rennen Sie mit dem Kopf gegen eine Backsteinmauer. Die variablen und multiplen Realitäten der Quantenphysik sind durchaus real, aber nicht auf der Ebene, auf der sich unser Leben abspielt. Ich befasse mich jeden Tag mit ihnen und muß, genau wie Sie, trotzdem meine Unterwäsche waschen. In einem parallelen Universum irgendwo ganz in unserer Nähe muß ich meine Unterwäsche vielleicht niemals waschen, aber bis dahin wird keine mystische Vereinigung mit dem Einen den Gestank überdecken.

SIE: Warum trittst du nicht dem Klub der Flachen Erde bei?
ER: Die Erde ist nicht flach.
SIE: In jeder praktischen Hinsicht ist sie es.
ER: Nicht für alle.
SIE: Für meine Zwecke ist eine einzige objektive Wirklichkeit nicht genug.
ER: Du mußt trotzdem deine Unterwäsche waschen.
SIE: Willst du nicht dem Klub der Flachköpfe beitreten?

Stella, hellwach in einer schlafenden Welt, wollte einfach nicht verstehen, daß man schlafende Hunde besser nicht weckt. Die Welt ist noch nicht bereit, geweckt zu werden. Die Welt schläft noch unter ihrer Decke aus Sternen. Ich berührte ihr Gesicht, ihre Augenlider flatterten, darunter, wo der Schmerz war, Tränen. Kein Weinen mehr. Kein Schmerz mehr. Ich würde zärtlich sein wie die Nacht, die deine und meine Blindheit verdeckt. Die Welt ist real, und sie hat uns weh getan. Zeichen, Schatten, Wunder, glaubst du immer noch daran, jetzt, wo deine multiple Welt sich zu dieser Backsteinmauer verhärtet hat?
Sie hatte sich den Kopf gestoßen. Sie hatte eine Gehirnerschütterung. Auf der endlosen See verirrt, wollte sie mich nicht schwimmen lassen, um Hilfe zu holen. Sie machte keinen Versuch zu angeln. Als kein Wasser mehr da war, überlebte ich, indem ich die Maschine anzapfte. Sie enthielt ein, zwei Liter ölige

Flüssigkeit. Gerade genug, um mich fast zu vergiften und um mir das Leben zu retten. Wenn sie nur stärker gewesen wäre. Nur ein paar Tage stärker.

Ich mußte es tun. Sie war tot. Sie war so gut wie tot, sonst hätte ich es nicht getan. Wenn ich es nicht getan hätte, wäre sie sowieso gestorben. Ich tat es, weil ich es tun mußte. Was hätte ich sonst tun können?

Sie hatte von dem Diamanten gesprochen. Am Anfang unserer Ehe hatte sie mir die Geschichte ihrer edelstein-verrückten Mutter erzählt, die ich auch glaube, weil Uta Schmuck über alles liebte. Ich glaube sogar an das Verschlucken und die Wiederbeschaffung der Steine, aber daß Stella einen kostbaren Stein in der Hüfte haben soll, kann ich nicht akzeptieren. Sie hat mir eine Röntgenaufnahme gezeigt, und tatsächlich ist darauf ein erbsenähnliches Ding zu sehen, aber mir sieht es mehr wie eine Schrotkugel aus; wie ein Treffer aus dem Luftgewehr eines schießwütigen Jungen. Ich habe mit zwei Ärzten über die Geschichte gesprochen, und beide haben mir bestätigt, daß es unmöglich ist. Ich habe nichts dagegen, wenn meine Frau Geschichten erzählt. Aber ich mache mir Sorgen, wenn sie nicht mehr zwischen Phantasie und Wirklichkeit unterscheiden kann. Vielleicht war es ein Fehler, ihr das von Alice zu schreiben. Das heißt, ihr so zu schreiben, als hätte Alice geschrieben. Die Affäre aufzudecken. Sie zu schockieren. Ich wollte sie wachrütteln.
Als sie das Spiel annahm, obwohl es für sie vermutlich kein Spiel war, war ich überrascht, aufgeregt. Ich wollte sehen, was als nächstes passieren würde.
Ein Dreier? Vielleicht. Ich wollte sie zusammen sehen, ich selbst als unsichtbarer Dritter. Ich beobachtete sie in der Bar, folgte ihnen zum Lokal, hinunter zur Battery, sah sie in meine eigene

Wohnung gehen. Stellte mir vor, was sie tun würden. Seltsamerweise glaubte ich keinen Augenblick, daß sie tatsächlich etwas *tun* würden, der Sex war eine Überraschung. Ich hatte den Fehler begangen zu denken, daß ich das Experiment kontrollieren könnte. Ich werde diesen Fehler nicht noch einmal machen. Dieses Mal hat er mich fast das Leben gekostet.

Ja, das Leben. Man ist, was man ißt. Wir hatten nichts mehr zu essen. Meine Gedanken schweiften immer wieder zu dem Abend mit Alice zurück, an dem sie mir gestanden hatte, daß sie es gern einmal mit einer Frau tun würde. Wir aßen Leber. Leber. Ich bekam diese Leber einfach nicht mehr aus dem Kopf. Während Stella und ich unsere letzten Käsecracker aßen, lechzte ich nach Leber. Sie wissen sicher, daß die Leber das größte innere Organ des Körpers ist und zwischen zwei und fünf Pfund wiegt. Wenn ich Stella ansah, sah ich ihre Leber.

Ich mußte es tun. Sie war tot. Sie war so gut wie tot, sonst hätte ich es nicht tun können. Wenn ich es nicht getan hätte, wäre sie sowieso gestorben. Ich tat es, weil ich es tun mußte. Was hätte ich sonst tun können?

Wir hatten uns geliebt. Wir waren uns in jener Nacht sehr nahe. Wir hatten geredet und gestritten, wie wir es immer taten. Stellas Volk ist genetisch auf Diskussionen programmiert. Selbst ihr Gott, Jehova, verbringt den größten Teil des Alten Testaments damit, mit jemandem zu streiten, oft mit sich selbst. Mein Volk hat so viele Triebe wie unsere Weinreben. Wir haben eine eigene Meinung und ändern sie, wenn wir Lust dazu haben. Was heute blüht, wird morgen vielleicht beschnitten. Bis dahin existiert nichts anderes. Also stritten Stella und ich. Es war unsere Form der Intimität.

Wir hatten uns geliebt. Ich hatte mit ihr gelacht. Gelegentlich blitzte ihr altes Ich für kurze Zeit auf, dann riß die See es mit sich, und ich kam nicht mehr an sie heran. Sie bat mich, dem Juden den Diamanten zu geben. Ich wollte, daß sie den Mund hielt. Solches Gerede machte mir angst, und ich hatte schon Angst genug. Als sie sagte, vielleicht seien wir durch eine Verwerfung der Zeit geschlüpft, begann ich ihr fast zu glauben. Unsere Isolation war unheimlich. Es war, als wären wir vom Meer herunter- und in die Sterne hineingesegelt. Ich blieb bei Verstand, indem ich mir mit einem Filetiermesser kleine Schnitte in den Arm zufügte. Solange es weh tat, war ich real, war ich am Leben. »Ich denke, also bin ich«, hatte keine Bedeutung mehr. Immer wieder hatte ich das unangenehme Gefühl, gedacht zu werden. Das ist bei starker Auszehrung nichts Ungewöhnliches.

Die Nacht war kühl und still. Der Mond eine Sichel. Das Schlagen des Wassers gegen unser Boot hörte sich an wie der Schinkenschneider meiner Mutter, wie das *sisch, sisch* der gierigen Klinge durch das nachgiebige Rosa. Ich fiel in eine Art Traum, fast eine Trance, eine Hungertrance, nehme ich an, ich war wieder ein Kind, und meine Mutter fütterte mich. Ich sah einen Teller mit frischen Oliven und Brot, und *sisch, sisch* schnitt sie den Schinken auf meinen Teller. Uta liebte Schinken. Sie kam immer samstags zu uns, am jüdischen Sabbat, und aß ganze Teller des verbotenen Schweins. Stella lehnte immer ab, und ihre Mama mußte ihr Spaghetti bestellen. Die kleine Stella, die die hellen Fäden einen nach dem anderen aß. Uta mit offenem Mund, ein Kontrast zu ihrer Zartheit, sie ordnete ihrem geräucherten Idol jedes feinere Gefühl unter. Wenn sie mit dem Parmaschinken fertig war, bestellte sie Leber mit Zwiebeln.
Ich wachte auf. Ich roch Leber. Ich beugte mich halb über Stellas Körper. Sie redete, was sagte sie da? Schon wieder etwas über den Diamanten. Ich sagte *Hör auf, hör auf*, aber es war, als

könnte sie mich nicht hören, als würde meine Stimme, hoch und gebrochen, nach oben gerissen, während sie völlig reglos daliegend die Worte an meinen leeren Bauch richtete, jedes einzelne davon wie ein Faustschlag.

Ich wollte, daß sie still war, das war alles, um unser beider willen, und ich muß sie wohl hochgehoben haben, puppenhaft tot, wie sie war, immer noch redend, und ihren Kopf gegen die aufgequollenen splitternden Planken gestoßen haben, oder war es ihr Kopf, der aufgequollen war und splitterte? Ich sagte *Hör auf, hör auf.*

Dann war sie still.

Ich machte den Schnitt sehr vorsichtig. Ich nahm ihn vor wie ein Chirurg, nicht wie ein Metzger. Mein Messer war scharf wie ein Laser. Ich tat es mit Würde, so hungrig ich war. Ich tat es so, daß es keinen von uns abgestoßen hätte. Sie war meine Frau. Ich war ihr Mann. Wir waren ein Fleisch. Mit meinem Körper verehre ich dich. In Krankheit und in Gesundheit. In guten und in bösen Tagen. Bis daß der Tod uns scheidet. Bis daß der Tod uns scheidet.

Ich schied das Fleisch vom Knochen und aß es.

Ich mußte es tun. Sie war tot. Sie war so gut wie tot, sonst hätte ich es nicht getan. Wenn ich es nicht getan hätte, wäre sie sowieso gestorben. Ich tat es, weil ich es tun mußte. Was hätte ich sonst tun können?

DIE LIEBENDEN

Meine Mutter und ich waren an Bord der *QE2*. Eine Frühjahrskreuzfahrt voller Spiel und Spaß, auf der jeder Tag mit der Sorgfalt eines Leichenbestatters zerlegt und beschriftet worden war. Es gab tatsächlich einen Bestatter an Bord, aber seine Dienste wurden gewöhnlich nicht in Anspruch genommen.

Meine Mutter hatte eigentlich mit meinem Vater nach Hongkong reisen wollen. Die Kreuzfahrt war ein Geschenk der Firma zur Pensionierung gewesen, und es war nach seinem Tod auf New York umgeschrieben und auf meine Mutter übertragen worden.

Ich hatte mich bereit erklärt, sie nach Cherbourg, Capri und weiter nach New York zu begleiten. An Bord hatte ich sie mit einem Beruhigungsmittel ins Bett gepackt und war dann auf die Brücke gegangen, um Kapitän Ahab zu besuchen, den Freund meines Vaters, den Abenteurer meiner Kindheit. Während ich auf ihn wartete, sah ich mir die eingegangenen Meldungen an.

VERMISSTE VERMUTLICH TOT.

Eine Yacht, die in der Nähe von Capri unterwegs war, wurde zuletzt am Sonntag, dem 16. Juni, um 18.00 Uhr gesichtet. Das Boot befand sich sichtlich in Schwierigkeiten. Heftige Stürme vereitelten 24 Stunden lang alle Rettungsversuche. Das Boot treibt möglicherweise führungslos auf dem Wasser.

Es war ein böser Scherz. Es mußte ein Scherz sein. Meine Gedanken, sofern man von Gedanken sprechen konnte, meine Panik, mein Verdacht, mein Haß wehten östlich und wehten bitter. Wo immer sie waren, sie waren in Sicherheit, fest verankert in ihrer Liebe. Sie hatten gewußt, daß mein Vater im Sterben lag, und sie hatten mich verlassen.

VERMISSTE VERMUTLICH TOT... Es war nicht wahr. Es war nicht wahr. Sie konnte unmöglich tot sein. Mein Innerstes war noch mit ihr verbunden. Die Gegenwart war nicht von der Zukunft abgeschnitten, nicht verblutet. Es war nicht Stella, die tot war, nicht Stella und Jove, die die Spiele der Lebenden spielten. Es war mein Vater, mein Vater, der tot war. Mein Vater, der tot war. Wiederhole es. Wiederhole es. Sollten die Toten sich im offenen Grab über den Toten stapeln?

Hier ist der Kapitän. Er wird mir die Wahrheit sagen. Der Kapitän, im Alter meines Vaters, von derselben Statur, so gütig und verläßlich, wie das Meer unter ihm es nicht war. Keine Tricks mehr. Keine Lügen mehr. Er würde mir die Wahrheit sagen.

Als ich ihn umarmte, dachte ich: »Selbstmordpakt?« Jove, der einen dramatischen Ausgang liebte, Stella, die der Verführung eines solchen Ausgangs unweigerlich erliegen würde. Jove, instabil wie Uran. Stella, eine lebende Kernspaltung.

Und ich? Isoliert hinter Bleiwänden; schweres, weiches, blaugraues Elend, das mich betäubte.

Ich erzählte Kapitän Ahab von meinem Verhältnis zu Jove. Von meinem Verhältnis zu Stella erzählte ich ihm nichts.

In London, bevor meine Mutter und ich losgefahren waren, um in Southampton mit der Flut auszulaufen, war ich ins Zimmer meines Vaters gegangen und hatte die oberste Schublade seiner

Kommode geöffnet. Die Taschentücher waren noch da, bunt, luxuriös, sie warteten darauf, vorgeführt zu werden. Dazwischen seine Uhr, jetzt stumm, keine Viertelstunden mehr.
Ich hatte mich auf den Fußboden gesetzt und die Seide durch meine Finger gleiten lassen, ihr Gewicht, ihre Glätte, und an ihn gedacht. Ganz hinten in der Schublade, wo man nicht so leicht hinkam, hatte ich ein Bündel Briefe gefunden, alle in Berlin abgestempelt. Die Reste einer roten Seidenkrawatte hielten sie zusammen. Ich sah mir die Unterschriften an.
»Deine Dich liebende Uta.«

»Sprich nie von deiner Liebe.« Mein Vater im Algonquin Hotel, wo er seinen Kragen mit der rotseidenen Erinnerung an eine Frau schmückte.
Ich bin die Tochter meines Vaters.

Der Kapitän versprach mir, soviel wie möglich in Erfahrung zu bringen, und ich ging mit einer leisen Mischung aus Resignation und Hoffnung in meine Kabine zurück. Leise, weil nichts in der Lage schien, meine Benommenheit zu durchdringen. Mein Siel war bereits voll. Der Schmerz konnte nirgendwohin abfließen, und mehr Schmerz konnte ich nicht aufnehmen. Neuer Schmerz bedeutete darum nicht mehr Schmerz. Es tat weh, und ich bekam vor Schmerz keine Luft.
Immer wieder dachte ich ans Algonquin Hotel zurück. Ich mit meinem Vater mit seiner Krawatte, ich mit Stella und in Kleidern, die mich gegen jede Verletzung schützen sollten. Im Halbschlaf konnte ich nicht unterscheiden, wer mein Vater/ich war, wer Stella/Uta, und ob die Entfernung, von der wir glauben, daß sie die Ereignisse voneinander trennt, sich zusammengefaltet hatte, so daß die beiden Zifferblätter der Uhr sich als synchrone Zeittafeln übereinanderschoben.

Sieh dir die Sonne an. Die Sonne, die du siehst, ist acht Minuten vergangen, die Zeit, die das Licht braucht, um die Entfernung zwischen dem Auge der Sonne und deinem zurückzulegen. Sieh dir die Galaxis an. Was du siehst, ist Tausende, manchmal Zehntausende Jahre vergangen, das Drama des Astralnebels, das erst dann sichtbar wird, wenn es uns dank des Lichts mit 280.000 Kilometer pro Sekunde erreicht; das Licht durchquert Jahrhunderte der Geschichte, die für uns noch dunkel sind. Die Entfernungen sind gewaltig. Raum und Zeit werden Raumzeit. Wie lange dauert es, bis ein Ereignis mich erreicht? Ich glaubte, gegenwärtig zu sein, glaubte, alles verstanden zu haben, aber erst später, im Klischee eines blendenden Lichts, erkenne ich die Bedeutung dessen, was geschah. Erst in der Gegenwart beginne ich, meine eigene Vergangenheit zu erkennen.

»Sieh mich an.« Jove, der auf diesem Schiff in einem Schiffsspiegel hinter mir stand, sein Mund eine Schere, die durch meine Entschlossenheit schnitt. Ich hatte mich vom Spiegel abgewandt, um ihn direkt anzusehen, und er hatte mich geküßt. Ich hatte die Augen geschlossen, wie man das eben tut. Vielleicht brauchte das Licht des Ereignisses deshalb so lange, um mich zu erreichen. Ich beginne zu sehen, was ich getan habe.

Während ich wartete, kein Wort. Ich fing an, ein makabres Spiel zu spielen. Wenn nur noch einer von ihnen lebte, auf wen würde ich dann hoffen? Wen von beiden liebte ich über die gierige Liebe hinaus, die uns allen gemeinsam ist? Es lag eine Bitterkeit in diesem grauenhaften Spiel, weil ich ahnte, daß keiner der beiden mich gewählt hatte.

Letzten Monat, nach unserer Vollversammlung, hatte Stella mir Karte XVI des Tarot gezeigt, L'amoureux, Die Liebenden. Ein junger Mann scheint zwischen zwei Frauen wählen zu wollen, während Amor, den Pfeil reitend, über seinem Kopf schwebt.

SIE: Das Ewige Dreieck.

ICH: Drei ist eine männliche Zahl. Ungerade Zahlen sind männlich.

SIE: Oder sind männliche Zahlen ungerade?

ICH: Es ist meine Schuld.

SIE: Es ist alles unsere Schuld.

Sie sah das Bild an. »Vielleicht versuchen die Frauen, selbst eine Entscheidung zu treffen, und der Mann merkt es gar nicht.«

ICH: Wie fühlst du dich?

SIE: Hör auf zu denken, daß Gefühle etwas sind, dem du nachjagen mußt.

ICH: Ich kann viel besser sagen, wie ich mich fühle, wenn ich es nicht mehr fühle.

SIE: Die Toten, die die Toten begraben?

ICH: Ich habe nicht gemeint …

SIE: Ich weiß. Ich habe mich entschieden.

ICH: Für was?

SIE: Es ist allein meine Entscheidung. Nicht für Jove und nicht für dich. Sondern für mich. Es ist der einzig richtige Weg, neu anzufangen.

Ich habe nie erfahren, wozu sie sich entschieden hatte. Wir hatten uns am nächsten Tag treffen wollen, aber dann kam der Anruf meiner Mutter, und ich habe Stella seitdem nicht wiedergesehen. In der von Träumen bedrängten Nacht schwamm ich durch einen schwarzen Himmel, in dem kein Licht war. Ich drehte mich auf den Rücken, mit den Füßen tretend, um in der Schwebe zu bleiben, und sah, wie aus einem umgekehrten Bottich Sterne auf mich herabgeschüttet wurden. Ich hob einen Arm, um mein Gesicht zu schützen.

»Stella! Stella!« Wer hatte mich berührt? Ich erwachte auf dem stillen Schiff. Zweitausendfünfhundert Seelen, und ich, allein.

Am frühen Morgen, der Himmel ein Mosaik aus Vögeln, sagte mir der Kapitän, daß die Yacht tatsächlich unsere Yacht war und daß eine ausgedehnte Suche nichts ergeben hatte, kein Wrack, keine Leichen, kein Treibgut, kein Signal. Fischerboote und Yachten sprenkelten das Wasser. Die Yacht konnte nicht verschwunden sein, war aber verschwunden.

Wenn ein Stern kollabiert, wird die Schwerkraft auf seiner Oberfläche immer größer, und da Lichtstrahlen sich unter dem Einfluß der Schwerkraft krümmen, krümmt sich die Raumzeit um den Stern herum immer mehr. Schließlich erreicht der Stern ein Stadium, in dem nichts, nicht einmal das Licht, mehr von ihm fortkommen kann. Um den Stern herum bildet sich ein Ereignishorizont und verhindert, daß Signale gleich welcher Art die Außenwelt erreichen. Wir wissen, wo er sein müßte, werden ihn aber nie sehen. Sein Licht ist gefangen.

Ich ging zu Kapitän Ahab und bat ihn, mich in einem der Beiboote nach Capri bringen zu lassen. Es war eine absurde Bitte, und er gewährte sie mir, obwohl er leicht vom Kurs abweichen mußte, um mich in dem kleinen Hafen, den ich brauchte, an Land setzen zu können. Und so würde ich auf hoher See, in der Morgendämmerung, zu einem menschlichen Schiffshalter, kleiner als klein, größer als groß, heftete mich an das Ruder des größten Linienschiffes der Welt und lenkte es um.

Von Jove und Stella fehlte seit acht Tagen jede Spur.

An der Rezeption des Hotels wartete eine Nachricht auf mich.

»Sie müssen sich irren. Ich werde nicht erwartet.«

»No, no, Signora, questo e il vostro nome.«

Ich öffnete den verblaßten Umschlag. Die Instruktionen, in Tinte, waren eindeutig. Chartern Sie ein Boot. Treffen Sie den Schreiber bei auslaufender Flut am Kai.

Wieso tat ich es? Es gab keinen anderen Weg, und es war zu spät, um umzukehren.

Das Narrenschiff läuft heute abend aus.
An Bord: Kapitän Alluvia Fairfax. Ein Schiffsjunge, der kein Englisch spricht und einen Anhänger um den Hals trägt, auf dem »Freitag« steht. Der dritte, ein Herr, der hinter mir auftauchte, als ich das Boot losmachte, und sagte: »Nennen Sie mich Ishmael.«
Ich fuhr herum. Seine Haut sah aus, als sei sie mit Zangen über seinen Körper gespannt worden. Er war straff wie eine Klaviersaite. Die aufgewundene Spannung in ihm vibrierte. Er war still und nicht still. Er war auf a-Moll gestimmt. Wenn er sprach, lag in seiner Stimme ein seltsames Tremolo.
Er war in Schwarz gekleidet. Seine Schuhe waren staubig. Seine Hose schlotterte an ihm, als hätte sie irgendwann vor langer Zeit seine Beine verschlungen. Sein weißes Hemd war zu einem Elfenbeinton vergilbt. Seine Weste war hoch geschnitten, im englischen George-III-Stil, aus einem einst teuren Stoff geschneidert. Inzwischen hatte die Weste sich in schwarze Löcher der Selbstvergessenheit zurückgezogen. Er trug keine Krawatte. Sein Mantel, bodenlang, hatte in einer seiner riesigen Taschen eine Tüte mit Semmeln. Sein Hut war der geduldige Empfänger lebenslanger Knüffe gewesen. Er nahm ihn ab, als er mit mir sprach. In den Haaren, die ihm ins Gesicht fielen, war kein Grau. Ich hatte einmal in den Krater eines Vulkans geblickt und seine Lava gesehen, heiß und fern. So waren seine Augen.
Sein Verhalten war sanft. Beim Sprechen hielt er den Hut wie

einen Schild vor seinen Nabel. Seine Stimme war leise und unzweideutig. Freitag saß im sanft lappenden Wasser an Deck und starrte gebannt auf dieses Standbild der Beharrlichkeit.

»Ich werde Sie zu ihnen führen, zu meinem *Liebling* und dem *Knacker*.«

»Wieso haben Sie keinem gesagt, was Sie wissen?«

»Ich habe auf Sie gewartet.«

»Sie wußten nicht, daß ich kommen würde.«

Er zuckte die Schultern und deutete auf das Boot. »Wir müssen uns beeilen.«

Als wir abgelegt hatten, fuhren wir über ein Meer, in dem sich Sterne spiegelten.

Ich betete, daß Jove und Stella noch lebten. Wieso hatte ich in diese Ferien eingewilligt? Ich hatte es nur zögernd getan. Es war Jove gewesen, der mir eingeredet hatte, wieviel sie Stella bedeuten würden. Ich wollte, daß sie glücklich war. Ich wollte nicht, daß meine Gefühle uns zum Kentern brachten.

Meine Gefühle erschreckten mich. Ich habe sie so selten unter Kontrolle. Sie sind ihr eigenes Königreich, zu primitiv, um eine Republik zu sein, und wenn sie wollen, senden sie ihre Armeen aus, um mich in Grund und Boden zu stampfen. Mein Ich muß auch Gefühle beinhalten, aber ich weiß nicht, wie ich mit diesem Kriegerstaat einen Vertrag abschließen soll. Als ich erwachsen wurde, rebellierte ich gegen alle Gefühle, und jetzt rebellieren meine Gefühle gegen mich.

Ich schirmte mich gegen zuviel Schmerz ab. Auch jetzt noch existiert in meinen Eingeweiden eine enge Verbindung zwischen Gefühl und Schmerz. Die Logik sagt mir, daß Gefühle oft Genuß und Freude bedeuten. Aber instinktiv, auf einer Ebene jenseits der Logik, sind Gefühle für mich dasselbe wie Schmerzen.

Ich liebe schlecht. Das heißt, zuwenig oder zuviel. Ich stürze mich von den ungeeignetsten Klippen, um dann vor einem harmlosen Blick aus dem Fenster entsetzt zurückzuweichen. Das Melodram meiner Kindheit hat sich in einer Helden/ Schurken-Psyche von Er-Liebt-Mich-Er-Liebt-Mich-Nicht niedergeschlagen. Lüsterne Zwirbelschnurrbärte, asexuelle, tugendhafte Stirnen: meine Liebhaber teilten sich in aufregende Räuber und fadschmeckende Beute.

In dieser Welt des überhellen Zwielichts, in der fluoreszierendes Licht das Fehlen des natürlichen wettmachen soll, feiern meine Gefühle sadistische und masochistische Exzesse, Orgien der Grausamkeit und Verstümmelung. Genau das, was man von einem barbarischen Staat erwarten würde. Ich bin zivilisiert. Meine Gefühle sind es nicht.

Ich will gut lieben. Dich so sehen, wie du bist, und nicht als einen Charakter in meinem *film noir*. Ich will das Unerkennbare und das Vertraute eines anderen menschlichen Wesens.

Ich sage, daß ich nackt vor dir stehe, aber wie oft pfeife ich nach meiner unsichtbaren bewaffneten Garde, dem zahnlückigen, johlenden, verbohrten Mob, meinen Gefühlen, die es gewöhnt sind, mich für sich allein zu haben.

Auf den *Foie-gras*-Parties meiner Eltern dachte ich mir einen plattgesichtigen Troll aus, der die verhaßten Gäste mit einer nagelgespickten Keule zu Brei schlug. Dieser Troll, Wut mit Namen, und sein Kumpan, Schmerz genannt, waren leichter herbeizurufen als zu bannen. Als ich älter wurde, paarten sie sich, und jetzt habe ich eine ganze Schwadron, so wie Schneewittchen ihre sieben Zwerge hatte. Wut, Schmerz, Angst, Nervosität, Gefühllosigkeit, Schrecken und Skrupellosigkeit. Hüter meines weichen Herzens, von dem sie sich nähren. Wie soll ich sie dazu bewegen, von dem Fleisch abzulassen und ans Licht zu kommen?

Als ich Jove kennenlernte, erlebte ich eine kurze Phase der Befreiung. Dann eroberten meine unbewußten Aufpasser das Ter-

rain zurück. Alte Gewohnheiten wickelten sich um neue Chancen. Wenn ich eine Schwadron hatte, so hielt er sich ein Bataillon. Er hatte eine Tugend: er nannte Sex nicht Liebe.
Als ich Stella kennenlernte, war ich so aufgeregt und entsetzt darüber, eine andere Frau körperlich zu lieben, daß die Elendshüter viel länger brauchten, um sich neu zu formieren. Alte Verhaltensmuster konnten nicht mehr eingesetzt werden, weil ich etwas Derartiges noch nie zuvor erlebt hatte. Der Schock des Neuen. Und es wirkte.
Eine Zeitlang. Dann wischten die Trolle den verblüfften Ausdruck von den rudimentären Gesichtern und stürzten sich, angeführt von Nervosität und Angst, erneut auf mich.
Ich tat etwas Ungewöhnliches. Das heißt, ungewöhnlich für mich. Als sie Stella zu Tode prügelten, mit meiner Stimme, meinen Argumenten, meiner Intelligenz, die sie sich brutal zunutze machten, zog ich sie aus dem Weg und stellte mich dazwischen. Meine Geliebte war nicht mein Feind. Sie waren es.

Es wird Jahre dauern, bis es gelingt. Ich werde diese Jahre finden müssen, weil ich nackt vor dir stehen will. Ich will dich gut lieben.
Hinaus jetzt aufs willige Wasser. Die Summe aller möglichen Universen liegt hier, jetzt, vor diesem Bug, an diesem Mast. Unsere Seekoordinaten stecken unseren Zielpunkt ab, aber unsere Wellenfunktion beschreibt, wo wir sind und wo nicht. Wenn ich Ishmael ansehe, der seinen Eintopf ißt, würde ich keinen Eid darauf schwören, daß er hier und nirgends sonst ist. Sein Körper selbst dehnt sich. Er ist eher eine Konstellation als ein Mann. Hier ist sein Gürtel, sein Arm, sein Bein, sein Geist, wer weiß? Seine Einzelteile sind wie Sterne verstreut.
Ich habe mich oft mit Jove über Wellenfunktionen gestritten. Was für ihn manipulierbare Fakten waren, waren für mich ima-

ginative Fiktionen. Man kann experimentell nachweisen, daß Elektronen zur gleichen Zeit an verschiedenen Orten sein können. Was bedeutet das für uns? Für unsere Realität? Mich treibt, was ungeschrieben ist, das Schwierige, der Traum.

Wir können nicht mehr von Atomen reden, weil »Atom« unteilbar bedeutet. Wir haben es geteilt.

Können wir noch von Realität reden, wenn Realität bedeutet: »Das, was tatsächlich existiert? Nicht was simuliert oder nur angenommen wird.« Was existiert tatsächlich? Das Universum ist ein Rebus geworden.

Ich berühre dich, und du verschwindest. Immer entziehst du dich mir. Je näher ich komme, desto weiter weg scheinst du zu sein. Je mehr ich von dir weiß, desto rätselhafter bist du. *Cogito ergo sum*, oder heißt es *Amo ergo sum*? Ich denke, also bin ich? Ich liebe, also bin ich? Die deutlichste Koordinate in meinem ausgebreiteten Leben ist meine Liebe zu dir. Kein Floß und kein Rettungsring. Ein Fixpunkt im ewigen Fließen.

Materie ist unbeständig, und das schließt mich mit ein. Materie hat im besten Fall die Tendenz, zu existieren, und wird sich, wie es scheint, unendlich teilen, weil es dort kein Dort gibt. Es gibt Schwingungen, Beziehungen, Wahrscheinlichkeiten, und diese sind die Formen unseres wirklichen Lebens.

Immer und immer noch bewegte Materie. String-Paradox des Rastlosen und des Geformten. Wenn die Physik recht hat, sind wir weder lebendig noch tot im gewöhnlichen Verständnis, sondern befinden uns in unterschiedlichen Stadien der Potentialität. Absurd? Ja. Ich weiß, daß es absurd ist. Ich habe meinen Vater beerdigt. Während wir am Grab standen, der Priester predigte, meine Großmutter immer wieder vor sich hin murmelte: »David ist jetzt im Himmel, David ist jetzt im Himmel«, wiederholte ich im Geist: Schrödingers Katze, Schrödingers Katze.

Das Experiment mit Schrödingers Katze. Die neue Physik rülpst der höflich dasitzenden Tischrunde des gesunden Menschenverstands ins Gesicht. Eine imaginäre Katze wird mit einer an ihrem Kopf befestigten Pistole in eine Kiste gesteckt. Die Pistole wird mit einem Geigerzähler verbunden. Der Geigerzähler wird an ein Stückchen Uran angeschlossen. Uran-Moleküle sind instabil. Wenn das Uran zerfällt, aktiviert der Prozeß den Geigerzähler, der seinerseits dafür sorgt, daß die Pistole feuert. So viel zum gefährlichen Schicksal der virtuellen Katze. Um das Schicksal der Katze zu beobachten, müssen wir die Kiste öffnen, aber in welchem Zustand befindet sich die Katze, bevor wir die Kiste öffnen? Entsprechend der Mathematik ihrer Wellenfunktion ist sie weder tot noch lebendig. Die Wellenfunktion beschreibt die Summe aller möglichen Zustände der Katze. Solange keine Messung vorgenommen wird, können wir den Zustand des Teilchens nicht wirklich kennen. Ob es uns gefällt oder nicht, die Katze ist eine Serie von Teilchen. Sie teilt die Potentialität des gesamten Universums. Sie ist endlich und unendlich, tot und lebendig. Sie ist eine Quantenkatze.

Absurd? Ja. Einstein, der weder die mathematische Logik noch die Evidenz des Experiments leugnen konnte, haßte die Schlußfolgerung. Und was für eine Schlußfolgerung? Die Wahrheit ist, wir wissen es nicht. Bis jetzt hat die Katze uns ausgetrickst.

Die Kiste öffnen? Ich nicht. Ich werde sehen, was ich zu sehen erwarte, die Katze ist entweder tot oder lebendig. Ich kann nicht an meiner dreidimensionalen Vorstellung der Realität vorbeisehen, die an gut/böse, schwarz/weiß, real/unreal, lebendig/tot gekettet ist. Wie früher die Religion stellen Mathematik und Physik eine Pforte zu höheren Alternativen dar, zu einer Realität, die erfaßt, aber nicht wahrgenommen werden kann. Eine Realität im Widerstreit mit dem gesunden Menschenverstand. Die Erde ist nicht flach.

»Was du siehst, ist nicht das, was du zu sehen glaubst.«

»Wie bitte?«
»Schatten, Zeichen, Wunder.«
»Wer sind Sie?«

Es kam keine Antwort, oder falls eine kam, wurde sie von unserem Schiffsjungen übertönt, der »Freitag! Freitag! Freitag!« schrie. Wir waren seit neun Stunden unterwegs. Es war der Morgen des nächsten Tages.
Freitag hatte das Boot gesichtet, etwa eine halbe Stunde vor uns. Es hatte Schlagseite und keine Funkverbindung. Ich warf das Steuerrad so schnell herum, daß ich mir den Finger brach. Ich merkte es erst später. Als mein Vater starb, hatte ich ihn zwei Jahre nicht gesehen. Bis ich an seinem Bett saß, lag zwischen uns eine Entfernung von zwei Jahren, ein sehr langer Weg, und die Nachricht von seinem Zustand war wie Glas gewesen, das in großer Entfernung splittert. Jetzt splitterte das Glas um meinen Kopf herum. Sein Tod und der von Jove und Stella.
Wir manövrierten längsseits, und ich übersprang den Abstand, wobei ich Freitag zuschrie, uns ruhig zu halten. Stella lag an Deck, die Augen geschlossen, ihr Körper in einer Blutlache. Sehr sanft drehte ich ihr totes Gewicht um. Das Herz schlug bis in meinen Mund, und ich übergab mich. Ihre Hinterbacke und ihre Hüfte waren abgehackt.
Ein Geräusch drang von unten herauf. Ich weiß nicht, was ich erwartete. Jove schleppte sich aus der Kabine nach oben, die Oberlippe und das Kinn in einem Bart von Blut. In der Hand hielt er ein Filetiermesser. Er sah mich, Terror, Entsetzen, Unglauben, Erleichterung, und wurde ohnmächtig.
Wie im Schlaf rief ich über Funk einen Rettungshubschrauber. Ishmael kniete über Stella, das Gesicht dicht vor ihrem. Er gab Klagelaute von sich, ein Geräusch wie ein Jagdhorn, ein Hornstoß in der Wildnis seines Kummers. Er hatte die Hand auf ihre

verletzte Hüfte gelegt, und die Sonne auf seiner Hand war wie ein Verband aus Licht. Er hielt etwas hoch, steckte es sich in den Mund, säuberte es mit Spucke, holte es wieder hervor und fuhr damit über Stellas Augen und Gesicht. Es strömte über von Licht. Mit den Fingern öffnete er ihren Mund und legte den Diamanten auf ihre Zunge.

»Papa?«

Sie lebte.

*

Jove und Stella wurden mit dem Hubschrauber evakuiert. Mir blieb nichts anderes übrig, als mein Boot mit Freitag und Ishmael zurück in den Hafen zu bringen. Das Dach des Himmels war niedrig. Unser Mast schien die elektrischen Sterne zu streifen wie der Stromabnehmer einer Straßenbahn. Wir rasten.

ICH: Wer bist du?

ER: Ein temporärer Abdruck an einem temporären Ort … Seit Anbeginn der Zeit haben du und ich hier gesessen, geredet, zugehört, die Flasche zwischen uns hin und her gehen lassen, aber es waren nicht wir, oder es war ein anderes Wir, ausersehen, fest für einen Augenblick, verblassend, verschwindend, uns selbst ersetzend.

Die Luft ist erfüllt von toten Körpern. Atme das tägliche Krematorium ein und aus. Füll deine Lungen mit den Toten. Der Blasebalg in deinem Brustkorb ist Heim für Millionen, groß wie du, ungewiß wie du, Mutter, Vater, Schwester, Freund, aufgeteilt in wirbelnde Parzellen, zu Atem verweste, vergangene Macht.

Du lebst von der Teilchenphysik. Du bist ein Museum der Wissenschaft.

Was für Geschichten würden sie erzählen, diese zusammengepreßten Winzlinge, die weder Ruhm noch Einfluß, noch Juwelen, noch die Namenlosigkeit vor dem gnadenlosen Vakuum deiner Nasenlöcher retten kann? Was weißt du, wer jetzt alles in dir ist, ein Cäsar, ein Raphael, eine Träne Mozarts, die überwundenen Magen-Darm-Probleme Napoleons bei Waterloo? Atme, Übermächtige, und erobere Königreiche. Deine törichte Nase hat Rom eingesaugt. Dein offener Mund hat die Themse ausgespuckt.

Welches Rom? Welche Themse? Der bröckelnde Stein, die Brotkrumen, der Staub der Peterskirche, die Patina der Basilika, Blüten vom Ostersonntag 1603, das Treiben der Barken, Teer von Kriegsschiffen, Docken von Schafswolle, Schnelligkeit des Aals. Talg, Filz, Öl, Nahrung, eingeweidiges Rülpsen der Materie, die auseinanderbricht, aufbricht, weitergeht, in dich übergeht, Sternenstaub, der du bist, Staub zu Staub.

Zuletzt lachen die Toten. Halt dir die Nase zu, und du wirst sie, sinkst luftlos ins Grab. Tauche deine Lungen in saubere, frische Luft, und du mußt dich von ihrem Plankton ernähren wie ein Wal.

Dich Pantagruel nennen? Welche Kinderspiele planen die Riesen? Dich eine Lady nennen, wo du Finger und Zehen schnupfst wie Tabak? Der Kreislauf deiner Luft ist ein Alptraum aus Bosch. Potentaten und Schweinezüchter düngen das Gestrüpp deiner Nase. Dich aufrecht nennen, unkorrumpiert, wo dein Leben vom Kompost der Geschichte abhängt?

Niesen? Nach allem, was ich dir gesagt habe, willst du niesen? Dich Vesuv nennen? Deine Eruptionen haben aus dem Zimmer ein Pompeji der Zeit gemacht. Du hast die Tischplatte mit Palästen übersät.

Asche zu Asche, Staub zu Staub, Atem zu Atem.
»Und Gott der Herr machte den Menschen aus einem Erdenkloß, und er blies ihm ein den lebendigen Odem …«
Atme ein, atme aus.
Der Wind bläst, wo er will, schleudert dir eine Ernte aus ukrainischen Bauersfrauen ins Gesicht. Schneefälle des Winters 1947. Ein Stück Glas vom Empire State Building. Du bist, was du atmest.
Du träumst, was du atmest. Bilder, die ziellos und fremd im Tageslicht treiben, verschmelzen in der unbewachten Nacht, wenn die Teilchenwelt du wird.
Die Toten leben wieder. Die Zerstörten werden wiederhergestellt. Es gibt Musik, Tanz, Essen, das in keinem Kochbuch zu finden ist. Dein Körper macht die Luft zu Fleisch. Du bist immer noch der perfekte Erdenkloß, liebenswert, vital, fähig, dich anatmen zu lassen und diesen Atem als den eigenen anzunehmen.
Diese Düfte sind Bilder. Du beherrschst die Kunst des Parfümierens. Du entschlüsselst die Luft in ihrer eigenen Sprache. Die Pyramiden gehören dir, und die Arche auf vielen Wassern. Männer und Frauen versammeln sich auf dein Kommando. Ein einziges Kleeblatt, beiläufig gepflückt, atmet dich zurück in jenen Sommer, als …

Atme ein, atme aus. Du atmest die Zeit und den Verfall der Zeit. Materie, die sich ihrer selbst entledigt, immer noch mit dem Abdruck ihres Echos versehen, der Form, die sie annahm, dem Umriß ihrer Energie, für eine kleine Weile.
Die Menschen des Mittelalters glaubten, daß die Verdammten im Bauch Satans leben, einem heißen, verstopften Sack. Aber verdammt oder gerettet, was wir wa-

ren, lebt in unseren Lungen weiter. Stickstoff, Sauerstoff, verräterischer Kohlenstoff. Versteh mich nicht falsch. Dies ist nicht das Leben nach dem Tod. Kein Nachleben. Es gibt nur das Leben, das ständig aus den Formen ausbricht, die es bewohnt, und seine Hülle zurückläßt. Asche zu Asche, Staub zu Staub. Du hast die Geschichte in der Nase.

ICH: Wer bist du?

ER: Sieh in den Spiegel, Alice, wer bist du? Was sind wir für Tischeklopfer, daß wir einander über den Äther des gesunden Menschenverstands herbeirufen können!

ICH: Wir sind uns noch nie begegnet.

ER: Was wir tun, existiert nicht.

ICH: Diese Intimität der dünnen Luft.

ER: Ist es so schwer zu glauben?

ICH: Die Wahrheit findet sich an den seltsamsten Orten.

ER: Alles, was geglaubt werden kann, ist ein Bild der Wahrheit.

ICH: Wer bist du?

*

Der Hafen. Betriebsamkeit, Fische, Netze mit Spinnenkrabben, ein Lastwagen, der Kästen mit *aqua minerale* und *vino frizzante* entlädt, Grissinigarben vor der Hafen-Trattoria, breite rote und weiße Streifen der Markise, Zirkon und Bernstein der Fische im Ziertank, brütendes Blau des Hummers, mit zusammengebundenen Scheren auf zerstoßenem Eis.

Kinder und Männer hievten und zerrten, schrien Kommandos über die hohen Masten und die nassen Steine. Hier und da die Eleganz einer Motorbarkasse, ungeduldiges Testosteronplärren, drängelnd nach einer Öffnung im überfüllten Hafen.

Die Frauen standen in Gruppen, hakten die Waren ab, die aus

den Luken gehievt, aus den Lastwagen geworfen wurden. Die Männer, Beine gespreizt, Arme gekreuzt, leugneten lautstark jede Kenntnis von Fehlmengen und Bruch, während die Frauen mit ihren gedruckten Bestellzetteln einen Schwall von Beschimpfungen über das gleichbleibende »*no, no, no*« der Lieferanten schrillten. Seevögel und Katzen zankten sich um Abfälle.

Die gütige Sonne. Der offene Himmel. Das Meer so unschuldig wie ein Babybad. Salzgerüche, Düfte von Rosmarin, Artischokken und Steinpilzen erfüllten die Luft mit wohltuendem Moder. Vor den Ständen die Geranien, rot in Terrakotta, frühe Leuchtfackeln des Sommers. Ein Junge aß im Gehen eine Pepperoni-Pizza. Ich spürte eine einfache, saubere Empfindung. Ich war hungrig.

Als ich das Boot zu seinem gemieteten Liegeplatz steuerte, sah ich die *Carabinieri*. Natürlich. Freitag war an Land gesprungen und machte uns fachmännisch an einem Poller fest. Ich wandte mich zu Ishmael um. Er war verschwunden.

Ich würde meine Fahrten und Schlüsse allein erklären müssen. Da die Wahrheit unzweifelhaft als Nicht-Faktum abgetan würde, beschloß ich zu lügen. Die plausibelsten Erklärungen sind meistens Lügen. Was sagt man zu anderen über sich selbst? Jedenfalls ist die Erde in einer Polizeizelle immer noch flach.

DAS GERICHT

Geh mit mir.

An diesem Punkt der Geschichte kann ich nur sagen, was geschah: daß Stella sich einer kosmetischen Operation unterzog.

Daß sie immer ein bißchen hinken wird.

Daß Jove einer Strafverfolgung aufgrund zeitweiliger Unzurechnungsfähigkeit entging.

»Zeitweilig sein Leben lang«, sagte Stella.

Ich besuchte beide im Krankenhaus. Er, umgeben von italienischen Krankenschwestern, die der außergewöhnlichen Geschichte seines Überlebens lauschten, in der das Essen der eigenen Frau nicht vorkam. Sie, nachdenklich in einem Zimmer ohne Spiegel, Sonne zu Kopf und zu Füßen.

SIE: Ich hatte beschlossen, mich von Jove scheiden zu lassen, bevor er von mir abgebissen hat.

ICH: Hör auf damit! Er hätte dich umbringen können.

SIE: Opfer oder Freiwillige?

ICH: Er hat dich angelogen.

SIE: Er ist ein Lügner.

ICH: Und das ist ein Grund, ihm zu verzeihen?

SIE: Ich verzeihe ihm.

ICH: Was?

SIE: Und ich verzeihe dir.

ICH: Das verstehe ich nicht.

SIE: Findest du nicht, daß ich der Frau verzeihen sollte, die sich erst meinen Mann genommen hat und dann seine Frau?

ICH: Ihr habt mich genommen. Alle beide.

SIE: Opfer oder Freiwillige?

ICH: Komplizin?

SIE: Rechte fangen da an, wo Liebe endet. Sollen wir uns darüber streiten, wer die meiste Schuld hat?

ICH: Er hätte dich umbringen können.

SIE: Dieses Jahr, letztes Jahr, jedes Jahr. Ich bin es, die »Halt« sagen muß.

ICH: Meinst du mich damit?

SIE: Meinst du?

Sie legte den Finger auf meine Lippen.

SIE: Es ist nicht der richtige Augenblick.

Der Sommer krümmte sich in den Herbst, und Stella kam nach New York zurück. Wir suchten Abel Glinert auf, dessen Familie Stella gefolgt ist, seit sie ein Kind war. Er war nicht im Hafen gewesen. Er hatte die Spur seiner ererbten Beute verloren, als Stella nach Italien gefahren war. Wir brachten ihm den Diamanten, und er hielt ihn hoch, hielt ihn zuversichtlich ins Licht. Ich glaubte, in der roten Küche zu sein, in jener verschneiten Nacht, als Uta sich davongeschlichen und gesehen hatte, wie ihre Seele über das teilnahmslose Meer auf sie zuglitt.

Ihre Seele? Stellas? Die Juden glauben, daß die Seele erst im Augenblick der Geburt in den Körper einzieht. Bis dahin, bis ihr Bild Fleisch wird, verfolgt sie völlig ungebunden ihr kristallenes Muster. Die Wellenfunktion des Lebens, herabgestreut auf ein einziges liebes Gesicht. Wie sonst soll ich dich kennen, wenn

nicht durch den Körper, den du bewohnt hast? Verzeih mir, wenn ich ihn zu sehr liebe.
Was war es, was Uta sah? Uta unten am Wasser, Erste Klasse, Zweite Klasse, die großen Türen von Cunard? Vielleicht meine Großmutter, die ihre Messingschilder polierte, und ihr Licht übersprang Seemeilen und den gesunden Menschenverstand.
Mein Vater hatte Uta geliebt. Stella erinnerte sich auf der Fähre nach Staten Island an ihn, wo er ihr einmal ein Spiel aus Eisenspänen unter einer Plastikfolie schenkte. Mit Hilfe eines magnetischen Stifts konnte sie die Eisenchips zu Mustern und Gesichtern zusammenziehen. Sie hatte ein Bild meines Vaters und ihrer Mutter gemacht, die sich in einem Kinderzoo liebten. Papa hatte es gesehen und sich noch weiter verschlossen.
Ich bin die Tochter meines Vaters. Ich sehe aus wie er. Stella hat die Augen ihrer Mutter. Ich weiß nicht, was das bedeutet, wenn es überhaupt etwas bedeutet. Vielleicht brauchen manche Dinge mehr als ein einziges Leben, um sich zu vollenden.
»Zeichen, Schatten, Wunder.« Abel saß schaukelnd in seinem Stuhl, hörte sich unsere Geschichte an und drehte den Diamanten zwischen Finger und Daumen hin und her.
»Ein Dybbuk«, sagte er.
»Papa«, sagte Stella.
Abel schüttelte den Kopf, nickte dann und ließ den Diamanten in Stellas Hand fallen.
»Er ist dir gegeben«, sagte er.

Geh mit mir. Die Straßen, die Querstraßen, der Hudson, wo früher das Vieh für den Schlachthof ankam. Stella, die die erfundene Stadt auseinandernahm und wieder zusammensetzte, zeigte mir, was gewesen war und was nicht, den Schweiß und den Einfallsreichtum des langsam gehißten Traums.
Das Schwierige. Der Traum. Den lebenden Fluß schürfen, der

man ist, und Gold darin finden. Aber der Fluß fließt weiter, man steigt niemals zweimal in denselben Fluß, die Zeit drängt vorwärts und hinterläßt manchmal eine Karakole, eine halbe Drehung rückwärts, die der Uhr spottet.

Meine Zeit, die Zeit meines Vaters, die Zeit meiner Großmutter. Jetzt getrennt, jetzt zusammenfließend, und vereint mit den Strömen und Schreien von Männern und Frauen, die ich nie kennengelernt habe, Orten und Jahren, die ihre Bewegung in meiner verhaken und mich für einen kurzen Augenblick als einen Lagerort der Geschichte wählen.

Woraus bestehst du? Aus den Toten, der Zeit, Lichtmustern von Jahrtausenden, die sich in deinen Eingeweiden auftun. Was wird im Salz deiner Erinnerung bewahrt? Vergangene und zukünftige Erinnerungen. Wenn das Universum Bewegung ist, wird diese nicht in nur einer Richtung verlaufen. Wir stellen uns unser Leben linear vor, aber es ist die Drehung der Erde, die es uns erlaubt, die Zeit zu beobachten.

Geh mit mir.

Zwei Spatzen stürzten sich auf eine Semmel. Die Schuhe einer Frau waren schlammverkrustet. Ein kleines Kind in Kniestrümpfen stocherte in dem Eimer mit Aalen, der vor dem chinesischen Lebensmittelladen stand. Der Bauch seines Vaters hing über seinem Kopf. Hinter dem Fenster des Barbierladens wurden weiße Handtücher um verwitterte Hälse gebunden wie Lätzchen. Ein alter Mann schlurfte langsam im Innern seines Sandwich-Plakats:

DAS ENDE IST NAH.

Der Güterzug und der Rosengarten. Der Hot-dog-Stand und die Abendnachrichten. Schlußverkauf. Alles muß raus.

Aus einem Zimmer hoch oben der Geruch nach Gebratenem. Darüber Mozart auf einem klimpernden Klavier. »… *Purché porti la gonnella* …«

Vor dem offenen Fenster einer Mansarde hing ein Vogelkäfig über der Straße, sein gefiederter Bewohner sang.
Nebenan stockten sie das Dach auf. Eisenträger in den Mäulern der Kräne, das stählerne Kreischen, beleuchtete Schutzhelme, Balken und kleine Pünktchen von Männern, die auf der Schwelle zwischen Gebautem und Ungebautem balancierten.
Noch höher, in weiter Ferne, das rote digitale Aufleuchten von Datum und Zeit:
10. November 19:47 (Sonne im Skorpion, New York City).
Das blaue Licht des Himmels war schwarz geworden, die roten Lichtspuren der Autos wanden sich über die Brücke, Sicherheitsleuchten an Bremsreflektoren, Rot auf Rot.
Das Universum hängt hier, in dieser schmalen Straße, Unendlichkeit und Verdichtung gefangen in der Stunde. Raum und Zeit kann man nicht trennen. Geschichte und Zukunft sind jetzt. Was du erinnerst. Was du erfindest. Das Universum krümmt sich in deinem Bauch. Streck die Hand aus. Küß mich. Die Stadt ist ein winziges Fünkchen, Licht zu Licht, Quartz und Neon der Brooklyn Bridge und das Glühen der Sterne.
Unten am Wasser fand ein Feuerwerk statt, der Himmel explodierte in Granaten aus Farbe. Was immer es ist, was den Zünder auslöst und dich über die Grenzen deines eigenen Lebens hinaus in eine kurze und totale Schönheit schleudert, und sei es nur für einen Augenblick, es ist genug.

Patricia Duncker

James Miranda Barry

Roman

Aus dem Englischen von Heidi Zerning

Patricia Dunckers neuer Roman erzählt die Lebensgeschichte einer authentischen Gestalt: James Miranda Barry ist wahrscheinlich eine Frau, kein Mann jedenfalls und auf alle Fälle ein Mensch, der sein Leben lang einen Mann spielt ... Anfang des 19. Jahrhunderts schließen drei Männer der englischen Oberschicht einen Pakt. Damit die Talente eines ungewöhnlichen Mädchens nicht vergeudet werden, bekommt es eine wasserdichte männliche Identität. „James Miranda Barry" zieht in ein abenteuerliches Männerleben, das alle Winkel des 19. Jahrhunderts ausleuchtet. Männer wie Frauen erliegen der Verführung seiner Unnahbarkeit. Erst am Ende kehrt er zu dem einzigen Menschen zurück, der unter seine Verkleidung sieht.

„Patricia Dunckers literarisches Debüt ist einfach skandalös komisch, eine brillante Persiflage auf das Genre, das sie bedient."

Süddeutsche Zeitung über „Die Germanistin"

„Ein wunderbares (auch ergreifendes) Denkmal hat Patricia Duncker einer speziellen, unersetzlichen Figur gesetzt: dem einen, einzigen Leser (der einen, einzigen Leserin) eines jeden Buches."

Frankfurter Rundschau über „Die Germanistin"

Vladimir Nabokov

Vladimir Nabokov
Gesammelte Werke
Herausgegeben von
Dieter E. Zimmer

Deutliche Worte *Interviews - Leserbriefe - Aufsätze. Band 20*
Deutsch von Kurt Neff, Gabriele Forberg-Schneider, Blanche Schwappach u. a.
Mit einem Vorwort von Dieter E. Zimmer
576 Seiten. Gebunden

Erinnerung sprich *Wiedersehen mit einer Autobiographie. Band 22*
Deutsch von Dieter E. Zimmer
560 Seiten. Gebunden

Briefwechsel mit Edmund Wilson 1940 – 1971. *Band 23*
Deutsch von Eike Schönfeld.
Essay von Simon Karlinsky
768 Seiten. Gebunden

Außerdem als gebundene Ausgaben lieferbar:

Ada oder Das Verlangen *Aus den Annalen einer Familie*
Deutsch von Uwe Friesel und Marianne Therstappen
736 Seiten. Pappband

Sieh doch die Harlekins! *Roman*
Deutsch von Uwe Friesel
280 Seiten. Gebunden

Der Späher *Roman*
Deutsch von Dieter E. Zimmer
128 Seiten. Gebunden

Der Zauberer *Roman*
Deutsch von Dieter E. Zimmer
144 Seiten. Gebunden

Literatur

Lushins Verteidigung *Roman*
Deutsch von Dietmar Schulte
264 Seiten. Gebunden

Das wahre Leben des Sebastian Knight *Roman*
Deutsch von Dieter E. Zimmer
232 Seiten. Gebunden

Der schwere Rauch *Gesammelte Erzählungen*
Herausgegeben von Dieter E. Zimmer
Deutsch von Wassili Berger, Renè Drommert, Renate Gerhard u. a.
Mit einem Nachwort von Dieter E. Zimmer
352 Seiten. Gebunden

Literaturmagazin 40
Vladimir Nabokov
Herausgegeben von Martin Lüdke und Delf Schmidt unter beratender Mitarbeit von Dieter E. Zimmer
192 Seiten. Kartoniert

3661/2

Romane und Erzählungen

Julian Barnes
Flauberts Papagei *Roman*
(rororo 22133)
«Dieses Buch gehört zur Gattung der Glücksfälle.» *Süddeutsche Zeitung*
Briefe aus London 1990-1995
(rororo 22128)
In fünfzehn Briefen aus London erzählt Barnes von Margaret Thatcher, John Major und Tony Blair und wirft vielsagende Blicke hinter die Kulissen von Lloyd's of London und über die Mauern des Buckingham-Palasts.
«Unglaublich witzig.» *Stuttgarter Nachrichten*

Andre Dubus
Sie leben jetzt in Texas *Short Stories*
(rororo 13925)
«Seine Geschichten sind bewegend und tief empfunden.» *John Irving*

Erri De Luca
Die erste Nacht nach einem Mord *Erzählungen*
(rororo 22406)
Die Asche des Lebens *Erzählung*
(rororo 22407)

Stewart O'Nan
Engel im Schnee *Roman*
(rororo 22363)
«Stewart O'Nans spannendes Erzählwerk ist zum Heulen traurig und voller Schönheit, seine Sprache genau und von bestechendem Charme. Die literarische Szene ist um einen exzellenten Erzähler reicher geworden.» *Der Spiegel*

rororo Literatur

Nicholas Shakespeare
Der Obrist und die Tänzerin *Roman*
(rororo 22619)
«Ein spannender und poetischer Roman über Gewalt, Ethik und Liebe.» *Süddeutsche Zeitung*

Alexandru Vona
Die vermauterten Fenster *Roman*
(rororo 22459)
«Ein Jahrhundertwerk.» *Saarländischer Rundfunk*

Daniel Douglas Wissmann
Dillingers Luftschiff *Roman*
(rororo 13923)
«Dillingers Luftschiff» ist eine romantische Liebesgeschichte und zugleich eine verrückte Komödie voll schrägem Witz, unbekümmert um die Grenzen zwischen Literatur und Unterhaltung.

Weitere Informationen in der **Rowohlt Revue**, kostenlos in Ihrer Buchhandlung oder im **Internet: www.rowohlt.de**

3287/8

rowohlt paperback

Helmut Krausser
Schweine und Elefanten *Roman*
(paperback 22526)
Schweine und Elefanten ist der noch ausstehende erste Teil der Hagen-Trinker-Trilogie, mit der Helmut Krausser seinen literarischen Durchbruch schaffte.

Susanna Moore
Die unzuverlässigste Sache der Welt *Roman*
(paperback 22427)
Abschied vom Heifischgott *Roman*
(paperback 22328)
«Susanna Moore schreibt wie ein Engel, der ein Leben lang Dämonologie studiert hat.» *Jim Harrison*

Virginie Despentes
Die Unberührte *Roman*
(paperback 22330)
«... ausnahmsweise liegen die Trendjäger richtig, die Virginie Despentes zum absoluten *must* dieses Jahres gekürt haben.» *Le Figaro*

Sarah Khan
Gogo-Girl *Roman*
(paperback 22516)
Mit untrüglichem Sinn für Situationskomik und herzerfrischender Selbstironie fängt die Autorin unvergeßliche, wahre Szenen aus dem Leben moderner junger Menschen zwischen wilden Träumen und Perspektivlosigkeit ein. Kleine sarkastische Seitenhiebe auf Institutionen wie die «Hamburger Schule» inbegriffen.

Ray Loriga
Schlimmer geht's nicht *Roman*
(paperback 13999)

Literatur

Justine Ettler
Marilyns beinah tödlicher Trip nach New York *Roman*
(paperback 22350)
«Dieser Roman fordert den Leser von Anfang an zu seinem eigenen Vergnügen heraus, stachelt und kitzelt und verursacht Schwindelgefühle.» *The Sunday Age*

Will Self
Das Ende der Beziehung *Stories*
(paperback 22418)
Den Kultstatus, den Will Self derzeit genießt, verdankt er in erster Linie seinen Stories, von denen der vorliegende Band die bedeutendsten versammelt.

Alberto Manguel
Eine Geschichte des Lesens
(paperback 22600)
«Gleichermaßen gelehrt wie tiefsinnig und geistreich. Eine wahre Schatzinsel, die wahrscheinlich schon durch den bloßen Erwerb klüger macht ... ein großes und schönes Buch.» *Die Zeit*

Weitere Informationen in der **Rowohlt Revue** oder im **Internet: www.rowohlt.de**

3689/4